Harry Luck

Das Lächeln der Landrätin

Harry Luck wurde 1972 in Remscheid geboren, wo er bei der Lokalzeitung das journalistische Handwerk erlernte. In München studierte er Politikwissenschaften. Fast zehn Jahre lang berichtete er für die Nachrichtenagenturen *AP* und *ddp* über die bayerische Landespolitik. Seit 2006 arbeitet er in der Nachrichtenredaktion von *FOCUS Online,* wo er auch die wöchentliche Krimikolumne ins Leben rief. Nach mehreren Büchern aus dem Bereich Humor/Satire debütierte er 2003 mit *Der Isarbulle* als Krimiautor. Es folgten die Romane *Schwarzgeld, Wiesn-Feuer* und *Absolution*. Luck ist Mitglied in der Autorenvereinigung *Das Syndikat*.
www.harryluck.de

Harry Luck

Das Lächeln der Landrätin

KBV
KRIMI

1. Auflage Mai 2008
2. Auflage September 2008

www.kbv-verlag.de
E-Mail: info@kbv-verlag.de
Telefon: 0 65 93 - 99 86 68
Fax: 0 65 93 - 99 87 01
Umschlagillustration: Ralf Kramp
Redaktion, Satz: Volker Maria Neumann, Köln
Druck: GEmediaprint, Eupen
www.gemediaprint.com
Printed in Belgium
ISBN 978-3-940077-23-3

1. Kapitel

Hauptkommissar Jürgen Sonne blickte in den Lauf der Heckler & Koch, die vor wenigen Augenblicken noch im Halfter unter seiner Schulter gesteckt hatte. »Ulrike! Spinnst du? Was soll das?«, rief er der blonden Schauspielerin zu, die ihm gerade noch auf der Parkbank im Englischen Garten einen Mord gestanden hatte.

»Verzeih mir, Jürgen. Ich hab dich gerne. Du bist mir so nah. Du weißt jetzt so viel von mir.«

»Ulrike, gib mir die Pistole!«, rief er. »Du machst dich unglücklich, denk an deine Zukunft!«

»Wenn ich jetzt abdrücke, werden sie mich dann erschießen?« Sie sprach wie in Trance.

Im selben Moment peitschte ein Schuss durch das Morgengrauen. Die Enten auf dem Kleinhesseloher See schraken auf und flogen davon.

Jürgen Sonne wachte auf, schweißgebadet. Lange war er von diesem Albtraum verschont geblieben, doch jetzt waren die Bilder wieder da. Als wäre alles erst gestern geschehen und nicht schon vor Jahren. Der Traum, der ihn damals fast jede Nacht gequält hatte, hatte verschiedene Varianten. Manchmal wurde er selbst von dem Schuss niedergestreckt. Manchmal war es ein Schuss eines SEK-Scharfschützen, der mit einem Präzisionsgewehr die kleine Stelle auf der Stirn von Ulrike Gellner traf, wo das Geschoss in einer Tausendstelsekunde das Gehirn zertrümmerte. Wirkungstreffer im Vitalbereich, so lautete der Fachausdruck.

Es war das bislang schlimmste Erlebnis in seiner Polizeilaufbahn gewesen. Nie wieder, so hatte er sich damals geschworen, würde er im Dienst die Kontrolle über seine Gefühle verlieren und sich von einer Zeugin den Kopf verdrehen lassen.

Er schaltete seine Nachttischlampe ein und griff zu einem beliebigen Buch, in dem er ein paar Seiten lesen wollte, um die traumatischen Bilder zu vertreiben. Harry Potter. Eigentlich interessierte er sich nicht für Kinderbücher über pubertierende Zauberer, aber man musste ja mitreden können. In zwei Wochen war er allerdings nicht über die ersten vierzig Seiten hinausgekommen.

Die roten Ziffern des Radioweckers zeigten vier Uhr zweiundzwanzig. Jürgen Sonne hatte Angst, wieder einzuschlafen.

* * *

»Glauben Sie, diese Frau könnte uns gefährlich werden, Herr Ministerialdirigent?«

Es war eine Angewohnheit von Franz Däxl, seine Mitarbeiter mit ihrem Beamtentitel anzusprechen anstatt mit dem Namen. Die meisten waren für ihn Funktionsträger, die eine klar definierte Aufgabe hatten. Und nur von deren ordnungsgemäßer Erfüllung machte er die Wertschätzung abhängig, die er seinen Mitarbeitern zukommen ließ. Was manche ihm als Unmenschlichkeit vorhielten, war für Däxl eine Form der Effektivität. Er wollte und konnte sich nicht mit den privaten Problemchen von Leuten beschäftigen, mit denen er nicht mehr zu tun hatte, als dass er ihr oberster Dienstherr war.

Auch Ministerialdirigent Robert Kirchgessner war eines dieser zahllosen Rädchen im Staatsapparat des bayerischen Finanzministeriums: unauffällig, solange alles reibungslos und zuverlässig funktionierte. Kirchgessner war seit zwölf Jahren im Finanzministerium am Odeonsplatz beschäftigt. Er hatte sich allmählich hochgedient bis zum Büroleiter des Hausherrn, dessen engster Berater er in den vergangenen Jahren geworden war.

»Sie könnte«, antwortete Kirchgessner und fügte nach einer kurzen Pause hinzu: »Aber sie wird uns nicht gefährlich werden. Darauf können Sie sich verlassen.« Kirchgessner legte seine Handflächen auf die Aktenmappe, die vor ihm auf dem Besprechungstisch im Ministerbüro lag, als wollte er die Papiere darin schützen.

»Bis zur Wahl sind es noch vier Monate«, sagte Däxl. Dafür musste er nicht in den Kalender schauen, denn die bevorstehende Landtagswahl sollte für ihn eine besondere Bedeutung haben. Wenn alles nach Plan lief, und davon konnte man im Freistaat im Normalfall ausgehen, dann würde er als Staatsminister der Finanzen in den Wahlkampf ziehen und als Ministerpräsident wieder herauskommen. Lange genug war er der ewige Kronprinz im Schatten des Landesvaters Peter Kaserer gewesen. Dessen Berufung in das Bundeskabinett bedeutete die letzte Chance des inzwischen zweiundsechzigjährigen Däxl, sich seinen Lebenstraum noch zu erfüllen und nicht als Prinz Charles von Bayern in die Geschichte einzugehen.

Wenn es da nur nicht diese Landrätin gäbe!

»Es ist ja auch noch gar nicht sicher, dass Pia Blum überhaupt als Spitzenkandidatin antritt«, sagte Kirchgessner und schaute durch das große Fenster des riesigen Raums, in dem der massive Holzschreibtisch des Ministers fast verloren wirkte.

»Aber die Umfragen«, wandte Däxl ein, »sprechen dafür. Das Bündnis Rot-Grün-Blum würde im Moment ein Ergebnis einfahren, das uns die absolute Mehrheit kosten und von einem Regierungspartner abhängig machen würde.«

»Das ist eine Umfrage, die erstens von der uns nicht gerade wohlgesonnenen *Süddeutschen* in Auftrag gegeben wurde. Und zweitens gibt sie nur ein Stimmungsbild wieder, das auch mit der Unzufriedenheit mit der Berliner Politik zusammenhängt. In vier Monaten werden die Zweifler dann gewiss wieder ihr Kreuzchen an der gewohnten ...«

»Was haben Sie da in Ihrer Mappe vor sich, Herr Ministerialdirigent? Und warum glauben Sie, dass die Blum uns nicht gefährlich werden kann?«

Kirchgessner kniff die Augen etwas zusammen und schaute seinen Chef mit einem diabolischen Grinsen an. »Gegen jeden gibt es irgendetwas.« Und nach zwei Sekunden Stille ergänzte er: »Und es geht nichts über ein sorgfältig gepflegtes Archiv, Herr Staatsminister. Darf ich Ihnen zeigen ...«

Kirchgessner öffnete den Aktendeckel, doch Däxl fuhr dazwischen: »Ich will das gar nicht sehen, was Sie da gesammelt haben.«

»Vielleicht ist das auch besser so«, murmelte Kirchgessner und schloss die Mappe wieder. »Herr Staatsminister, Sie können sich auf mich verlassen und vollkommen beruhigt sein. Überlassen Sie alles Notwendige einfach mir.« Kirchgessner stand auf und verließ grußlos das Arbeitszimmer.

Er hatte die Tür gerade hinter sich geschlossen, als Däxl leise sprach: »Ich hoffe, das geht hier nicht eines Tages nach hinten los.«

Däxl schaute auf die Uhr, die vor ihm auf dem Schreibtisch stand und deren Ziffernblatt von zwei goldenen Löwen getragen wurde. Dann überflog er noch einmal den Sprechzettel, den das Fachreferat ihm in Zusammenarbeit mit der Presseabteilung vorbereitet hatte. Den Zettel brauchte er nur, um sich daran festzuhalten. Wie immer würde er zum Verdruss seiner hochbezahlten Fachleute frei sprechen und sich nicht fremde Worte in den Mund legen lassen. Er hatte noch genau zwölf Minuten Zeit.

* * *

Frank Litzka schaute auf sein Handy. Es war auf lautlos gestellt und zeigte 10.18 Uhr an. Und keine SMS.

Warum meldet sie sich nicht?, dachte er. Um ihn herum saßen im Großen Konferenzsaal des Finanzministeriums die Kollegen der Landtagspresse, die er schon seit Jahren immer wieder auf denselben Terminen traf. Es waren aber auch einige dabei, die er nicht kannte. Das Interesse der überregionalen Medien an der Landespolitik wuchs ständig, je näher der Wahltermin rückte. Es war das erste Mal seit Jahrzehnten, dass im Freistaat, wo die CSU wie eine Staatspartei die unangefochtene Alleinherrschaft zelebrierte, ein Machtwechsel zwar noch nicht in Reichweite war, sich aber doch immerhin etwas bewegte in der politischen Landschaft. Diese war in der Vergangenheit so einfältig gewesen, wie Litzka sich eine Kraterlandschaft auf der Rückseite des Mondes vorstellte.

»Hey, Flitzer, du hier?«, fragte Raymund Röser vom *Merkur*. Flitzer wurde Frank Litzka schon so lange genannt, wie er für die *ATZ* arbeitete. Und das waren immerhin schon siebzehn Jahre, die Hälfte seines bisherigen Lebens. Sein Autorenkürzel war *flitz,* womit er bereits seine ersten Artikel als Schülerpraktikant in der Lokalredaktion der Münchner Boulevardzeitung gezeichnet hatte. Inzwischen war er einer der etabliertesten Lokalreporter in der Landeshauptstadt. Eigentlich beackerte er weniger das Feld Politik, sondern war vor allem für Polizei, Justiz und Kriminalität zuständig. Doch in Wahlkampfzeiten herrschte Ausnahmezustand.

»Sind Däxl-Auftritte nicht normalerweise Chefsache bei euch?«, wollte Röser wissen.

»Im Prinzip schon«, antwortete Litzka. »Aber Lohmann muss beim Aufsichtsrat antanzen. Die Schulze macht das Blatt. Hilfringhaus ist bei der Blum-PK, sodass der Flitzer an die Front muss. Außerdem finde ich das Thema heute durchaus interessant. Auch wenn ich zugebe, dass der Blum-Termin der spannendere gewesen wäre.«

»Als ob sich hier irgendjemand für die Krippenfinanzierung und die Ganztagsbetreuung interessiert«, schaltete sich von der anderen Seite Seppi Kreuzberg vom *Factum*-Magazin ein. »Wir warten doch alle nur darauf, dass Däxl sagt, mit wem er die Regierung bilden will, falls die CSU nicht die absolute Mehrheit holt.«

Litzka schaute wieder auf sein Handy. Immer noch keine Nachricht.

Nur knapp zwanzig Journalisten saßen in dem länglichen Raum, der Platz für mindestens doppelt so viele bot und an dessen Ende die Namensschilder aus Pappe bereits den Gesprächspartner Däxl mit seinem Pressereferenten ankündigten. Der Minister kam pünktlich, sein Sprecher sagte ein paar inhaltsleere Einleitungssätze und übergab ihm dann das Wort.

Däxl redete ausführlich über die immense Bedeutung der Kinder für die Gesellschaft. Litzka beschloss, beim nächsten Mal eine Strichliste zu führen, wie oft der Satz »Kinder sind unsere Zukunft« fallen würde. Die meisten Reporter machten sich Notizen in ihre Blöcke, andere ließen kleine Diktiergeräte mitlaufen. Auch zwei Fernsehkameras waren aufgebaut, aufgestellte Lampen warfen ein gleißendes Licht in den Raum.

»... darum werden wir in der nächsten Legislaturperiode die Haushaltsmittel für die unmittelbaren Betreuungskosten mit Hilfe eines Sonderetats sukzessive um ein Drittel ...«

Litzka notierte die Kernpunkte, ohne sich wirklich auf das konzentrieren zu können, was Däxl referierte.

»... siebenhundertneunzigtausend Euro im ersten Jahr, wovon fünfundzwanzig Prozent durch Zuschüsse aus Bundesmitteln ...«

»Siebenhundert wie viel?«, fragte er Kreuzberg und strich die Zahl auf seinem Block wieder durch.

»Pssst«, zischte der Magazinreporter, der schon den übernächsten Satz des Ministers mitschrieb.

Ist ja auch egal, dachte Litzka. Er würde die Zahlen später vom Waschzettel abschreiben, der gerade verteilt wurde.

Bis auf die Uhrzeit zeigte sein Handy nichts an. Um halb zehn hatte Tanja ihren Termin gehabt. Sofort danach wollte sie sich melden. Sicherlich gab es eine schlüssige Erklärung. Vielleicht war sie nicht sofort an die Reihe gekommen. Trotzdem wurde er zunehmend unruhig.

Eine halbe Stunde später war die Pressekonferenz längst in die Frage- und Antwort-Runde übergegangen, als Litzka sich dabei ertappte, dass er die letzten Minuten mit seinen Gedanken ganz woanders gewesen war.

»... darum wenden wir uns entschieden dagegen, unsere Fördermittel für junge Mütter als Herdprämie zu diffamieren. Wir wollen die Vereinbarkeit von Familie und Beruf ...«

Wie ein aufleuchtender Blitz erstrahlte das gelbe Display seines Handys, das vor ihm auf dem Tisch lag und plötzlich *1 Kurzmitteilung erhalten* anzeigte. Litzkas Herz raste. Und für zwei Sekunden, die sich wie Ewigkeiten anfühlten, erstarrte er und wagte nicht, das Telefon anzufassen. Seine Hand zitterte, und noch nie waren ihm die Taste unter den

Worten *Mitteilung anzeigen* so winzig und sein Zeigefinger so groß vorgekommen. Dann drückte er und las die Botschaft, die sein Leben von einer Sekunde auf die andere verändern sollte.

* * *

Die Uhr über dem Fahrstuhl zeigte 12.27 Uhr. Das bedeutete, dass die Konferenz vor drei Minuten hätte beginnen sollen. Im Lauf der Zeit hatte er sich eingeprägt, welche der Uhren im Pressehaus um wie viele Minuten vor- oder nachgingen. Er hoffte inständig, dass nicht eines Tages jemand auf die innovative Idee kommen würde, die Uhren im gesamten Gebäude zu synchronisieren. Maßgeblich für den Beginn der Konferenzen war die Uhr im Vorzimmer von Wolfgang Lohmann, dem Chefredakteur, der seit Jahren wegen seines antikollegialen Führungsstils intern nur Stalin genannt wurde. Lohmann war der Grund dafür, dass Uhrzeitangaben in »stalinistischer Zeitrechnung« angegeben wurden. Dies war deshalb von Bedeutung, weil die Stalin-Uhr eine Minute nachging.

Litzka wunderte sich, dass die Tür zum Konferenzsaal offen stand.

»Setz dich, Flitzer«, sagte Stella Schulze-Wagenknecht, die Kulturchefin. »Wir wollten gerade anfangen.«

Litzkas fragenden Blick in Richtung des leeren Chefredakteurssessels beantwortete die Jungredakteurin Stefanie Schappert, die das Lokale in der Konferenz vertrat, kurz und knapp: »Stalin ist nicht da.«

Litzka hängte seine Jeansjacke über den Stuhl und murmelte: »Hoffentlich ist es was Ernstes«, während er sich hinsetzte. Dass einige der Kollegen schmunzelten, ließ ihn ahnen, dass seine Bemerkung lauter ausgefallen war, als er es beabsichtigt hatte.

Die Stimmung in dem von Neonröhren erhellten Konferenzsaal war locker und gelöst, wie sie es nur dann war, wenn Lohmann nicht auf seinem Thron saß. Tatsächlich hatte er für seinen Ledersessel am Kopfende des Konferenztisches ein dreißig Zentimeter hohes Podest errichten lassen, von dem aus er während der Sitzungen auf seine Untergebenen herabschauen konnte. Manchmal führte er in diesem Stuhl auch Vorstellungsgespräche, was den Bewerbern gleich deutlich machte, welche Art von Führungsstil sie im Falle einer Anstellung erwartete.

»Ich denke, wir fangen einfach mal an. Die Zeit drängt«, sagte Schulze-Wagenknecht in ihrer Funktion als stellvertretende Chefredakteurin. Die Siebenundvierzigjährige gehörte schon lange zum Inventar des Hauses. Vor mehr als zwanzig Jahren war sie als Redakteurin namens Stella Schulze zur *ATZ* gekommen. Den Doppelnamen führte sie, seitdem der damalige Verleger Doktor Lorenz Wagenknecht sie geehelicht und ihr zur Hochzeit die Leitung des Kulturressorts geschenkt hatte. Das jedenfalls behaupteten jene, die sich damals übergangen und selbst für diesen Posten berufen gefühlt hatten.

Der Ablauf der Mittagskonferenz war ein Ritual. Reihum, beginnend beim Politikchef rechts neben dem Thron, stellte jedes Ressort sein bislang geplantes Aufmacherthema vor und machte gegebenenfalls Vorschläge für Anreißer auf der Titelseite oder Themen, die sich für einen Kommentar eigneten. Anders als bei Anwesenheit Lohmanns musste man heute aber nicht damit rechnen, dass jedes zweite Thema mit einer abfälligen Handbewegung des Chefredakteurs verworfen wurde. Gewiefte Taktiker pflegten daher, wenn sie ein

Thema unbedingt im Blatt unterbringen wollten, erst einen völlig absurden Vorschlag vorzutragen, um dann nach der erwarteten Ablehnung ein vermeintliches Alternativthema aus dem Hut zu zaubern. Nur selten schlug diese Strategie fehl und brachte die abenteuerlichsten Geschichten ins Blatt.

Peter Hilfringhaus, der Politikchef, trug zuerst die großen Themen der Welt- und Bundespolitik vor, wissend, dass alle auf seinen Bericht von der Blum-Pressekonferenz warteten.

»Wie ihr sicher schon gehört habt«, kam er dann endlich zur Sache, »hat Pia Blum heute ihre Spitzenkandidatur für das Oppositionsbündnis angekündigt. Grüne und SPD wollen sie in den nächsten Wochen auf Sonderparteitagen als ihre unabhängige Kandidatin nominieren. Ich sag mal, das wird der Aufmacher morgen, oder hat jemand was Besseres?«

»Das Thema haben natürlich alle morgen auf der Eins«, brachte Wirtschaftsredakteur Altmeier seinen Lieblingseinwand vor.

»Wir brauchen den eigenen Dreh«, lautete die Standardreplik von Schulze-Wagenknecht.

»Wir sollten das Thema personalisieren«, regte Litzka an. »Den Zweikampf Däxl gegen Blum in den Mittelpunkt stellen. Zwei große Fotos links und rechts, in die Mitte nur ganz groß in Rot zwei Worte: DAS DUELL.« Er sah die Schlagzeile schon vor sich und blickte Zustimmung heischend in die Runde.

»Klingt gut«, meinte Hilfringhaus, den Litzka als seinen journalistischen Mentor betrachtete. Es gab noch ein paar zustimmende Wortmeldungen. Anders als in Anwesenheit von Lohmann blickten nun nicht die meisten schweigend auf die Tischplatte, um möglichst nicht aufzufallen und keine Angriffsfläche für jederzeit mögliche cholerische Ausbrüche des Chefs zu bieten.

»Die Grafik kann ja mal zwei oder drei Layoutvorschläge zu dieser Idee erarbeiten«, sagte Schulze-Wagenknecht und verursachte ein zustimmendes Nicken der Chef-Grafikerin. »Und das Interview ...«

»... findet statt.« Hilfringhaus blickte in seine Notizen. »Blums Pressesprecher hat noch mal bestätigt, dass Lohmann heute um sechzehn Uhr das Interview bekommt. Wenn jemand zum Schreiben mitgeht und sich mit der Autorisierung beeilt«, er schaute Litzka erwartungsvoll an, »dann kriegen wir das Interview morgen noch auf die Drei.«

Lohmann selbst hatte schon seit Jahren bis auf den wöchentlichen Leitartikel in der Samstagausgabe keine Zeile mehr selbst geschrieben. Aber bei den großen Interviews war es ihm sehr wichtig, immer dabei zu sein, auf dem Foto mit dem Gesprächspartner abgebildet und in der Autorenzeile genannt zu werden.

»Überbewerten wir diese Frau Blum nicht etwas?«, meinte Altmeier. »Diese Lady hat doch kein politisches Programm, außer dass sie gegen Däxl ist. Wofür steht sie denn?«

»Stimmt, sie hat kein Programm«, gab ihm Hilfringhaus Recht. »Aber sie ist in den Umfragen die beliebteste Politikerin im Land, obwohl sie nur Landrätin in Starnberg ist. Und erstmals bekommt es die CSU bei einer Wahl mit einem ernstzunehmenden Gegner zu tun, der ihre absolute Mehrheit bedroht. Das ist schon ein Phänomen, das man gar nicht überschätzen kann.«

»Nach ihren politischen Positionen werden wir sie im Interview fragen.« Schulze-Wagenknecht blickte zu Litzka. »Gibt es schon eine erste Reaktion von Däxl? Flitzer, du warst doch auf der PK im Finanzministerium.«

»Äh, ja.« Jetzt hatte sie ihn auf dem falschen Fuß erwischt.

Nach der SMS von Tanja hatte er anderes im Kopf gehabt, als Däxl nach einem Statement zur Blum-Kandidatur zu fragen. »Es ging nur um die Kinderbetreuung. Aber ich hole noch eine Reaktion ein.«

Schulze-Wagenknecht tadelte Litzka mit einem missbilligenden Blick und murmelte etwas Unverständliches. Dann erteilte sie Stefanie Schappert das Wort: »Lokales?«

»Wir sind an einer ziemlich heißen Sache dran. Ein Informant hat uns gesteckt, dass in den nächsten Tagen in Aichach eine Haftentlassung bevorsteht, die uns interessieren dürfte.«

»Aichach? Das ist ein Frauengefängnis, oder?«, erkundigte sich Litzka.

»Es gibt auch Männer dort. Aber mehr als doppelt so viele weibliche Häftlinge. Und wir gehen gerade im Archiv alle Fälle der vergangenen Jahre mit verurteilten Frauen durch, bei denen jetzt eine Entlassung fällig sein könnte. Wir bleiben dran an der Sache.«

Der Sportredakteur Arno Nowak demonstrierte mit einem beherzten Gähnen seine Einschätzung dieses Themas.

Die junge Kollegin, die noch nicht oft an der Konferenz teilgenommen hatte, blickte auf ihre Notizen. »Ansonsten haben wir die neue Kolumne mit OB Körber, ein Porträt über eine Hundertjährige aus Oberföhring und das gestern geschobene Interview mit Wiesn-Chefin Schwarzkopf zum diesjährigen Bierpreis.«

»Okay. Die Wirtschaft?«

In diesem Moment läutete das Telefon vor Lohmanns Stuhl. Die Durchwahl dieses Apparats war niemandem bekannt außer Lohmanns Sekretärin, die nur in ganz dringenden Fällen – dabei handelte es sich in neun von zehn Fällen um einen Anruf des Verlegers, der eine wichtige Anregung für die nächste Ausgabe oder eine Bemerkung zum aktuellen Blatt hatte – die Konferenz unterbrechen durfte.

Schulze-Wagenknecht stand von ihrem Platz auf und griff zum Hörer. Noch bevor sie sich meldete, erfuhr sie offenbar eine Nachricht, die ihr die Sprache verschlug.

»Sagen Sie das bitte noch einmal«, sprach sie mit stockender Stimme.

»Jetzt haben sie den Laden verkauft oder machen ihn gleich ganz dicht«, flüsterte Litzka zu Stefanie Schappert, halb im Scherz, halb ernst.

»Oder jemand hat Däxl erschossen«, erwiderte sie, was Litzka gar nicht so witzig fand. Schließlich hatte er vor einigen Jahren auf einer Wahlkundgebung auf dem Marienplatz einen Mordanschlag auf den damaligen Ministerpräsidenten hautnah miterlebt.

Schulze-Wagenknecht legte langsam den Hörer wieder auf und starrte einige Augenblicke ins Leere. »Wir unterbrechen die Konferenz«, sagte sie dann. »Es ist etwas Schreckliches passiert.«

2. Kapitel

Es war halb zehn, und Jürgen Sonne schnitt seinen grünen Apfel in vier Teile. Es musste schon ein Mord geschehen, dass der Hauptkommissar von diesem täglichen Ritual abwich. Das sollte auch nach seinem vierzigsten Geburtstag, den er am vergangenen Wochenende gefeiert hatte, nicht anders sein.

Vierzig. Das war eine magische Zahl, vor der er sich lange gefürchtet hatte. Er hatte nie besonders darunter gelitten, Single zu sein. Frauen lernte er immer wieder mal kennen, vorübergehende Abenteuer gaben ihm das Gefühl, begehrt zu sein und noch nicht zum alten Eisen zu gehören. Neununddreißig war okay gewesen, aber vierzig ... Er dachte oft daran, was für ein Leben er heute führen würde, wenn er damals mit Tina zusammengeblieben wäre. Dann würde er vielleicht mit ihr in einem Reihenhaus mit Kindern, Hund, Kombi und Vorgarten zusammen leben. Oder er wäre, wie viele seiner gleichaltrigen Kollegen, inzwischen wieder geschieden. Seine Situation wäre damit eigentlich nicht anders, nur dass sein Einkommen jeden Monat um den Unterhalt für seine Familie geringer ausfiele. Er dachte an Renate. Seine frühere Kollegin, mit der er über zwei Jahre das Büro und die Leitung der ersten Mordkommission geteilt hatte. Mit achtundfünfzig Jahren hatte sie sich von ihrem Ehemann, einem chronischen Fremdgänger, endlich scheiden und anschließend als Referentin ins Innenministerium versetzen lassen. Zwanzig Jahre früher hätte sie noch ein neues Leben anfangen können. Jetzt wartete sie auf die Pensionierung. Ihr Schreibtisch in der Mordkommission war seit einem halben Jahr unbenutzt, ihre Planstelle wurde nicht wieder besetzt. Sonne leitete die MK1 wieder allein.

Manchmal dachte er auch darüber nach, was gewesen wäre, wenn er Ulrike Gellner unter anderen Umständen kennengelernt hätte und sie nicht zur Mörderin geworden wäre. Er steckte ein Apfelstück komplett in den Mund.

»Wie war das eigentlich bei dir, Natascha?«, fragte er seine Kollegin, die mit einem Stapel Zeitungen und der Post in sein Büro trat.

»Äh, was?«, fragte sie verständnislos, legte die Post vor Sonne auf seinen Schreibtisch und blies sich eine blonde Strähne aus den Augen.

»Ich meine, als du dreißig wurdest?« Er erinnerte sich, dass sie vor knapp einem Jahr zusammen mit ihrer Lebensgefährtin zum dreißigsten Geburtstag eine symbolische Ü-30-Party gefeiert hatte.

»Ich dachte mir: Immerhin noch zehn Jahre Zeit bis zum Beginn der Vergreisung.« Natascha lachte und setzte sich auf die Ecke von Sonnes Schreibtisch. »Post aus Aichach ist dabei. Wieder eine Entlassung?«

»Gut möglich«, murmelte er und legte den Brief der Justizvollzugsanstalt zur Seite. »Angenommen, du würdest auf Männer stehen ...«

»Vergiss es.« Sie lachte.

Erst seit einiger Zeit konnten sie unbefangen über ihre Homosexualität reden. Natascha hatte ihre Neigung jahrelang verborgen, und nur die wenigsten wussten, dass ihr Lebenspartner Chris eine Frau war. »Du machst dir nicht echt Gedanken, weil jetzt eine Vier vorne steht, oder? Und wenn ich auf Männer stünde, dann könnten sie meinetwegen auch fünfzig sein. Oder noch älter, wenn sie sich gut gehalten haben. Weißt du eigentlich, dass du in zwei Monaten der Älteste in der MK sein wirst?«

Sonne überlegte. Jahrelang war er in der Kommission immer einer der Jüngsten gewesen. Innerhalb kurzer Zeit hatte sich das ins Gegenteil gewandelt. Und tatsächlich. Nach der Pensionierung von Alfred Winter in acht Wochen würde es keinen älteren Kollegen mehr geben.

»Aber wenn du jeden Tag immer schön brav deinen Apfel isst, mache ich mir um dich keine Sorgen. Außerdem kommt es ja auch auf dein geistiges Alter an. Frag Doktor Kawashima. Gehirnjogging!« Natascha grinste ihren Chef frech an.

»Wie bitte? Gehirnjogging? Willst du mich auf den Arm nehmen?«

»Keineswegs.« Sie holte aus der Innentasche ihres Blazers ein kleines weißes Gerät heraus, das sich aufklappen ließ und wie ein Telespiel mit zwei Bildschirmen aussah. »Nimm das! Und teste dein geistiges Alter. Du musst nur hier einschalten und mit dem Plastikstift den Touchscreen betätigen. Probier's mal aus!« Sie drückte ihm das elektronische Spielzeug in die Hand und sagte dann: »Ich fahre mit Sherlock raus nach Feldmoching. Der KDD hat uns angefordert. Ein Fenstersturz. Unfall oder Suizid. Wird schnell geklärt sein.«

»Wie alt?«

»Neunundvierzig.« Sie hatte das Zimmer schon verlassen, als sie ihm noch zurief: »War also eh langsam Zeit für die Kiste.«

»Hau ab!«, erwiderte er. »Vielleicht war sein geistiges Alter schon achtzig.«

Sonne legte das Gerät erst mal beiseite und blätterte lächelnd die Post durch. Die Aktenvermerke der anderen MKs sortierte er in die *Später lesen*-Ablage. Den roten Umschlag mit der Gehaltsabrechnung versenkte er ungeöffnet in der obersten Schublade seines Rollcontainers. Die interne Stellenausschreibung für die Leitung der KPI Fürstenfeldbruck verschwand direkt im Altpapier. Dann öffnete er den Umschlag aus Aichach.

Das Aktenzeichen sagte ihm nichts. Wohl aber der Name, der dahinter stand. Er begann zu zittern, die Buchstaben verschwammen vor seinen Augen.

Wieder sah er die Bilder vor sich. Die schwere Pistole in der zarten Hand. Den Kleinhesseloher See. Die zerbrochene junge Frau im Schwurgericht, wie sie nach der Verurteilung abgeführt wurde. Ein ehemaliges Modell, jetzt mit kurzgeschnittenen Haaren im Trainingsanzug im Besucherraum der Haftanstalt.

Sehr geehrter Herr Hauptkommissar Sonne, hiermit teilen wir Ihnen mit, dass die unter dem oben genannten Aktenzeichen mit rechtskräftigem Beschluss des Landgerichts München I vom 21. März d. J. den gleichlautenden Anträgen der Staatsanwaltschaft am Landgericht München I ... Er überflog die weiteren Zeilen, die in Briefen dieser Art immer dieselben Formulierungen enthielten.

»Kommst du mit zur kleinen Lage?«, fragte Kriminaldirektor Horst Steinmayr, der ohne anzuklopfen in Sonnes Büro eingetreten war. »Alles klar bei dir? Hast du unangenehme Post bekommen? Die Gehaltsabrechnung? Haha.«

Wortlos reichte Sonne dem Dezernatsleiter den Brief. Damals hatte er mit Steinmayr in einer MK zusammengearbeitet. Er war dabei gewesen, als es am See im Englischen Garten um Leben und Tod gegangen war.

»Mein Gott«, sagte Steinmayr leise, als er den Brief überflogen hatte. »Ist das schon wieder so lange her?«

»Gute Führung, zwei Drittel der Haftzeit verbüßt. Reine Routine. Es geht alles seinen ganz normalen Gang.«

Normalerweise wurden bei der Haftentlassung von Straftätern, die wegen Tötungsdelikten verurteilt worden waren, die Sachbearbeiter der einst zuständigen Mordkommission informiert, um sie für mögliche Racheakte zu sensibilisieren.

Doch in diesem Fall war er vollkommen sicher, dass ihm von der entlassenen Täterin keine Gefahr drohte.

»Ulrike Gellner«, sagte Steinmayr nachdenklich. »Als wäre es gestern gewesen. Wirst du sie wiedersehen?«

Sein Chef sprach die Frage aus, die sich Jürgen seit dem Moment, als er den Umschlag geöffnet hatte, selbst stellte.

»Ich weiß es nicht«, antwortete er.

* * *

Litzka saß an seinem Schreibtisch im Großraumbüro der Lokalredaktion. Zwar war er seit einiger Zeit über die Ressortgrenzen hinweg im Einsatz, doch sein Arbeitsplatz war immer noch in der Redaktion, wo er als Praktikant angefangen und sich langsam hochgearbeitet hatte. An der Wand hing ein Plakat, das eine grobkörnige Aufnahme eines Ufos abzubilden schien, mit dem Schriftzug *I want to believe*. Litzka hatte seine kleine, randlose Brille neben das Telefon gelegt, die Augen geschlossen und den Kopf auf seine Hände gestützt. Er wünschte, er hätte seine bissige Bemerkung über Lohmanns Abwesenheit zurücknehmen können. Noch vor einer halben Stunde hätte fast die gesamte Belegschaft dem Chef am liebsten die Pest an den Hals gewünscht. Doch jetzt war er tot.

Die Nachricht war eingeschlagen wie ein Blitz. Verkehrsunfall, Aquaplaning, überhöhte Geschwindigkeit, Brückenpfeiler. Mit zweiundsechzig Jahren. Natürlich wären die meisten Lohmann lieber heute als morgen los geworden. Niemand konnte begreifen, warum die Verlagsleitung so lange an diesem tyrannischen Chefredakteur festgehalten und tatenlos zugesehen hatte, wie das Betriebsklima von Tag zu Tag frostiger wurde. Mindestens ein Dutzend Mitarbeiter hatte im vergangenen Jahr mit der ausdrücklichen Begründung gekündigt, dass sie es mit Lohmann nicht mehr aushielten.

Aber jetzt war er tot. Nach dem ersten Schock würde sich gewiss die Hoffnung breit machen, dass mit einem Nachfolger alles eine Wende zum Guten nehmen würde. Doch auszusprechen wagte dies freilich niemand. Allen war klar, dass die Arbeit weitergehen musste. Auch morgen musste wieder eine Zeitung erscheinen. Und auch das Interview mit Finanzminister Däxl, das Lohmann selbst führen wollte, musste stattfinden.

»Flitzer, wir brauchen einen Nachruf!« Litzka hatte gar nicht bemerkt, wie Hilfringhaus sich ihm genähert hatte. »Für die Eins.«

»Und wer soll den schreiben?«

»Gute Frage. Die Zahl der Freiwilligen, die sich bislang gemeldet haben, ist überschaubar.« Gequältes Lächeln des Politikchefs. »Sie tendiert gegen Null.«

»Warum macht's nicht die Schulze? Die will ihn doch eh beerben.« Gegenüber Hilfringhaus, der zu Litzkas Praktikantenzeit schon Lokalchef gewesen war und sein journalistisches Talent entdeckt und gefördert hatte, konnte er offen sein.

»Die Schulze macht das Däxl-Interview. Damit ist sie für heute mehr als ausgelastet.«

Die Kulturchefin hatte gute Chancen, über kurz oder lang auf Lohmanns Stuhl aufzurücken. Litzka fragte sich, ob sie in diesem Fall das Podest im Konferenzraum verschwinden lassen würde.

»Frag doch den Alten«, schlug Litzka vor. Diese allgemein übliche Bezeichnung für den Verleger war in keiner Weise despektierlich gemeint, eher respektvoll. »Der hat ihn schließlich auch eingestellt.«

»Gute Idee, Flitzer.«

»Was anderes, Peter ...«

»Ja?«

Litzka stellte sein Colaglas zur Seite. Er wusste zwar, dass es jetzt nicht der beste Zeitpunkt war, aber er musste mit jemandem darüber reden.

»Meinst du, ihr kommt demnächst ohne mich aus? Eine Zeitlang?«

»Was hast du vor? Willst du auswandern?«

Litzka lachte. »Nicht ganz. Ich dachte an Elternzeit.«

Hilfringhaus verschlug es kurz die Sprache. Dann schien die bedrückende Stimmung, die seit der Todesnachricht in der Redaktion herrschte, für einen Moment verflogen. »Flitzer, du wirst Papa?«

Litzka nickte fast unmerklich und lächelte.

Hilfringhaus drückte ihn väterlich an seine Brust. »Mensch, das freut mich für dich und Tanja!« Dann wurde er scheinbar wieder ernst: »Aber ich hoffe, du willst nicht drei Jahre Babypause machen. Wir brauchen dich schon.«

»Keine Sorge, Peter. Ich glaube, nach spätestens zwei Monaten stehe ich zu Hause eh nur im Weg herum.«

»Wenn's heute nicht irgendwie unpassend wäre, würde ich sagen, lass uns darauf anstoßen. Aber das verschieben wir besser.«

»Okay. Auch wenn ich nicht daran denke, mich von Stalin auch nach seinem Tod noch tyrannisieren zu lassen.«

Sie lachten beide leise.

»Also dann«, sagte Litzka, als Hilfringhaus sich wieder abwandte. Er bewegte die Maus an seinem Computer, damit der Bildschirmschoner verschwand und das Redaktionssystem wieder angezeigt wurde.

Däxl will junge Familien fördern, tippte Litzka als Überschrift seines Artikels in die Tastatur.

* * *

Dass die Besucherin pünktlich war, überraschte Franz Däxl positiv. Denn das war für Journalisten nicht unbedingt typisch. Bislang kannte er von Stella Schulze-Wagenknecht nur den Namen. Aus der Zeitung. Und weil er ein Rennpferd kannte, das Stella hieß und das ihn mal einen hohen Wetteinsatz gekostet hatte, waren seine Assoziationen mit ihrem Namen nicht sehr sexy.

Sie legte ihren Mantel ab. Zum Vorschein kam eine sehr ansehnliche Figur, die durch einen engen Blazer und einen knapp über dem Knie endenden Rock betont wurde. Eine attraktive Frau, dachte Franz Däxl und begrüßte die Journalistin mit ausgestreckter Hand.

»Es freut mich sehr, Sie kennenzulernen, Frau Schulze-Wagenknecht. Auch wenn die Umstände natürlich sehr traurig sind.« Er brachte noch wortreich sein Bedauern über das Ableben des von ihm sehr geschätzten Chefredakteurs zum Ausdruck, versicherte zugleich aber, dass er die hervorragende Zusammenarbeit mit der Zeitung unter jeder neuen Führungskonstellation fortsetzen würde. Dann bat er Frau Schulze-Wagenknecht, an dem runden Besprechungstisch in seinem Arbeitszimmer Platz zu nehmen.

Auch Robert Kirchgessner, der sich bislang unauffällig an der Tür postiert hatte, setzte sich wie selbstverständlich mit dazu. Zwar hatte das Finanzministerium auch einen offiziellen Pressesprecher. Der war jedoch seit Kirchgessners Amtsantritt zu einem Korrektor für die vom Bürochef formulierten Pressemitteilungen herabgesetzt und beantwortete lediglich die alltäglichen Fachfragen der Landtagsreporter. Bei den wichtigen Interviews, in denen es um mehr ging als Steuersätze und Abschreibungspauschalen, hatte Kirchgessner das Heft in der Hand.

Schulze-Wagenknecht stellte ein kleines Aufnahmegerät auf den Tisch und schaltete es ein. »Nur als elektronisches Notizbuch. Sie bekommen den Wortlaut selbstverständlich zur Autorisierung vorgelegt. Fangen wir also an. Sie haben sicher nicht viel Zeit, Herr Staatsminister.«

Däxl lehnte sich entspannt zurück. »Sie erlauben doch?«, fragte er und zündete sich, ohne ihre Antwort abzuwarten, eine Pfeife an.

»Herr Däxl, der scheidende Ministerpräsident Kaserer hat bei der letzten Wahl ein Ergebnis von sechsundfünfzig Prozent hingelegt. Die Messlatte liegt hoch für Sie.«

»Wir haben in den vergangenen fünf Jahren eine erfolgreiche Politik für Bayern gemacht. Und nicht zuletzt in meinem Bereich ist dafür ein erheblicher Beitrag geleistet worden. Ich erinnere nur an den bundesweit ersten ausgeglichenen Haushalt.« Es folgten die üblichen Floskeln, die er als Textbausteine stets abrufbereit hatte und auch im Halbschlaf hätte herunterbeten können.

»Doch jetzt schickt die Opposition plötzlich eine Frau ins Rennen, die in Umfragen weitaus höhere Popularitätswerte genießt als jedes Ihrer Kabinettsmitglieder. Haben Sie Angst vor Frau Blum?«

Es überraschte ihn nicht, dass die Interviewerin so schnell auf die Starnberger Landrätin zu sprechen kam. Und so hatte er auch zu dieser Frage seine Standardsätze parat. »Bei aller Sympathie für Frau Blum. Sie steht für ein politisches Phänomen, das immer dort auftritt, wo eine erfolgreiche Partei lange allein regiert. Sie ist ein neues Gesicht, das für die Menschen zunächst mal interessant ist. Ich kann ja verstehen, dass die Wähler nicht nur alte Herren in grauen Anzügen in der Politik sehen wollen ...«

»Was wollen Sie als Regierungschef dagegen unternehmen? Bunte Anzüge tragen?«

Däxl lächelte gekünstelt. »Natürlich nicht. Auch ohne schon Namen zu nennen, kann ich Ihnen versichern, dass ich nach der Wahl eine Mannschaft präsentieren werde, in der Sie viele junge – und auch weibliche – Gesichter finden werden.«

»Alle aus der CSU?«

»Davon gehe ich aus.«

»Und wenn es am Wahlabend nicht für die absolute Mehrheit reicht und Sie auf einen Koalitionspartner angewiesen sind?«

»Davon gehe ich nicht aus.«

Kirchgessner schrieb alles in Stichworten mit. Denn er würde später das Interview autorisieren und all das herausstreichen oder neu formulieren, was unvorteilhaft rüberkommen könnte. Manch kritischer Journalist nannte diese üblichen Spielregeln staatliche Zensur. Doch es war schließlich niemand gezwungen, ein Interview zu führen und sich diesen Regeln zu unterwerfen.

»Frau Blum hat Sie heute auf ihrer Pressekonferenz zu einem TV-Duell herausgefordert. Werden Sie darauf eingehen?«

»Ich bitte Sie!« Däxl nahm einen tiefen Zug aus seiner Pfeife und blies den Rauch langsam wieder aus. »Ich bin der bayerische Staatsminister der Finanzen, Herr über einen Haushalt von über fünfunddreißig Milliarden Euro. Ich bin seit vier Jahren stellvertretender Ministerpräsident des Freistaats Bayern. Warum sollte ich mich mit einer Kommunalpolitikerin vom Starnberger See in ein Fernsehstudio setzen? Eine Landrätin! Das ist nicht meine Liga.«

»Aber diese Landrätin aus Starnberg könnte Ihnen die entscheidenden Prozentpunkte nehmen, die Ihnen zur Alleinregierung fehlen.«

»Ich sage Ihnen jetzt etwas, das Sie sich notieren dürfen, um mich in einem Jahr wieder daran zu erinnern: Frau Pia Blum wird in zwölf Monaten in Bayern keine politische Rolle mehr spielen. Dann kann sie in Talkshows auftreten, Drogenprojekte initiieren oder an Schwulendemos teilnehmen, so viel sie mag. In der bayerischen Politik ist sie eine Eintagsfliege. Glauben Sie mir.«

Schulze-Wagenknecht beugte sich vor, um ihr Diktiergerät etwas näher zu Däxl zu schieben, was für einen kurzen Moment einen tiefen Einblick in ihre Bluse ermöglichte.

Ein Wahnsinn, diese Frau, dachte Däxl. Vielleicht sollte er nicht so harte Töne anschlagen. Ihm war klar, dass seine selbstbewussten Parolen auf zart besaitete Gemüter arrogant und selbstherrlich wirken konnten. »Nicht dass Sie mich falsch verstehen, Frau Schulze-Wagenknecht. Ich schätze Frau Blum und ihre Arbeit für den Landkreis Starnberg und ganz Oberbayern sehr, wenn ich auch ihre Ansichten zu den Themen Drogen oder Prostitution nicht teilen kann. Und ich denke, Frau Blum sollte das weitermachen, womit sie bislang erfolgreich war. Und auch ich werde das fortsetzen, was die CSU seit Jahren erfolgreich macht.«

Noch eine Weile lief das Interview weiter, Däxl parierte alle kritischen Fragen in gewohnter Souveränität und Selbstbeherrschung. Dann schaltete sich Kirchgessner ein und wies auf einen Anschlusstermin des Ministers hin. Man müsse daher leider zum Ende kommen.

Däxl bedankte sich freundlich, und Kirchgessner geleitete Schulze-Wagenknecht aus dem Ministerbüro hinaus.

»Ich hoffe, Sie kommen mit den Aussagen klar«, sagte Däxls inoffizieller Pressesprecher, als sie das Büro des Finanzministers verlassen hatten. »Wenn Sie Fragen haben, können Sie mich jederzeit erreichen. Und die Freigabe der Zitate handhaben wir wie üblich.«

Schulze-Wagenknecht nickte und verstaute Notizblock und Aufnahmegerät in ihrer Gucci-Handtasche.

»Eins noch, bevor Sie gehen ...«

»Ja?«

Kirchgessner reichte ihr einen großen braunen Umschlag, auf dem der Name Lohmann durchgestrichen war. »Ich habe hier noch einige ... äh ... interessante Unterlagen für Sie. Ich nehme an, dass Sie vor der Wahl auch noch etwas Größeres über Pia Blum schreiben wollen. Ich meine ... äh ... diese Unterlagen waren für Herrn Lohmann gedacht. Diskret, vertraulich. Sie verstehen sicher. Ich möchte sie gerne Ihnen anvertrauen. Sofern ich mich darauf verlassen kann, dass Sie ... äh ... angemessen damit umgehen.«

Schulze-Wagenknechts Gesicht war ein großes Fragezeichen. Sie nahm den Umschlag entgegen und bedankte sich leicht irritiert.

»Ich kann mich doch auf Sie verlassen, Frau Schulze-Wag ...«

Doch die Journalistin hatte sich bereits umgedreht und war in Richtung Ausgang verschwunden.

* * *

»Vier plus acht. Sieben mal neun. Drei plus eins. Vierzehn minus sechs ...«

Am Anfang waren ihm die simplen Rechenaufgaben wie Kinderkram vorgekommen. Doch bei Doktor Kawashimas Gehirntraining ging es um Schnelligkeit und Konzentration. Nachdem Sonne einmal mit dem Alterstest angefangen hatte, konnte er Nataschas High-Tech-Spielzeug nicht mehr zur Seite legen. Beim ersten Mal hatte der japanische Lehrmeister vierundsiebzig Gehirnjahre ausgerechnet und auf dem Display die Vermutung geäußert, er, Sonne, sei etwas überarbeitet. Das ließ ihm keine Ruhe, und jetzt beschäftigte er sich schon mehr als eine Viertelstunde mit dem Nintendo-Gehirntraining.

* * *

Natürlich war es wieder später geworden. Als Litzka die Wohnungstür öffnete, hörte er Tom Buhrows Schlussmoderation der *Tagesthemen* aus dem Wohnzimmer. Auf dem Sofa lag Tanja mit dem aufgeschlagenen *Spiegel* auf dem Schoß. Sie war bei der Lektüre der Konkurrenz eingeschlafen. Mehrere Minuten blieb er still vor ihr stehen, betrachtete ihr zartes Gesicht. Eine Strähne ihres schwarzen Haares hing ihr in die Stirn. Natürlich war ihrem zierlichen Körper noch nichts anzusehen. Und der Gedanke, dass sie ihr gemeinsames Kind in sich trug, war für ihn noch sehr fremd und irreal.

Beethovens Schicksalssymphonie riss ihn aus seinen Gedanken. Er nahm den Anruf auf seinem Handy schnell an, doch Tanja hatte schon die Augen geöffnet. Es war der Schlussredakteur, der wegen einer Layoutumstellung noch eine Änderungen am Däxl-Text abstimmen wollte. Litzka akzeptierte alle Änderungsvorschläge, dann beendete er das Gespräch und steckte das Telefon wieder ein.

Tanja schaute ihn verschlafen an. »Ich glaube, ich bin kurz eingenickt ...«

Er setzte sich neben sie auf das Sofa, legte den Arm um sie und seinen Kopf an ihre Schulter. Dann flüsterte er ihr leise ins Ohr: »Bald sind wir zu dritt.«

Sie lächelte und schloss die Augen. »Ich kann es mir noch gar nicht vorstellen. Vater, Mutter, Kind ... Dabei waren wir doch selbst gerade noch Kinder.«

»Manchmal sind wir es immer noch, oder?« Er küsste sie sanft auf die Lippen, legte das Magazin zur Seite, seine Hand glitt unter ihren flauschigen Wollpullover und streichelte ihren Bauch.

»Manchmal kriege ich ein bisschen Angst. Wer weiß, was da alles auf uns zukommt. Die Verantwortung! An was man alles denken muss vorher. Ich habe ja überhaupt keine Ahnung.«

Litzka legte seinen Kopf an ihre Schulter und genoss ihre Nähe. »Ich habe ja auch keine Ahnung. Aber es hat schon Milliarden Eltern vor uns gegeben, die es auch irgendwie hingekriegt haben. Deshalb werden wir es auch schaffen.«

»Wir brauchen eine größere Wohnung. Mit Kinderzimmer. Ein Gartenanteil wäre nicht schlecht.«

»Wenn wir schon umziehen, warum dann nicht gleich ein Häuschen im Grünen? Mit eigenem Garten.« Er lachte. »Dann fehlen nur noch Kombi und Hund, und das Spießerleben ist perfekt.«

»Ich hätte nichts gegen einen Hund«, meinte Tanja. »Und einen Kombi können wir uns vermutlich eher leisten als ein Häuschen im Grünen. Oder hast du heimlich Lotto gespielt?« Sie streichelte ihm über die kurzen Haare.

»Anstatt Geld beim Lotto zu verbrennen, habe ich seit meinem achtzehnten Geburtstag immer brav in einen Bausparer eingezahlt. Da ist ein kleines Startkapital zusammengekommen. Und vom Verlag kann man ein zinsgünstiges Arbeitgeberdarlehen bekommen.«

»Ich weiß nicht, Frank. Ich glaube, das wäre mir alles ein bisschen zu viel auf einmal. Ein Kind kostet ja auch viel Geld.«

»Wann, wenn nicht jetzt?« Der Gedanke mit den eigenen vier Wänden gefiel ihm sehr gut. »Mit eigener Terrasse, und im Winter könnten wir am Kamin sitzen. Vielleicht am Starnberger See ...«

»Jetzt drehst du aber durch.« Sie boxte ihn sanft in die Seite. »Starnberger See! Vielleicht auch noch eine Villa mit Porsche und Luxusyacht?«

»Ach, Tanja, man wird doch noch ein bisschen träumen dürfen, oder?«

»Ich wusste gar nicht, dass du ein romantischer Träumer bist.«

»Na ja, um seine Träume zu verwirklichen, muss man in der Realität die Grundlagen schaffen. Ich habe jedenfalls heute schon mal mit Peter Hilfringhaus gesprochen und angedeutet, dass ...«

»Was hast du?« Ihre Stimmung schlug von einer Sekunde auf die andere ins Gegenteil um.

»Ich habe mit Hilfringhaus gesprochen«, sagte er und wunderte sich über ihre Reaktion. »Ich habe ihn schon mal darauf vorbereitet, dass ich demnächst für ein paar Wochen ausfallen werde. Ich will dich ja nach der Geburt entlasten. Er meinte ...«

»Ein paar Wochen?« Sie wurde lauter. »Heißt das, für dich ist schon entschieden, dass ich zu Hause bleibe? Das Heimchen am Herd spiele, oder wie? Ist das nicht eine Frage, die wir gemeinsam ...«

»Ähm, ja natürlich, mein Schatz. Ich habe ja auch nur schon mal angedeutet, dass ...«

»Hervorragend, Herr Chefreporter. Hast du vielleicht auch eine Sekunde daran gedacht, dass ich denselben Beruf habe wie du? Dass ich vielleicht auch Karrierechancen habe? Nur falls es dich interessiert: Doktor Hallerbach hat mich heute gefragt, ob mich die Nachfolge von Schaller reizen würde. Was sagst du jetzt?«

Hallerbach war der Chefredakteur des *Factum*-Magazins, wo Tanja als Reporterin im Deutschland-Ressort angestellt war. Und Schaller war der Chef der Online-Ausgabe des Magazins, der schon lange aus gesundheitlichen Gründen an eine Altersteilzeit dachte. Wenn Tanja seinen Posten bekäme, würde sie auf einen Schlag deutlich mehr verdienen als Litzka bei der *ATZ*, wo er formal zwar den Job des Chefreporters ausfüllte, was sich aber nur auf der Visitenkarte und nicht auf dem Gehaltszettel bemerkbar machte.

»Das müssen wir doch nicht heute besprechen«, versuchte er, die Brisanz wieder aus dem Gespräch zu nehmen.

»Nein, müssen wir nicht«, stimmte sie ihm zu, klang aber immer noch zornig. »Es weiß ja auch niemand, ob alles gut geht. Ich bin gerade mal in der fünften Woche. Aber dass du gleich zu deinem Chef hinläufst und dich für eine kleine Pause abmeldest, finde ich schon sehr bezeichnend. Bist du auch direkt zu Lohmann gerannt?«

Eigentlich wollte er das Thema Lohmann nicht ansprechen, aber jetzt konnte er schlecht ausweichen. »Lohmann ist tot.«

»Ach, habt ihr ihn kollektiv gemeuchelt?« Sie kannte die Geschichten über Lohmann und seine Methoden zur Genüge.

»Es ist kein Witz. Ein Unfall auf der Autobahn. Zack, vorbei. So schnell kann es gehen.«

Es herrschte für wenige Augenblicke bedrückende Stille, und Litzka wusste nicht, wie er Tanjas Schweigen deuten sollte. Er hatte in seinem Beruf, der ihn fast täglich mit tragischen Schicksalen konfrontierte, schon oft die Erfahrung gemacht, wie nah Leben und Tod, Freude und Leid beieinander lagen. Doch er hatte gelernt, die Fälle, die meist in Form von Polizeiberichten auf seinem Schreibtisch oder immer häufiger im E-Mail-Postfach landeten, nicht zu nah an sich heranzulassen, und sich wie viele Journalisten einen Schutzpanzer aus Zynismus und schwarzem Humor zugelegt. Er fühlte sich genötigt, Mitgefühl und Trauer zu empfinden. Doch es gelang ihm nicht. Und er kämpfte dagegen an, über den Tod eines Menschen so etwas wie Befreiung zu empfinden.

»Tut mir leid«, startete er einen erneuten Beschwichtigungsversuch und hoffte, dass sie zu müde war für eine Grundsatzdebatte. »Lass uns schlafen gehen.«

Sie schaltete mit der Fernbedienung den Fernseher aus, löschte das Licht und ging wortlos ins Schlafzimmer.

Das fängt ja gut an, dachte Litzka und beschloss aus taktischen Gründen, ihr nicht sofort zu folgen.

3. Kapitel

Die Schlagzeile zierte die Titelseite der *Bild*-Zeitung mit prägnanten großen Lettern: *Die Jugendsünden der Landrätin.* Darunter in etwas kleineren, aber nicht weniger auffälligen Buchstaben: *Geheimfotos enthüllen die Rotlicht-Vergangenheit von Pia Blum.*

Jürgen Sonne interessierte sich eigentlich wenig für Politik, doch die Starnberger Landrätin war in den vergangenen Wochen so präsent in allen Medien gewesen, dass auch er neugierig auf die Fotos blickte. Pia Blum war kaum zu erkennen. Die Bilder mussten vor langer Zeit aufgenommen worden sein. In verführerischer Pose räkelte sie sich auf roter Satinbettwäsche und lächelte auf eine unschuldig-unbeschwerte Art in die Kamera. Sie trug Stiefel, die bis über die Knie reichten, und schwarze Latexhandschuhe. Sonst nichts.

»Ist ja widerlich«, brachte Sonne seine Meinung über Lack- und Leder-Erotik zum Ausdruck.

»Ach, wieso?« Natascha Steinberg nahm ihm die Zeitung aus der Hand. »Zeig mal her!« Und nach einem kurzen, prüfenden Blick: »Die Bilder sind doch sehr ästhetisch. Offenbar von einem Profi in einem Studio gemacht.«

Sonne wollte sich nicht ausmalen, wie das Liebesleben von Natascha und ihrer Lebensgefährtin aussah, wenn sie diese Bilder als ästhetisch bezeichnete.

»Das ist ja die Blum! Der Hammer! Die hat früher als Prostituierte gearbeitet, bevor sie in die Politik gegangen ist. Ich fass es nicht! Erstaunliche Biografie.« Natascha legte die Zeitung wieder auf Sonnes Schreibtisch.

»Schon eigenartig, dass diese ollen Kamellen ausgerechnet jetzt ans Tageslicht kommen. Eine Woche, nachdem Pia

Blum ihre Kandidatur gegen die CSU bekannt gegeben hat.«

»Das ist tatsächlich ein seltsamer Zufall.«

»Ich glaube nicht an Zufälle«, konstatierte Sonne eine seiner simplen Lebensweisheiten. »Das sieht doch verdammt nach einem abgekarteten Spiel aus. Aber so läuft wohl die Politik.« Er seufzte.

»Wer weiß, welche Vorlieben so manch anderer unserer ehrenwerten Politiker hat. Vielleicht war ja sogar Däxl damals Stammkunde bei der Latex-Lady.«

»Denkbar ist alles«, sagte Sonne. Als sein Telefon läutete, schaute er zuerst auf das Display. Es zeigte die 1010 an. »Der KDD.« Er nahm den Hörer ab.

»Ungeklärte Todesursache. Fremdverschulden nicht ausgeschlossen. Odeonsplatz. Staatsministerium der Finanzen«, fasste Sonne dann kurz die Informationen zusammen, nachdem er den Hörer wieder aufgelegt hatte.

»Habe ich richtig gehört?«, fragte Natascha. »Finanzministerium?«

»Hast du«, sagte Sonne, legte mit der einen Hand den Hörer auf und griff zugleich mit der anderen zu seiner braunen Lederjacke, die über seinem Bürostuhl hing. »Ich sag Sherlock Bescheid. Winter kann notfalls nachkommen, wenn wir ihn brauchen.« Sonne wählte die Nummer von Oberkommissar Gunnar Holmsen, der seit seinem ersten Arbeitstag bei der Kripo nur Sherlock Holmsen genannt wurde.

Wenige Minuten später saßen sie in Sonnes Dienstwagen und waren auf dem kurzen Weg zum Odeonsplatz.

»Übrigens«, sagte Sonne und reichte Natascha das Nintendo-DS auf den Beifahrersitz, dann schaltete er Blaulicht und Sirene ein. »Ich habe mich von über siebzig auf dreiundvierzig hochtrainiert.«

»Nicht schlecht für den Anfang«, kommentierte Natascha und steckte das Mini-Computerspiel ein. »Übung macht den Meister.«

* * *

Kassian Krüger-Oberbeck bebte vor Zorn, als er in den Konferenzraum stürmte und die *Bild*-Zeitung wie eine Peitsche auf den Tisch schlug. Litzka konnte sich nicht daran erinnern, wann der Geschäftsführer zuletzt aus den Gefilden der Verlagsleitung im vierten Stock in die Niederungen der Redaktionsräume hinabgestiegen war. Hatte er etwas zu kritisieren oder zu verkünden, konnte er bislang immer den Chefredakteur vorschicken. Nur bei äußerst erfreulichen Geschäftszahlen oder einer steigenden Auflage trat Krüger-Oberbeck persönlich vor die Belegschaft. Doch das war im vergangenen Jahrhundert zum letzten Mal vorgekommen.

»Warum hat die Konkurrenz diese Bilder?«, wütete er. Und dann schob er die eigentliche Frage hinterher: »Und warum haben nicht wir sie im Blatt? Kann mir das jemand erklären? Herr Hilfringhaus? Herr Litzka? Und wo ist überhaupt Frau Schulze-Wagenknecht?«

Krüger-Oberbeck war ein Mittvierziger mit glattrasiertem Gesicht, Designerbrille und Hugo-Boss-Anzug. Seine Vermerke zeichnete er mit seinen Initialen *K.O.* ab. Eine Zeitung war für ihn eine Ware wie Socken oder Weißwürste. Und er machte kein Hehl daraus, dass er auch Gebrauchtwagen oder Bausparverträge verkaufen würde, wenn dies eine höhere Rendite verspräche. Vorausgesetzt, er fände einen Käufer für das Zeitungshaus mit der angeschlossenen Druckerei.

»Ich habe heute früh gleich bei Pia Blums Pressesprecher angerufen«, sagte Litzka. »Er versichert, dass die Bilder nicht echt sind. Gefälscht.«

»Das interessiert mich einen Scheißdreck, was dieser Pressefritze sagt«, tobte Krüger-Oberbeck. »Was soll er auch sonst sagen? Ich will wissen, warum die *Bild* die Latexfotos hat und wir nicht. Es ist ja leider nicht das erste Mal, dass die Knüllergeschichten bei der Konkurrenz laufen. Wieso geben wir eigentlich teures Geld für eine große Redaktion aus, wenn hier nur Schlafmützen sitzen, die eine Zeitung machen, die so spannend ist wie das Telefonbuch von Schanghai?«

Litzka verdrehte die Augen. Das waren dieselben Sprüche, wie sie Lohmann immer geklopft hatte, wenn mal wieder etwas schiefgelaufen war. Jetzt wusste er, woher der seine Inspiration bezogen hatte.

»Und wo verdammt ist die stellvertretende Chefredakteurin?«, wollte Krüger-Oberbeck wissen.

»Frau Schulze-Wagenknecht«, antwortete Hilfringhaus, »hat einen Termin beim Aufsichtsrat der Holding.«

Es wurde gemunkelt, dass mit der Kulturchefin bereits Gespräche über die Lohmann-Nachfolge geführt wurden, wobei es unwahrscheinlich war, dass diese ohne Wissen des Geschäftsführers stattfanden.

Krüger-Oberbeck murmelte etwas von »Konsequenzen« und »unglaublichen Zuständen«, bevor er den Konferenzraum verließ und die Tür lautstark hinter sich zuschlug.

Einige Sekunden lang blieb es ruhig, so als wollte man warten, bis sich der aufgewirbelte Staub wieder gelegt hatte.

»Soll ich noch mal ran an die Story?«, fragte Litzka zaghaft.

»Nein«, entgegnete Hilfringhaus. »Haken wir das Thema ab. Was können wir dagegensetzen? Hat die Recherche über die entlassene Mörderin was ergeben?«

»Es soll heute eine offizielle Pressemitteilung der zuständigen Staatsanwaltschaft geben«, sagte Stefanie Schappert. »Aber *unter Drei* hat mir der Sprecher schon bestätigt, dass es sich um die Gellner handelt. Es ging damals um den Mord an einem Fernsehregisseur. Der *Isarbulle* ...«

Sie blickte in die Runde, ob sich alle an den Fall erinnerten. Litzka wusste sofort Bescheid. Es war seine erste ganz große Geschichte gewesen, die ihm tagelang den Aufmacher beschert hatte.

»Drahomir Tomasek hieß er«, sagte Litzka. »Er hatte die junge, schöne Schauspielerin Ulrike Gellner gedemütigt, vergewaltigt und geschwängert. Sie hat ihn dann erschossen, aus Rache. Das ist die Kurzfassung.«

»Ja, das war eine Riesenstory«, erinnerte sich auch Hilfringhaus, der damals Lokalchef war. »Was macht der Isarbulle, also der Schauspieler, eigentlich heute?«

»Er lebt allein in der Nähe von Traunstein. Öffentlich ist er seit Jahren nicht mehr in Erscheinung getreten.«

»Flitzer, kümmerst du dich?«

»Klar, ich kümmer mich.«

* * *

Dass vor dem Finanzministerium Polizeiwagen standen, war nicht ungewöhnlich. Schließlich lag das Gebäude am Odeonsplatz gegenüber dem Hofgarten nur einen Steinwurf vom Innenministerium entfernt, wo die Befehlsgewalt über die bayerische Polizei residierte. Jürgen Sonne, Gunnar Holmsen und Natascha Steinberg stiegen die Treppe empor zum Ministerbüro.

»Hier riecht es nach Macht«, sagte Sherlock, während ihnen Kommissar Kellerbach vom K311 den Weg zum Zimmer

101 wies. An der Tür war ein Schild mit dem Namen *Ministerialdirigent R. Kirchgessner* montiert. Sie betraten den Raum, in dem ein großer, leerer Schreibtisch stand. Sonne blickte sich um, ohne etwas Auffälliges zu entdecken.

»KK Jommersbach, KDD«, stellte sich ein junger Schnauzbartträger mit Jeans und Sakko vor. Sonne schätzte ihn auf höchstens fünfundzwanzig.

»Angenehm, EKHK Sonne, MK1. Das sind meine Kollegen KK Holmsen und KOK Steinberg. Wo ist die Leiche?«

Jommersbach deutete auf den Schreibtisch. Daneben sah Sonne auf dem Boden zwei Füße in schwarzen Lederschuhen. Nachdem er drei Schritte vorgegangen war, entdeckte er auch den dazugehörigen Körper des Büroleiters. Er lag in einer gekrümmten Haltung auf der Seite. Wunden oder Verletzungen waren nicht zu erkennen.

»Was sagt der Arzt?«, wollte Sonne wissen.

»Der Notarzt hat eine natürliche Todesursache angekreuzt.« Jommersbach reichte Sonne den Totenschein. »Keine Hinweise auf Fremdverschulden. Aber die Sache war mir irgendwie nicht geheuer. Darum habe ich das K311 und euch alarmiert, bevor ich den Ablebensbericht unterschreibe.«

»Das war vollkommen richtig«, lobte Sonne den jungen Kollegen, der offenbar sehr unsicher war und große Angst davor hatte, einen Fehler zu machen. »Das hier ist schließlich nicht irgendeine Beamtenstube ...«

»Richtig. Kirchgessner war der engste Vertraute des künftigen Ministerpräsidenten.«

Sonne schaute sich um. Das Zimmer war zweckmäßig eingerichtet. An den Wänden hingen Ölgemälde, die alpine Landschaften zeigten. Auf einem runden Besuchertisch standen zwei ungeöffnete Flaschen Mineralwasser und vier umgedrehte Gläser, eine fast leer getrunkene Kaffeetasse sowie eine Schale mit Würfelzucker und ein Kännchen Kondensmilch. Hinter dem Schreibtisch stand ein ordentlich sortiertes Aktenregal. Auf der Arbeitsfläche lagen Schriftstücke, mit denen sich der Tote offenbar zuletzt beschäftigt hatte, bevor er aus ungeklärten Gründen zusammengebrochen war.

Sonne griff zu dem Tischkalender und reichte ihn Natascha: »Schaust du dir das mal an? Vielleicht finden wir da einen Hinweis.«

Sie nickte, und er versuchte, sich einen Überblick über die Unterlagen auf dem Schreibtisch zu verschaffen. Dort lag zuoberst die Vorlage für einen Kabinettsbericht, mit Notizen in zwei verschiedenen Handschriften versehen, grün und blau. Daneben lag ein Füller mit blauer Tinte. Ein gerahmtes Foto zeigte vermutlich Kirchgessners Gattin, ein zeitloses Porträt, das in einem Fotostudio aufgenommen worden war. Weder an der Kleidung noch an der Frisur war zu erkennen, ob das Bild vor zwei oder zwanzig Jahren entstanden war. Links neben der Arbeitsunterlage befand sich ein Stapel mit farbigen Pappmappen. *StMF – Ministerbüro – Bitte sofort vorlegen* war überall aufgedruckt. Sonne schaute in jede Mappe hinein und ließ sich auch von der Aufschrift *VS – Verschlusssache – Nur für den Dienstgebrauch* nicht abhalten. Leider bewies der Inhalt nur wenig Brisanz. Es handelte sich um Aktenvermerke zur Steuerschätzung oder zu anderen innerministeriellen Vorgängen, deren Bedeutung er kaum einschätzen konnte.

Inzwischen beendeten Kellerbach und seine Kollegen die routinemäßige Behandlung des Leichenfundorts. Von einem Tatort konnten sie nicht sprechen, solange nicht von einem Verbrechen die Rede war. »Wir sind soweit. Wir können die Leiche abtransportieren. Sagt jemand den Bestattern Bescheid?«

»Sie warten schon draußen«, sagte Jommersbach und ließ die zwei Sargträger vom städtischen Bestattungsdienst herein.

»Ich hab bislang nicht den Eindruck, dass das hier ein Fall für uns ist«, meinte Sonne. »Natascha, steht was Interessantes im Kalender?«

»Hm, nichts, was auf den ersten Blick verdächtig erscheint. Er hatte heute um vierzehn Uhr einen Termin. *SW* steht im Kalender. Das war knapp zwei Stunden bevor seine Sekretärin die Leiche gefunden hat.«

»Das könnte Simon Wolff sein, der Staatssekretär«, mutmaßte Sonne und brachte damit Holmsen zum Staunen.

»Seit wann kennst du die Namen der zweiten Garde im Kabinett?«

Sonne hatte den Namen erst vor einer halben Stunde zum ersten Mal in seinem Leben gelesen, und zwar auf einem Türschild auf dem Gang, drei Zimmer weiter. Aber er hatte nichts dagegen, dass man ihm eine derartige politische Allgemeinbildung zutraute. Unterdessen stellten die Bestatter ihren grauen Plastiksarg lautstark auf dem Parkettfußboden ab und zogen Einweghandschuhe an.

»Obacht!«, rief der eine.

Der andere wollte den Toten gerade an den Armen packen, als er innehielt. »Wos is'n des?«

Er hielt etwas Weißes in der Hand. Sonne sah sofort, dass es sich um ein Foto handelte.

»Das lag unter dem Toten. Schaut aus wie heiße Ware.« Der Bestatter lachte und wedelte mit dem Foto.

»Zeigen Sie mal her!« Sonne sah sich das Bild an. Dann sagte er mehr zu sich selbst als zu den Kollegen: »Ich bin mir nicht mehr ganz sicher, ob das nicht doch ein Fall für die Mordkommission ist.«

* * *

Im *Ritzi* hatten sie sich auch früher schon immer getroffen. Gut fünfzehn Jahre war es her, dass der damalige Landtagsabgeordnete und die attraktive Zeitungsredakteurin sich regelmäßig zu verschwiegenen Hintergrundgesprächen verabredeten, die später nicht mehr im Restaurant, sondern in der Stadtwohnung des Politikers stattfanden. Knapp zehn Jahre hatte Reinhold Engelhorn seine frühere Geliebte nicht mehr gesehen. Umso mehr freute er sich, dass Stella Schulze-Wagenknecht seiner spontanen Einladung an die Stätte ihrer ersten Begegnungen sofort gefolgt war. Er hatte ihr versichert, dass der Grund völlig unverfänglich war. Er brauchte ihren Rat.

»Was möchtest du trinken?«, fragte Engelhorn und winkte zugleich den Kellner an ihren Zweiertisch im hinteren Bereich des wie jeden Mittag gut besuchten Restaurants heran.

»Valpolicella.« Sie lächelte ihn an. »Ich dachte, das hättest du vielleicht behalten.«

»Ich habe mehr behalten, als dir lieb ist, glaub mir.« Engelhorn fingerte verlegen an seiner roten Kunststoffbrille. Er war heute ein dreiundsechzigjähriger, angesehner Herr, der die Politik hinter sich gelassen und sich in einer neuen, honorigen Position in der Gesellschaft etabliert hatte. Er hatte nicht das geringste Interesse daran, dass sein Liebesverhältnis mit der vermutlich künftigen Chefredakteurin der größten Münchner Boulevardzeitung publik würde. Allerdings konnte er sich auch darauf verlassen, dass Schulze-Wagenknecht ihre Verschwiegenheit nach so langer Zeit nicht brechen würde.

»Ich bin fest davon überzeugt, Reinhold, dass deine Einladung kein Vorwand dafür ist, die unmoralische Vergangenheit wieder ans Tageslicht kommen zu lassen.«

Sie lächelte so verführerisch wie früher. Und wie damals hatte er Schwierigkeiten, ihre leise Stimme zu verstehen – zumal an den Tischen um sie herum heftig über sämtliche landespolitische Themen debattiert wurde und er im Gegensatz zu früher inzwischen ein Hörgerät trug. Das *Ritzi* war der Szenetreff in der Nähe des Landtags, wo Journalisten und Politiker heimliche und unheimliche Neuigkeiten austauschten. Das meiste wurde *unter Drei* verkündet, also unter dem Versprechen, nichts mit Quelle zu zitieren. Verschwiegenheit und Diskretion standen ganz oben auf der ungeschriebenen Hausordnung.

»Es hat schon etwas mit Moral zu tun, was ich dich fragen will, Stella.«

Der Wein wurde serviert, und beide gaben eine Bestellung von der Mittagskarte auf. Engelhorn bestellte *Piccata milanese* von der Hühnchenbrust auf Tomatenspaghetti, seine Begleiterin wählte Lachssteak mit Blattspinat und Petersilienkartoffeln.

»Soso. In Fragen der Moral bist du doch inzwischen der Experte, als Direktor der evangelischen Akademie. Ich bin nur eine sensationsgierige Journalistin auf dem Boulevard.«

»Zum Wohl«, sagte Engelhorn und hob sein Glas. Sie stießen an.

»Es geht um die Landrätin.«

»Die Blum?«

Engelhorn nickte. »Was hältst du von ihr? Hat sie eine Chance?«

»Warum fragst du?«, entgegnete Schulze-Wagenknecht.

Engelhorn atmete tief durch. »Wir haben sie vor Monaten eingeladen zu einem Vortrag über Moral in der Politik.«

»Verstehe. Und jetzt fragst du dich, ob für deine fromme Klientel in der Akademie eine Ex-Hure, die mit Latexfotos Schlagzeilen macht, als Rednerin noch opportun ist.« Wie immer brachte sie die Probleme ohne Umschweife auf den Punkt. »Und da fragst du ausgerechnet mich?«

»Ich habe dir immer vertraut. Und ich vertraue dir immer noch, Stella. Ich werde von einflussreichen Kreisen, auch aus meiner Partei, gedrängt, den Vortrag kurzfristig unter einem Vorwand abzusagen.«

Er hatte ihr tatsächlich immer vertraut. Mehr als den engen Parteifreunden in der Landtagsfraktion, die ihn damals einhellig vor der Schulze gewarnt hatten. Sie treibe es mit jedem und betreibe es als Hobby, einflussreiche Politiker um den Finger zu wickeln und gefügig zu machen, hatte es geheißen. Besonders der Kultusstaatssekretär hatte ihn eindringlich gemahnt, seine Finger von dieser Hexe zu lassen, wie er sich ausdrückte. Er musste es ja wissen.

Jedenfalls hatte Engelhorn seine zweieinhalbjährige Zweitbeziehung keine Sekunde bereut und sie erst beendet, als seine Ehefrau daheim in Ingolstadt Verdacht schöpfte und ihm ein kompromissloses Ultimatum stellte. Stella hatte dies ohne Diskussion akzeptiert, wofür er ihr bis heute dankbar war. Die Frage, warum eine so attraktive Journalistin Anfang dreißig sich mit einem älteren, bestenfalls mittelmäßig gut aussehenden Politiker einließ, hatte er stets verdrängt und sich immer wieder vor Augen gehalten, dass viele hübsche Frauen reifere Herren bevorzugten.

»Kein Mensch wird dir den Vorwand abnehmen«, sagte Schulze-Wagenknecht ernst. »Ich fürchte, du musst da jetzt durch und in den Apfel beißen, von dem ich nicht einmal sicher bin, dass er sauer ist.«

Er schaute sie fragend an.

»Ich meine, der Schaden einer Absage wäre größer als die Veranstaltung durchzuziehen und sich tolerant, modern und liberal zu präsentieren. Und wenn sie bei der Wahl erfolgreich ist, kannst du dich damit schmücken, von Anfang an zu ihr gehalten zu haben.«

»Hm«, meinte Engelhorn. »Was würdest du schreiben bei einer Absage?«

Schulze-Wagenknecht grinste ihn überlegen an: »Akademie-Direktor zieht den Schwanz ein.«

* * *

»Dreh mal lauter!«

Litzka stellte seine Halbliterflasche Cola zur Seite. Er hatte mit halbem Ohr mitgehört, was der Nachrichtensprecher auf *Antenne Bayern* gerade verlas. Stefanie Schappert erhöhte die Lautstärke des Radios, das auf ihrem Schreibtisch stand und von morgens bis abends vor sich hindudelte.

»... galt als rechte Hand von Finanzminister Franz Däxl. Kirchgessner wurde einundfünfzig Jahre alt und hinterlässt eine Ehefrau. München. Oberbürgermeister Heinz Körber hat in der Pinakothek der Moderne eine Ausstellung ...«

Stefanie drehte das Radio wieder leiser.

Litzka griff zum Telefon und wählte die 213, die Durchwahl von Hilfringhaus.

Der Politikchef hatte offenbar auch gerade Radio gehört. Er meldete sich mit den Worten: »Kirchgessner! Nicht zu glauben! Es laufen auch schon die ersten Agenturmeldungen.«

»Ich komm mal rüber«, sagte Litzka, legte auf und stand wenige Augenblicke später im Zimmer von Hilfringhaus, der gerade eine *Reuters*-Meldung ausdruckte.

»Der Einundfünfzigjährige galt als engster Vertrauter des Finanzministers. Für die Zeit nach der Landtagswahl war er als Amtschef in der Staatskanzlei im Gespräch«, las Hilfringhaus vor. »Unbewiesen blieben bislang Gerüchte, wonach er mehrfach führende CSU-Politiker mit der Drohung, Details aus deren Privatleben zu veröffentlichen, unter Druck gesetzt haben soll.«

Hilfringhaus legte das Blatt vor sich auf den Schreibtisch. »›Gegen jeden von euch gibt es was.‹ Dieses Zitat von ihm ist aus einer Sitzung überliefert, in der mehrere Kabinettsmitglieder Däxl vorwarfen, mit frisierten Zahlen im Haushalt zu arbeiten.«

Litzka erinnerte sich an den Skandal. Kirchgessner soll während der Kabinettssitzung eine blaue Mappe auf den Tisch geworfen haben. Seitdem gab es Gerüchte, dass Kirchgessner zahlreiche Dossiers über die bayerischen Polit-Größen angelegt haben soll. »Aber rausgekommen ist da nie etwas, oder?«

»Nein. Es gab sogar eine Reihe von Unterlassungsklagen. Man darf dieses Zitat nicht mehr ungestraft verbreiten. Und von den angeblich Betroffenen hat sich nie jemand aus der Deckung gewagt.«

»Und jetzt ist er tot und nimmt seine Geheimnisse mit ins Grab.«

»Es sei denn, diese Dossiers existieren wirklich ...«

»... und der Mörder hat sie nicht mitgenommen.«

Hilfringhaus schaute Litzka überrascht an: »Flitzer, glaubst du wirklich ...«

»Na ja, Sinn ergeben würde es schon. Wenn an der Sache was dran ist.«

»Wenn es diese Dossiers wirklich gibt und darin etwas steht, was ein Mordmotiv liefert ...« Hilfringhaus schüttelte seinen Kopf. »Nicht auszudenken! Lass uns in zehn Minuten kurz brainstormen, wie wir das Thema anfassen, wer was macht und was wir als Erstes tun.«

Für Litzka war völlig klar, was er als Erstes tun würde. Er ging zurück zu seinem Schreibtisch im Großraum und wählte die Handynummer von Jürgen Sonne.

* * *

Der Finanzminister saß ohne Krawatte an seinem Schreibtisch. Der oberste Hemdknopf war geöffnet, sein Sakko hing über der Rückenlehne seines Stuhls. Sein aschfahles Gesicht sah noch knochiger aus, als Sonne es aus der Zeitung kannte. Er erinnerte sich daran, gelesen zu haben, dass Däxl seine Anzüge und Hemden einmal im Jahr von der Stange kaufte. Angeblich im Lagerverkauf im Euro-Industriepark in seinem Stimmkreis in Freimann.

»Herr Däxl, sind Sie bereit, ein paar Routinefragen zu beantworten?«

Es dauerte einige Sekunden, bis der Minister reagierte. Er wirkte verstört und hilflos. Als hätte ihm jemand den Sprechzettel weggenommen, auf dem stand, was er zu sagen hatte.

»Ähm, ja, natürlich. Nehmen Sie Platz, Herr Hauptkommissar.« Däxl setzte seine Brille auf, und von einer Sekunde auf die andere war er wieder der selbstbewusste Machtmensch, der in jeder *Rundschau* mindestens einmal einen gewichtigen Satz in die Kamera sprechen durfte.

»Wie lange arbeiteten Sie bereits mit Herrn Kirchgessner zusammen?«

»Nach der letzten Wahl, als ich von der Staatskanzlei ins Staatsministerium der Finanzen wechselte, habe ich ihn zum Büroleiter gemacht. Ich kannte ihn in verschiedenen Funktionen, die er hier im Ministerium ausübte. Und ich brauchte jemanden, der die Strukturen und ungeschriebenen Regeln hier im Haus kannte. Sie müssen wissen, so ein Ministerium, zumal wenn es sich um das vielleicht wichtigste in der Regierung handelt, ist nicht frei von Gruppenbildungen und internen Lagerkämpfen. Sie haben als Finanzminister schon genug mit den Kämpfen außerhalb, also mit den anderen Ressorts, zu tun. Da braucht es jemanden, der jederzeit die interne Lage im Blick und im Griff hat. Dafür war Kirchgessner der richtige Mann.« Däxl schaute auf ein Blatt Papier, das in einer Klarsichthülle vor ihm lag. »In vierzehn Tagen wäre Kirchgessner genau zwölf Jahre im Finanzministerium beschäftigt gewesen.« Er hatte sich offenbar schnell die Personalakte seines engsten Mitarbeiters kommen lassen. Sobald er ein Papier in der Hand hielt, von dem er Zahlen und Fakten ablesen konnte, schien er sich sicher zu fühlen.

Sonne schrieb sich Notizen in seinen kleinen Spiralblock.

»Was hat Kirchgessner vor seiner Zeit im Ministerium gemacht?«

»Er hat eine Finanzbeamtenlaufbahn hinter sich. Ganz klassisch. Er war Steuerprüfer in Nürnberg, Referatsleiter in der Zoll- und Verbrauchsteuerabteilung der Oberfinanzdirektion und später stellvertretender Leiter des Finanzamtes Nürnberg-Nord. Ich habe das alles schriftlich vor mir«, fügte er überflüssigerweise hinzu.

»Eine Bilderbuchkarriere also«, stellte Sonne fest.

»Sozusagen. Für einen Finanzbeamten hat er ziemlich alles erreicht, was unter normalen Umständen im Bereich des Möglichen liegt.«

»Aber seine Karriere wäre noch nicht zu Ende gewesen ...« Sonne blickte den Minister fragend an.

»Er war ein ehrgeiziger und fleißiger Beamter.«

Da Däxl auswich, konkretisierte Sonne seine Frage: »Was hätte Ihre Wahl zum Ministerpräsidenten für Kirchgessner bedeutet?«

»Ich bitte Sie, Herr Kommissar. Es ist doch jetzt müßig, sich darüber Gedanken zu machen. Ich habe noch keine konkreten Personalpläne. Ich weiß ja nicht einmal, wen ich alles ins Kabinett berufen werde. Da habe ich mir über Beamtenposten noch keine Vorstellungen gemacht. Und bis September kann noch so viel passieren. In der Politik ist alles möglich.«

Als Sonne ihn weiter schweigend anschaute, ließ sich Däxl zu einem Nachsatz verleiten: »Sicherlich hätte sich für Herrn Kirchgessner eine angemessene Position gefunden. Aber mehr kann ich dazu wirklich nicht sagen.«

»Gibt es jemanden, der vom Tod Kirchgessners profitiert?«

Däxl blickte Sonne irritiert an: »Wie bitte? Ich verstehe Ihre Frage nicht.«

»Doch, Sie verstehen schon richtig.«

»Das klingt, als fragten Sie nach einem Mordmotiv. Aber Kirchgessner ist doch eindeutig eines natürlichen ...«

»Ich habe nur gefragt, ob jemand vom Tod Kirchgessners profitiert«, unterbrach ihn Sonne. »Um Nutzen aus dem Tod zu ziehen, muss man noch lange kein Mörder sein.«

Däxl blickte in die Personalakte, als könnte er dort eine Antwort auf die Frage des Kommissars finden.

»Also, ich weiß wirklich nicht. Sicher, seine Frau wird eine Beamtenpension bekommen, aber ...«

»Ich meine eher im politischen Bereich.«

»Niemand. Ich werde seine Position sicher nicht für wenige Monate neu besetzen.«

»War Kirchgessner für Sie auch als Wahlkampfmanager tätig?« Sonne formulierte die Frage möglicherweise eine Spur zu scharf. Denn Däxl fühlte sich offenbar bedrängt.

»Wahlkampfmanager? Nein, wieso? Natürlich nicht. Freilich lassen sich Partei- und Staatsamt nicht immer trennen. Wenn man den ganzen Tag im Land und an der Basis unterwegs ist, dann sehen die Menschen in mir nicht nur den Minister, sondern auch den Parteipolitiker, den stellvertretenden CSU-Vorsitzenden. Entsprechend kann man auch die Aufgaben an den Bürochef nicht immer lupenrein ...«

Wer sich verteidigt, klagt sich an, dachte Sonne an einen Satz seiner verstorbenen Mutter und stoppte Däxls Ausführungen.

»Herr Minister, in Ordnung, ich habe verstanden. Aber dann können Sie mir vielleicht erläutern, was es hiermit auf sich hat.«

Sonne zückte aus der Innentasche seines Jacketts das Foto hervor, das bei dem Toten gefunden wurde, beugte sich vor und knallte es auf die Schreibtischplatte.

»Ähm, also ...« Däxl hustete gekünstelt und wollte so möglicherweise wertvolle Sekunden gewinnen. »Ich habe dieses Bild noch nie gesehen. Also, doch, natürlich schon. Aber nicht, Sie verstehen schon ... Und überhaupt: Nehmen Sie diesen Schmutz von meinem Schreibtisch! Bitte!«

Sonne steckte das Foto wieder ein.

»Eine Frage noch, Herr Minister. Ist der Staatssekretär Wolff zu sprechen?«

»Nein, er ist verreist.« Däxl schien dankbar für den Themenwechsel. »Zusammen mit Ministerpräsident Kaserer und einer Wirtschaftsdelegation ist er vor zwei Tagen zu einer Asienreise aufgebrochen. Er kommt erst nächste Woche zurück.«

»Hm«, wunderte sich Sonne. »Ich dachte ... In seinem Kalender hatte Kirchgessner kurz vor seinem Tod eine Verabredung mit dem Kürzel *SW* vermerkt. Ich dachte, das könnte der Staatssekretär Simon Wolff gewesen sein.«

»Nein, da täuschen Sie sich offenkundig«, sagte Däxl. »Da kann ich Ihnen aber auch nicht weiterhelfen. Ich wundere mich immer noch, Herr Hauptkommissar, warum Sie mir diese Fragen stellen. Sie sind von der Mordkommission. Aber wo ist der Mord? Ich denke, Sie haben Wichtigeres zu tun als ...«

»Guten Tag, Herr Staatsminister«, verabschiedete sich Sonne. Er ahnte, dass als Nächstes die unterschwellige Drohung folgen würde, eine Anfrage beim Innenministerium und beim Polizeipräsidium zu starten. »Ich finde allein hinaus. Sie hören von uns.«

* * *

Als Sonne im Hof des Ministeriums stand und sich kurz umblickte, um die Orientierung und den Hauptausgang zu finden, läutete sein Handy und zeigte einen Anruf von Frank Litzka an.

»Flitzer, was gibt's? Lass mich raten: Kirchgessner?«

»Du sagst es, Jürgen. Wir beschäftigen uns mal wieder mit demselben Thema. Ich wollte dich eh anrufen, habe auch was Privates zu erzählen. Aber dazu später. Stör ich gerade?«

»Geht schon.« Sonne wusste, dass der *ATZ*-Reporter ihn nicht nur anrief, um ihm exklusive Informationen aus der Nase zu ziehen. Beim Fall um den Isarbullen, als er Ulrike Gellner hinter Gitter gebracht hatte, hatten sie zum ersten Mal beruflich miteinander zu tun gehabt und sich später immer enger angefreundet.

»Ich glaube, ich habe ein paar interessante Infos über den toten Strippenzieher für dich, Jürgen. Können wir uns sehen?«

»Sehr gerne. Vielleicht kannst du mir auch noch anders helfen. Ihr habt doch sicher so eine Liste mit den Terminen der Politiker, oder?«

»Freilich! Was willst du wissen?«

»Pia Blum. Was macht sie? Wo ist sie? Wo kann ich sie treffen?« Er hörte, wie Litzka auf einer Computertastatur tippte.

Wenige Augenblicke später hatte er die gewünschte Information: »Sie spricht in der Evangelischen Akademie Tutzing. Das Thema klingt vielversprechend: ›Ethik in der Politik‹. Ihre Rede beginnt in einer Stunde.«

»Falls du zufällig über ihre Rede schreiben willst«, Sonne grinste ins Telefon, »dann treffen wir uns in Tutzing.«

»Wie der Zufall so spielt, hatte ich genau das vor«, sagte Litzka. »Also dann.«

4. Kapitel

Der hufeisenförmige Bau des Tutzinger Schlosses, in dem die Akademie untergebracht war, lag direkt am Ufer des Starnberger Sees.

»Nette Hütte«, meinte Sonne, als er Litzka vor dem ockerfarbenen Eingangsportal begrüßte.

»Komm mit«, sagte der Reporter, und sie schritten gemeinsam durch den Innenhof.

»Aber jetzt erzähl erst mal. Ich platze schon vor Neugier. Du wolltest mir etwas erzählen. Etwas Privates.«

»Ja, stimmt.« Litzka lachte verlegen.

Und als er nicht sofort zur Sache kam, sagte Sonne: »Lass mich raten. Es gibt nur zwei Möglichkeiten.«

»Ja?«

»Du heiratest. Oder du wirst Vater. Oder beides?«

»Das Zweite stimmt«, antwortete Litzka leise. »Und das andere hat noch ein bisschen Zeit.«

»Mensch Flitzer, gratuliere!« Und es gab keinen Zweifel daran, dass Sonne dies ernst meinte. Dass sie vor Jahren mal beide ein Auge auf Tanja geworfen hatten, war schon lange kein Thema mehr.

»Der Schuppen gehörte in den Vierzigerjahren dem Doktor Oetker«, wechselte Litzka das Thema.

»Dem Backpulver-Oetker?«

»Ja, genau. Nach dem Krieg wurde das Schloss als Erholungsheim für Kriegsheimkehrer genutzt. Und neunundvierzig kaufte Hans Meiser ...«

»Jetzt verarschst du mich, Flitzer!«

»Ich meine ja nicht den Talkshow-Heini. Landesbischof Hans Meiser kaufte das Schloss für die evangelische Kirche, seitdem ist das hier eine Akademie.« Sie waren am Haupteingang angekommen, wo eine für kirchliche Verhältnisse außergewöhnlich kurzberockte, junge Dame die Einladungskarten überprüfte. »Ich nehme an, du hast keine Einladung dabei, Jürgen?«

»Meine Einladung ist aus Metall und hängt an einer Kette.«

»Lass deine Dienstmarke mal stecken«, flüsterte Litzka. Dann wandte er sich an die Hostess am Akkreditierungstisch: »Litzka, *ATZ*. Ich habe einen Kollegen mitgebracht.«

Sie wurden anstandslos durchgelassen und gingen zielstrebig in den großen Saal, wo Litzka gleich auf die reservierten Pressestühle zusteuerte.

Es war Sonne ganz recht, dass nicht jeder gleich wusste, dass die Polizei im Haus war. Und er wusste, dass er sicher bald die Gelegenheit bekäme, sich mit einem Gefallen bei Litzka zu revanchieren.

In den Zuschauerreihen herrschte eine andächtige Stille, fast wie in einer Kirche. Hier und da wurde leise getuschelt. Die Fenster waren verdunkelt, grelle Neonstrahler erleuchteten den rundum mit Holz vertäfelten Raum. Die Klimaanlage surrte leise.

»Sag mal, Flitzer, was kannst du mir über den toten Kirchgessner erzählen?«

»Ich habe geahnt, dass du mich das fragst, Herr Kommissar.« Litzka holte aus der Innentasche seines Jacketts ein zusammengefaltetes Blatt Papier. »Ich habe mal ausgedruckt, was der Munzinger über ihn gespeichert hat.«

Sonne nahm das Papier. Die biografischen Daten aus dem elektronischen Archiv entsprachen dem, was er schon wusste. Nur eine Angabe überraschte ihn. »Ach, Kirchgessner ist gar nicht sein Geburtsname? Interessant.«

»Richtig. Er hat nach der Heirat den Namen seiner Frau angenommen«, sagte Litzka. »Geboren wurde er als Robert

Eberhard Michalczak. Es heißt, dass er glaubte, mit einem bayerisch klingenden Familiennamen besser und schneller Karriere zu machen.«

»Stimmt absolut. Michalczak klingt mehr nach Warschauer Pakt als nach Weißwürschtl und Lederhosen. Und sein Plan ist ja auch aufgegangen. Was wäre aus ihm geworden nach der Wahl?«

»Die berühmten informierten Kreise vermuten, dass er Amtsleiter in der Staatskanzlei unter Ministerpräsident Däxl werden sollte. Es heißt, dass er sich durch geschickte Vernetzung, andere nennen es Intrigen, für seinen Chef unverzichtbar gemacht hat. In der CSU-Fraktion gab es Befürchtungen, dass Kirchgessner als heimlicher Regierungschef die Politik vorgeben würde, so groß soll sein Einfluss auf Däxl gewesen sein.«

»Interessant.«

»Es gibt sogar Gerüchte, dass in Kirchgessners langfristiger Strategie das Amt des Ministerpräsidenten nur eine Durchgangsstation sein sollte, um Däxl in Berlin ganz groß herauszubringen.«

»Du meinst ...«

»Ja. In drei Jahren ist Bundestagswahl. Wenn er bis dahin der Klassenprimus der Ministerpräsidenten ist und man sich in der CDU nicht auf einen Kanzlerkandidaten verständigen kann. Sicher ein heute unvorstellbares Szenario, aber Kirchgessner tickte so.«

»Und was will Däxl selbst?«, fragte Sonne.

»Tja. Das weiß keiner so genau. Es ist nie ganz klar, was von seiner Politik in seinem eigenen Kopf entstanden ist und was er sich hat einflüstern lassen – und trotzdem für seine eigene Idee hält.«

»Oh Gott, der Präsi.« Sonne hatte Hartmut Stapper entdeckt, den Polizeipräsidenten, der als einer der Ehrengäste in der vordersten Reihe Platz nahm.

»Ja, der ist immer hier«, sagte Litzka. »Er gehört zu den prominenten Förderern der Akademie.«

»Das hättest du mir auch vorher sagen können. Jetzt sitze ich hier als Undercover-Ermittler auf der Pressebank. Was soll ich ihm sagen, wenn er mich sieht?«

»Lernt man denn auf der Polizeischule nicht, wie man sich bei verdeckten Ermittlungen unsichtbar macht?«, feixte Litzka.

»Idiot«, zischte Sonne.

Wie von Geisterhand wurde es dunkel. Jetzt betrat auch Pia Blum den Saal, das Klackern, das ihre High Heels auf dem edlen Parkettboden verursachten, wurde sofort von einem höflichen Applaus übertönt. Sie nahm Platz auf einem freien Stuhl in der ersten Reihe.

Akademiedirektor Reinhold Engelhorn trat ans Rednerpult in den Lichtkegel eines Scheinwerfers. Der Mann mit dem weißen Haar und dem großväterlich gütigen Blick setzte seine rote Kunststoffbrille auf und zählte nach einer kurzen Begrüßung zunächst die Namen sämtlicher Ehrengäste auf, um dann den Blick auf die Landrätin zu richten.

»Ich freue mich besonders, heute die populäre Starnberger Landrätin Pia Blum begrüßen zu dürfen. Als wir Sie, Frau Blum, vor über einem halben Jahr zu diesem Vortrag eingeladen haben, da konnte noch niemand ahnen, dass Sie heute als Spitzenkandidatin der Opposition für die Landtagswahl hier reden würden. Umso erfreuter sind wir, dass Sie trotz der jetzt sicherlich zunehmenden terminlichen Verpflichtungen uns heute hier die Ehre erweisen.« Engelhorn räusperte sich kurz. »Ich bin froh, dass Sie sich auch nicht von jüngsten Veröffentlichungen über Ihre Person in der Boulevardpresse davon abhalten lassen, unser Gast zu sein.« Ein leises Raunen ging durch das Publikum. »Ich will nicht verschweigen, Frau Blum, verehrte Gäste, dass mir von verschiedenen Seiten die Frage zugetragen wurde, ob es für eine christliche Akademie statthaft sei, Sie nach der Veröffentlichung der genannten Bilder und Berichte noch zu empfangen.« Er machte eine kurze Pause, in der deutlich wurde, wie unangenehm ihm das Thema war. »Ich bin zu dem Schluss gekommen, dass in der Politik gelten muss: Privat ist privat. Und Vergangenheit ist Vergangenheit. Wir möchten Sie, Frau Blum, heute hören als populäre Kommunalpolitikerin, die sich seit Jahren mit unermüdlichem Einsatz für humanitäre Projekte auch in sozialen Brennpunkten unserer Region eingesetzt hat. Alles andere soll für uns keine Rolle spielen. Ganz unabhängig davon, ob das, was wir in der Zeitung lesen konnten, wahr ist oder nicht. Frau Blum, Sie haben das Wort.«

Der Applaus war höflich und verhalten. Es schien eine gespannte Skepsis unter den Zuhörern zu herrschen. Und vielleicht auch eine gewisse Sensationsgier.

Pia Blum trug einen dunkelblauen Hosenanzug, eine rote Bluse und eine weiße Perlenkette. Sie war dezent geschminkt und blickte ernst ins Publikum. »Sehr geehrter Herr Direktor, sehr geehrte Damen und Herren ...« Nach einigen Begrüßungsfloskeln und Dankesworten begann sie ihre Rede, sie sprach frei, ohne Manuskript. »Das Thema dieses Vortrags lautet ›Ethik in der Politik‹. Aber gerade in diesen Tagen ist sehr viel von Moral in der Politik die Rede. Und dabei fällt auf, dass in der öffentlichen Wahrnehmung die Frage nach der Moral häufig identisch ist mit dem – ich möchte hinzufügen: durchaus voyeuristischen – Blick durch die Schlüssellöcher der Schlafzimmer. Wer schläft mit wem? Legal oder illegal? Erlaubt oder unerlaubt? Moralisch oder unmoralisch? Und, meine verehrten Damen und Herren, ich bin mir bewusst, dass ich heute vor diesem Publikum nicht über

Ethik und Moral reden kann, ohne auf das Thema einzugehen, das womöglich den meisten von ihnen durch den Kopf geht, wenn sie mich hier auf dem Podium der Evangelischen Akademie stehen sehen.«

Es herrschte absolute Stille im Saal. Die Journalisten, die neben Litzka und Sonne saßen, notierten jedes einzelne Wort. Vermutlich hatten sie gar nicht damit gerechnet, dass Pia Blum sich zu den Rotlichtfotos äußern würde. Jetzt sah Sonne, dass vor ihr ein Manuskript lag, das sie jedoch bislang nicht angerührt hatte. Ihre Ausführungen schienen unvorbereitet. Er bezweifelte, dass die Schweißperlen auf ihrer Stirn nur vom Scheinwerferlicht herrührten. Die Landrätin konnte nicht so gefasst und ruhig sein, wie sie äußerlich wirkte.

»Ich möchte Sie nicht zu lange auf die Folter spannen und Ihnen die Frage beantworten, die Sie sich nach der Indiskretion, die sich eine große Zeitung erlaubt hat, nun stellen. Und Sie stellen diese Frage zu Recht, denn mit meiner Spitzenkandidatur zur Landtagswahl bin ich über den Landkreis hinaus eine öffentliche Person geworden.«

»Jetzt wird sie gleich alles dementieren und als Lügenkampagne zurückweisen«, flüsterte Litzka und Sonne nickte.

»Ich sage Ihnen daher klipp und klar«, fuhr Blum fort, »ja, ich habe als Prostituierte gearbeitet. Ja, ich war das, wofür man gemeinhin den Begriff Hure oder andere Worte findet.«

Wieder herrschte für einige Sekunden Totenstille. Mit einem solchen direkten Bekenntnis hatte niemand gerechnet.

Blums Stimme wurde etwas leiser, als sie weiterredete: »Ich habe mich entschlossen, kein Versteckspiel zu spielen und zu behaupten, die Fotos seien gefälscht. Sie sind echt, aber sie sind auch zwanzig Jahre alt. Ich stehe zu meiner Vergangenheit, ich habe nichts zu entschuldigen und nichts zu rechtfertigen, ich habe niemanden belogen oder betrogen.

Eine moralische Politik ist für mich auch eine Politik der Wahrhaftigkeit. Daher möchte ich Ihnen heute erzählen, welcher Weg mich damals in eine Welt geführt hat, die – und auch das will ich nicht verheimlichen – auch Einfluss auf mein späteres politisches Wirken gehabt hat.« Sie atmete kurz durch. »Wenn Sie meine Biografie kennen, dann wissen Sie, dass ich aus der DDR stamme. Geboren wurde ich in Chemnitz, als es noch Karl-Marx-Stadt hieß. Meine Eltern waren evangelische Pfarrer und sind zwei Jahre vor dem Mauerfall kurz hintereinander gestorben.«

Sonne fühlte sich an sein eigenes Schicksal erinnert, denn auch er hatte seine Eltern auf einen Schlag durch einen Autounfall verloren. Er wusste genau, was es für einen jungen Menschen bedeutete, plötzlich ein Waisenkind zu sein.

»Ich hätte gerne studiert, doch das wurde mir verwehrt. Als einfache Arbeiterin war ich in einer Keksfabrik beschäftigt. Als die Mauer fiel, war ich zweiundzwanzig – Vollwaise und bereits einmal geschieden. Ich hatte, bis auf eine jüngere Schwester, keine Familie, und so war es für mich eine leichte Entscheidung, kurz vor Weihnachten '89 in den Westen zu gehen. In Nürnberg hatte ich eine Cousine, an die ich mich wandte. Sie arbeitete als Kellnerin in einer Bar und verschaffte mir schnell eine Arbeit. Doch als Kellnerin verdient man nicht viel. Und so war das Angebot sehr verlockend, das mir der Betreiber eines Edelbordells machte. Ich habe einige Jahre viel Geld verdient. Ich konnte mir Dinge leisten, von denen ich zuvor nicht einmal hatte träumen können, weil ich sie gar nicht gekannt hatte. Ich will diese Zeit nicht verklären, aber ich kann sie auch nicht verdammen, meine Damen und Herren. Und so schockiert Sie jetzt auch sein mögen, vergessen Sie bitte nicht, dass es sich nicht um ein Einzelschicksal handelt. Hunderttausende Prostituierte arbeiten in diesem

Land tagaus, tagein. Und wie in jeder Branche gilt auch hier, dass die Nachfrage das Angebot schafft. Und da wären wir wieder bei der Frage nach der Moral. Ist die Hure unmoralisch, weil sie ihren Körper verkauft? Ist der Freier unmoralisch, weil er mit seinem Geld ein System unterstützt, in dem die Frau als käufliche Ware angeboten wird? Ist es eine moralische Politik, die Einnahmen der Prostituierten zu besteuern und ihnen gleichzeitig Altersvorsorge und Krankenversicherung zu verwehren? Sie wissen, meine Damen und Herren, dass ich mich seit Jahren nicht nur für Drogenprojekte und die Aidshilfe, sondern auch für eine rechtliche Besserstellung von Frauen im sexuellen Dienstleistungsgewerbe einsetze, auch hier im Landkreis, wo dieses Milieu anders als in der benachbarten Millionenstadt im Verborgenen und zum Teil in der Illegalität liegt, wo das Rotlicht nicht das weiß-blaue Tageslicht trüben darf. Und wenn wir von Moral in der Politik reden, dann sollten wir auch über das Stichwort Doppelmoral reden, und zwar über die Politiker, die in Bierzeltreden hier auf dem Land Sodom und Gomorrha anprangern und sich von ihrem Chauffeur am Abend nach München zum *Leierkasten* oder zu ähnlichen Häusern bringen lassen. Natürlich werde ich keine Namen nennen. Aber als Politikerin trete ich auch an, um dafür zu werben, dass Begriffe wie Ehrlichkeit, Offenheit und Transparenz nicht zu leeren Worthülsen verkommen.« Wieder machte sie eine kurze Pause und blickte in das Publikum. »Und darum habe ich heute vor Ihnen auch dieses Bekenntnis abgelegt. Und weil ich es im Moment immer wieder gefragt werde: Nein, ich werde nicht aufgeben. Solange mich das Bündnis Rot-Grün-Blum unterstützt, werde ich an meiner Kandidatur festhalten und um jede Stimme kämpfen. Vielen Dank, meine Damen und Herren.«

Sonne blickte sich um und war gespannt auf die Reaktion des Publikums. Es dauerte einen Moment, bis an einigen Stellen vereinzelter Applaus zu hören war. Immer mehr Zuhörer setzten klatschend ein, bis allmählich einer den anderen mitriss und ein begeisterter Beifall ausbrach. Vereinzelt standen sogar Zuhörer auf, um ihre Ovation zu bekunden. Auch der Akademiedirektor schien gleichermaßen begeistert und erleichtert. Womöglich hatte er anfangs befürchtet, die Rednerin könnte mit faulen Eiern beworfen werden. Er ging auf Pia Blum zu, reichte ihr die Hand, was ein Blitzlichtgewitter der Pressefotografen auslöste.

Als sich der Beifall gelegt hatte, nahm die Landrätin ihr Manuskript und hielt die ursprünglich geplante Rede über Ethik in der Politik.

»Das war ein gelungener Coup«, sagte Litzka leise zu Sonne. »Geschickter hätte sie auf die Skandalfotos nicht reagieren können.«

Nach der Rede – die Saalbeleuchtung war wieder eingeschaltet – stand noch eine offene Aussprache mit dem Publikum auf dem Programm. Die meisten Wortmeldungen beschränkten sich allerdings darauf, den Mut der Landrätin zu loben und Respekt für ihre Ehrlichkeit zu bekunden. Nur ein älterer Herr, dem Outfit nach offenbar ein Pfarrer, brachte sein Missfallen mit den Worten zum Ausdruck, es sei abscheulich und ekelerregend, wie hier die Rumhurerei salonfähig gemacht würde. Doch sein Wortbeitrag verursachte nicht mehr als Kopfschütteln und vereinzelte Pfiffe.

Nach der Veranstaltung wartete Sonne ab, bis die Ehrengäste einschließlich Polizeipräsident Stapper den Saal verlassen hatten, dann schritt er auf die Politikerin zu.

»Grüß Gott, Frau Blum. Darf ich Sie kurz sprechen?«

Sie griff nach dem Dienstausweis, den er ihr hinhielt, dann entschuldigte sie sich: »Oh, Verzeihung. Ich dachte, Sie wollten auch Ihre Eintrittskarte signieren lassen.«

Ihr verlegener Blick wirkte entwaffnend und sympathisch. Sonne sah sie zum ersten Mal aus direkter Nähe. Sie war nur sehr dezent geschminkt und hatte einen lieblichen Rosenduft aufgelegt.

»Hauptkommissar Jürgen Sonne, Kripo München. Ich ermittle im Todesfall Kirchgessner.«

»Ja, ich hörte davon.« Ihr Lächeln war mit einem Mal verschwunden. Ihre Betroffenheit wirkte echt. »Aber warum ermittelt die Polizei? Von welchem Dezernat sind Sie?«

»Morddezernat. Wir sind immer dann gefragt, wenn die Todesursache nicht eindeutig geklärt ist. Und die Umstände des Todes von Herrn Kirchgessner lassen auch angesichts seiner politischen Position noch ein paar Fragen offen.«

»Ja? Und wie kann ich Ihnen da helfen, Herr Kommissar?«

Sonne machte mit einem Blick deutlich, dass er das Gespräch lieber in einem Nebenraum fortsetzen wollte; sie folgte ihm in eine leerstehende, fensterlose Kammer, die früher vermutlich als Vorratsraum gedient hatte. Ohne dass hier ein einziges Bücherregal zu sehen war, roch es wie in einer alten, verstaubten Bibliothek. Sonne stellte sich vor, dass hinter der lieblos mit Raufaser tapezierten Wand eine Geheimtür versteckt war, die in verborgene, unterirdische Verliese des alten Schlosses führte. Er zeigte ihr das Foto, das bei Kirchgessners Leiche gefunden wurde.

»Frau Blum, kennen Sie dieses Bild?«

Sie nahm das Foto, warf nur einen kurzen Blick darauf, dann fragte sie: »Ja, natürlich. Woher haben Sie das?« Als Sonne nicht sofort antwortete, fragte sie: »Haben Sie das von

Kirchgessner? Dieses intrigante Schwein! Ich habe es gleich geahnt. Ich hätte es wissen müssen ...«

Sonne nahm das Foto wieder an sich. »Dies ist keins der Motive, die in der Zeitung veröffentlicht wurden. Woher stammen die Bilder?«

Sie atmete tief durch und beruhigte sich wieder. »Wissen Sie, Herr Kommissar, das sind Werbefotos. Heute kann sich ein Freier die Mädchen im Internet in allen Posen anschauen. Vor zwanzig Jahren kursierten in den Clubs unter der Theke entsprechende Mappen mit Fotos. In den edleren Läden beauftragten die Besitzer professionelle Fotografen damit, die Mädchen abzulichten. Bezahlen mussten wir die Bilder allerdings selbst. Die Aufnahmen und auch die Negative blieben immer beim Chef. Wenn man den Job irgendwann einmal aufgeben und ein bürgerliches Leben führen wollte, konnte man die Bilder zurückkaufen. Und bezahlte noch einmal.«

»Haben Sie damals auch bezahlt?«

»Nein. Ich habe das abgelehnt. Die fünftausend Mark hätte ich locker gehabt, aber es ging mir ums Prinzip. Diese Methode war eine unterschwellige Art der Erpressung, die ich nicht mitmachen wollte. Ich bin damals im *ZAK*, so hieß der Laden in Nürnberg, ausgestiegen, weil ich mich selbstständig gemacht habe mit einem Escortservice. Alles seriös, exklusiv und legal. Die Firma nannte ich *Fairführung*. Ich wollte aus dem Schmuddelmilieu heraus und die sexuelle Dienstleistung als seriöses Geschäftsmodell weiter betreiben. Das Startkapital hatte ich im *ZAK* verdient und zusammengespart. Und weil ich von vielen Kolleginnen wusste, dass sie ähnlich dachten, habe ich dann bald den *Fair-Care-Verein* gegründet.«

»Verkehrsverein?«

»Fair wie *Fair play*. Und Care wie *take care*!« Sie lachte. »Wir schrieben uns das faire Miteinander im Gewerbe für erotische Dienstleistungen auf die Fahnen. Dem Verein schlossen sich immer mehr Prostituierte in Nürnberg an. Später beteiligten sich sogar die Inhaber mehrerer Geschäfte, denen wir eine Art Gütesiegel verpassten, wenn sie die Mädchen zu fairen Bedingungen beschäftigten, ihnen Versicherungsschutz ermöglichten und Steuern und Sozialabgaben für sie abführten. Der Verein wurde so etwas wie eine Huren-Gewerkschaft und war nicht mehr auf Nürnberg beschränkt. Ich ging nach München und war irgendwann fast hauptberufliche Verbandsfunktionärin.« Sie lächelte. »Wir kämpften zum Beispiel mit öffentlichen Aktionen gegen Sperrbezirksverordnungen. Erinnern Sie sich an den Hurenstreik von '95?«

»Damals war ich noch nicht in München.« Er hatte aber von Kollegen davon gehört, wie ausgerechnet während des Oktoberfests die acht größten Bordelle der Stadt vorübergehend wegen Personalmangels schließen mussten. Hunderte Prostituierte hatten sich gleichzeitig krank gemeldet. Und es dauerte mehrere Tage, bis die Betreiber Nachschub geordert hatten, vorwiegend aus Hamburg und Tschechien.

»Ist ja auch egal. Jedenfalls wurden wir rasch der örtlichen CSU ein Dorn im Auge. Und so ist mein politisches Engagement entstanden, was schließlich dazu führte, dass ich für die *Bunte Liste* in Herrsching in den Gemeinderat eingezogen bin. Das war eine ziemlich turbulente Zeit, sag ich Ihnen ... Aber was wollte ich eigentlich erzählen?«

»Die Fotos, die fünftausend Mark.«

»Ach ja. Ich wollte diese Erpressung nicht mitmachen. Außerdem gab es niemanden, den man mit diesen Fotos hätte schocken können. Kein eifersüchtiger Ehemann, keine entsetzten Eltern. Daher war's mir egal.«

»Aber wie die Fotos in die Hände von Herrn Kirchgessner ...«

»Keine Ahnung. Obwohl ich ja schon mal gewarnt wurde, dass der gute Mann über mein Privatleben Nachforschungen angestellt haben soll.«

»Ach ja?« Sonne horchte auf. »Von wem?«

»Körber, der Münchner OB, wies mich mal in einem persönlichen Gespräch darauf hin, dass es Gerüchte über eine Dossiersammlung im Däxl-Ministerium gab. Angeblich sollten darin intime Details über zahlreiche Personen des politischen Lebens in Bayern zusammengetragen sein. Als Körber dann sagte, dass es auch gegen mich etwas geben sollte, da war mir sofort klar, dass es nur die Fotos von damals sein konnten. Herr Kommissar, kann ich das Bild zurückbekommen? Und woher haben Sie es überhaupt?«

»Tut mir leid, Frau Blum. Das ist Beweismaterial, das wir während eines laufenden Ermittlungsverfahrens sichergestellt haben. Das kann ich nicht hergeben. Aber machen Sie sich keine Sorge. Es gerät nicht mehr in falsche Hände.«

In diesem Moment betrat ein junger Mann mit energischen Schritten den Raum: »Pia, ich suche dich überall. Die Presse will Interviews. *n-tv* macht in zehn Minuten eine Live-Schaltung und möchte, dass du noch einmal ... Von welchem Medium sind Sie überhaupt?«, wandte er sich an Sonne. »Was fällt Ihnen ein, Frau Blum einfach so ... Ich koordiniere die Interviews.«

»Ist in Ordnung, Ansgar«, sagte Pia Blum. »Der Herr ist von der ...«

Sonne zeigte seinen Ausweis und sagte: »Kripo München. Und wer sind Sie?«

»Oh, Entschuldigung. Schewe, Ansgar.« Der Mann war Mitte dreißig, hatte zerzaustes, schütteres Haar und trug eine dunkelbraune Kordhose mit einem karierten Hemd. »Ich mache die Pressearbeit für Frau Blum. Nicht ganz einfach in diesen Tagen.« Er drückte Sonne eine Visitenkarte in die Hand, die augenscheinlich in einem Automaten am Bahnhof gedruckt war und neben Schewes Namen, zahlreichen Telefonnummern und E-Mail-Adressen den Titel *Diplom-Journalist, Medienberater* trug.

»Ich verstehe«, sagte Sonne. »Vielen Dank.« Und an Pia Blum gewandt: »Halten Sie sich bitte zu unserer Verfügung. Es kann sein, dass wir noch eine schriftliche Aussage von Ihnen brauchen.«

Sonne verabschiedete sich und trat hinaus ins Foyer, wo er prompt mit dem Polizeipräsidenten zusammenstieß.

»Aaah, Herr Sonne. Sie auch hier? Ich wusste gar nicht, dass Sie auch am akademischen Leben teilnehmen. Aber ich finde das sehr gut: seinen Horizont erweitern, intellektuelle Gespräche führen. Sie wissen ja, dass ich immer vom lebenslangen Lernen predige. Und hier an der Evangelischen Akademie kann man sehr gut ... Ah, Herr Konsul.« Stapper hatte offenbar einen interessanteren Gesprächspartner entdeckt. »Sie entschuldigen mich, Herr Hauptkommissar. Alles Gute, grüßen Sie Frau und Kinder, schönen Tag noch.«

»Halleluja«, sagte Sonne, als sich der Polizeipräsident ganz dem Herrn Konsul zugewandt hatte, und suchte Litzka im Getümmel.

* * *

Sonne fuhr in die Königinstraße, wo seine Kollegen mit Unterstützung einiger Bereitschaftspolizisten mit der Durchsuchung des Hauses von Robert Kirchgessner begonnen hatten. Eine Jahreszahl an der Hauswand zeigte an, dass das frei stehende Einfamilienhaus mit gepflegtem Vorgarten Anfang des zwanzigsten Jahrhunderts gebaut worden war.

Es schien aber erst vor Kurzem einen neuen, beige-gelben Anstrich genossen zu haben und würde in einer Immobilienanzeige als »top-saniert« angepriesen werden.

»Frau Kirchgessner?«, begrüßte er eine Frau mit orange-rot gefärbten Haaren, die das blasse Gesicht noch weißer erscheinen ließen. Sie stand etwas verloren in einem durch große Glasfenster erleuchteten Foyer, das mit marmorierten Fliesen den Eindruck einer Wartehalle erweckte. »Mein Name ist Hauptkommissar Sonne. Ich leite die Ermittlungen.« Er streckte ihr die Hand entgegen, und es dauerte eine Sekunde, bis sie reagierte. »Wie geht es Ihnen? Kümmert sich jemand um Sie?«

»Ja, danke, schon in Ordnung. Ich hatte noch nie die Polizei im Haus. Es ist alles so unwirklich, wissen Sie?«

Natürlich wusste er. Menschen, die mit der Mordkommission zu tun hatten, waren immer in Extremsituationen, die sie bis dahin nur aus dem Fernsehen gekannt hatten.

»Was suchen Ihre Leute hier überhaupt?«

Sonne wünschte, er hätte diese Frage ehrlich beantworten können. »Reine Routine. Angesichts der herausgehobenen politischen Position Ihres Mannes und seines plötzlichen Todes wollen wir allen Spekulationen entgegentreten und jegliches Fremdverschulden ausschließen. Es dient auch Ihrer Beruhigung.«

»Fremdverschulden? Sie sprechen von Mord?«

»Wie gesagt, Frau Kirchgessner, bislang haben wir keinerlei Hinweise auf ein Verbrechen. Aber um auf Nummer sicher zu gehen, möchten wir Sie dennoch bitten, einer Obduktion zuzustimmen.«

Gudrun Kirchgessner nickte. »Ich nehme an, ich habe nicht wirklich eine Wahl. Wenn es der Wahrheitsfindung dient ...«

Sie hatte recht. Die Autopsie war bereits von der Staatsanwaltschaft beantragt und bewilligt. »War Ihr Mann krank oder in ärztlicher Behandlung? Nahm er Medikamente?«

»Er war kerngesund, soviel ich weiß. Ein bisschen Übergewicht, gegen das er vergeblich anzukämpfen versuchte. Die vielen Empfänge mit Häppchen sind des Teufels. Er saß jeden Abend im Hobbykeller auf dem Trimm-dich-Rad. Und mindestens einmal pro Woche joggte er am frühen Morgen im Englischen Garten um den Kleinhesseloher See.«

Sonne spürte einen Stich im Herz bei der Erwähnung des Sees. Er versuchte, die Bilder erst gar nicht ins Bewusstsein kommen zu lassen.

»Er ließ sich jedes Jahr beim Arzt durchchecken, das letzte Mal erst vor drei Monaten. Im Krankenhaus war er zuletzt, warten Sie, das ist neun Jahre her. Ein Skiunfall.«

Ihre Aussage bestärkte Sonne in seinem Verdacht, dass etwas nicht in Ordnung war. Ein gesunder Mann starb nicht einfach so. Ein Herzleiden schien bei regelmäßigen ärztlichen Untersuchungen unwahrscheinlich. Er war gespannt auf das Ergebnis der Obduktion.

»Frau Kirchgessner, hat Ihr Mann mit Ihnen viel über seine Arbeit gesprochen?«

»Wenig. Ich interessiere mich für das, was in der Zeitung steht. Die internen Vorgänge, Aktenvermerke und Besprechungen langweilen mich. Ich habe auch früher schon sehr wenig von seiner Arbeit verstanden, als er noch in der Finanzverwaltung tätig war.«

»Hat er mal Andeutungen gemacht, dass er über andere Personen, Politiker, Material gesammelt hat?«

»Material? Wie meinen Sie das?« Ihre Verwunderung wirkte nicht gespielt.

»Informationen. Dossiers.«

»Nein, ich weiß nicht, wovon Sie sprechen, Herr Kommissar.«

Sonne hatte den Eindruck, dass ein Weiterbohren hier zu nichts führen würde. »Warum hat Ihr Mann Ihren Namen angenommen? Das ist doch ungewöhnlich, oder?«

»Er hatte gesagt, dass er es leid war, immer seinen Namen buchstabieren zu müssen. Er kam aus einfachen Verhältnissen. Mit seinem Namen verband er nichts, keine berühmten Vorfahren, keine Firmenbesitzer.«

»Wie lange waren Sie verheiratet? Und wie haben Sie Ihren Mann kennengelernt?«

Sie schluchzte und griff zu einem Taschentuch. »Ich kann nicht begreifen, dass er tot ist.« Sie tupfte mit der Spitze des Taschentuchs vorsichtig ihre Augen trocken. »Ich habe als Vorstandssekretärin bei einer großen Versicherung in Nürnberg gearbeitet. Robert war an einer routinemäßigen Steuerprüfung beteiligt, wir hatten ihm ein Büro zur Verfügung gestellt. Mehrere Tage lang habe ich ihn mit aller Kraft unterstützt, Akten herausgesucht, Kaffee gebracht und so weiter. Wissen Sie, man sollte Finanzbeamte immer freundlich behandeln. So haben wir uns kennengelernt, vor vierzehn Jahren. Nach Abschluss der Prüfung hat er mir einen Blumenstrauß als Dank für die Betreuung geschickt. Mit einer Einladung zum Essen. Ein Jahr später haben wir geheiratet.« Sie schnäuzte sich die Nase. Dann verlor sie die Beherrschung und brach in Tränen aus. »Entschuldigen Sie, Herr Kommissar.«

»Setzen Sie sich, Frau Kirchgessner. Wir können später weiterreden.«

In diesem Moment kam Kommissarin Natascha Steinberg in das Zimmer. »Jürgen, wir haben was gefunden. Schau!« Sie hielt einen kleinen Schlüssel in der Hand, wie es ihn in den meisten Haushalten sicher zu Dutzenden gab. »Nicht sehr spektakulär, ich weiß. Aber das Interessante ist der Ort, wo wir ihn gefunden haben.«

»Mach's nicht so spannend, Natascha!«

»In Kirchgessners Arbeitszimmer steht eine Standuhr. Im Innenraum ist nachträglich ein winziges Geheimfach ausgesägt worden. Genau passend für diesen kleinen Schlüssel.«

»Kennen Sie dieses Geheimfach, Frau Kirchgessner?«

Die Witwe schüttelte den Kopf. »Ich habe keine Ahnung. Diese Uhr stand schon hier im Haus, als wir es vor über zehn Jahren gekauft haben.«

»So alt kann dieser Schlüssel nicht sein«, sagte Natascha. »Da steht ganz klein *theodora* drauf. Diese Firma stellt Koffer und Damenhandtaschen her. Und bis neunundneunzig hieß die Marke *Löffler & Brandner*. Das Unternehmen wurde dann aufgekauft und umbenannt.«

»Gute Arbeit, Natascha. Dann brauchen wir jetzt nur noch den dazugehörigen Koffer oder die Tasche.«

»Wir suchen weiter, Chef.«

»Ach, Natascha?«

»Ja?«

»Was sagt Doktor Kawashima eigentlich zu deinem Gehirn?«

»Zwanzig. Besser geht es nicht.« Sie schaute ihn gönnerhaft an. »Aber ich übe ja auch schon eine Weile.«

5. Kapitel

Liebe Kolleginnen und Kollegen«, eröffnete Stella Schulze-Wagenknecht die Redaktionskonferenz. »Wie einige von Ihnen vielleicht schon erfahren haben, hat die Geschäftsleitung mich beauftragt, kommissarisch die Chefredaktion zu übernehmen. Ich freue mich auf eine fruchtbare Zusammenarbeit und hoffe, dass wir trotz des Trauerfalls rasch zur Tagesordnung übergehen können. Es wäre im Sinne von Wolfgang Lohmann gewesen, dass die Qualität unserer Zeitung nicht leidet.«

Mit einem Trommeln der Fingerknöchel auf der Tischplatte signalisierten die Redaktionsmitglieder ihre Zustimmung.

»Peter, was liegt an?«, nahm Schulze-Wagenknecht sogleich das Tagesgeschäft auf.

Hilfringhaus schaute auf den *Post-it*-Zettel, den er vor sich auf den Tisch geklebt hatte. In seiner winzigen Krakelschrift hatte er die wichtigsten politischen Termine des Tages notiert. Dann ging es reihum, bis Litzka dran war.

»Ich schlage vor, dass wir ein bisschen in der Vergangenheit von Pia Blum recherchieren. Nach ihrem Rotlicht-Geständnis drängt sich die Frage auf, ob es noch mehr ...«

»Nein«, fuhr die kommissarische Chefin dazwischen. »Wir haben das Thema nicht gehabt, und damit ist es für uns erledigt. Jetzt nachzuziehen und der Konkurrenz hinterherzulaufen, ist peinlich. Wir machen uns lächerlich!«

»Aber Frau Schulze-Wagenknecht«, zeigte sich Litzka verwundert. »Ich dachte, wir machen eine Sonderseite. Ich würde eine Seite drei über ihre Tutzinger Rede ...«

»Unsinn«, unterbrach sie wieder. »Es bleibt wie geplant bei der Seite drei über die Hopfenernte in der Hallertau. Über die

Blum-Rede bringen wir einen Einspalter auf der Zwei. Das muss reichen.«

Litzka schaute Hilfringhaus hilfesuchend an.

Aber der reagierte nur mit einem resignierenden Schulterzucken. Offenbar hatte er das Thema schon vorher mit Schulze-Wagenknecht erörtert. Hilfringhaus startete trotzdem einen verzweifelten Versuch. »Stella, wir sollten uns im Klaren sein, dass die ganze Stadt, wenn nicht das ganze Land über die Rotlicht-Landrätin redet.«

»Wir setzen unsere Themen selbst. Schluss jetzt. Was hat die Kultur morgen?«

Litzka war fassungslos. Er setzte zu einem erneuten Widerspruch an, doch Hilfringhaus signalisierte ihm mit eindringlichem Blick, dass es zwecklos war.

Während der gesamten Sitzung staute sich Litzkas Wut, die er anschließend im Zimmer von Hilfringhaus abließ.

»Was denkt sich diese blöde Kuh eigentlich? Kaum sitzt sie auf Lohmanns Stuhl, macht sie auf Diktator, oder wie?«

»Flitzer, beruhig dich!« Hilfringhaus stand auf und schloss seine Bürotür. »Wenn dich jemand so hört, riskierst du eine Abmahnung.«

»Das ist mir scheißegal! Gestern war sie noch Kulturredakteurin und hat unverständliche Abhandlungen über den *Ring des Nibelungen* fabriziert, und jetzt glaubt sie, den Journalismus neu erfunden zu haben und uns das Zeitungmachen beibringen zu müssen? Ich glaub, ich spinne!«

»Flitzer, das ist ein ganz normales Phänomen, das du immer wieder erleben wirst, wenn jemand zum Chef befördert wird. Ich bin jetzt seit fast dreißig Jahren hier im Haus und habe schon einige kommen und gehen sehen. Irgendwann siehst du manche Dinge gelassener.«

»Ich weiß aber gar nicht, ob ich das will – so abgebrüht sein wie du.«

»Weißt du, Flitzer, es ist doch klar, dass die Schulze sich jetzt positionieren und profilieren muss. Da setzt sie ein paar Duftmarken, um zu zeigen, dass sie nun das Sagen hat. Und je mehr du dagegen opponierst, umso mehr bestärkst du sie in ihrem Standpunkt. Du hast in so einer Situation nur eine Chance.«

»Und die wäre?«

»Wenn du einen neuen Chef von etwas überzeugen willst, dann musst du dafür sorgen, dass er glaubt, es wäre seine eigene Idee. Und am besten wirfst du vorher ein paar Blendgranaten.«

Litzka schaute verständnislos.

»Das heißt, du machst einen Vorschlag, der von vornherein chancenlos ist. Aber in deinen Ausführungen lässt du ein paar Bemerkungen fallen, die den Chef selbst auf die Spur bringen, wo du ihn haben willst. Es braucht etwas Übung, aber es funktioniert.«

»Du meinst, es geht der Schulze gar nicht um das Blum-Thema?«

»Es hätte auch jedes beliebige andere Thema sein können«, vermutete Hilfringhaus. »Jetzt hat es dummerweise dich getroffen. Aber ich wollte dich auch noch etwas anderes fragen. Weißt du, woran Lohmann in letzter Zeit gearbeitet hat? Ich meine redaktionell?«

»Lohmann und redaktionell arbeiten?« Litzka lachte. »Das wäre aber mal etwas ganz Neues gewesen. Was soll das gewesen sein?«

»Ich weiß es nicht, darum frag ich dich ja. Aber er hat in letzter Zeit gelegentlich Andeutungen gemacht, dass er etwas recherchiert. Und dann hat er manchmal stundenlang in seinem Büro hinter verschlossener Tür gesessen. Aber ist ja auch egal. Wie geht's eigentlich Tanja? Alles gut?«

»Ja, alles gut. Nur ihr Gemütszustand scheint mir etwas labil. Sie ist so gereizt wie noch nie. So launisch kenne ich sie gar nicht.«

Hilfringhaus lachte. »Auch das ist ganz normal. Tanja braucht jetzt viel Zuwendung. Nimm's nicht persönlich, wenn es mal kracht. Das gehört dazu.«

Litzka war dankbar, dass Hilfringhaus in jeder Lebenssituation aufmunternde oder motivierende Worte parat hatte. Seine Kinder waren längst erwachsen und aus dem Haus, ebenso wie seine Ex-Frau. Daher wären eigentlich Zweifel an Hilfringhaus' Beziehungstipps angebracht.

»Bring ihr heute Abend einen Blumenstrauß mit. Das wirkt Wunder.«

Litzka beschloss, den Rat zu befolgen. Doch bis zum Feierabend war noch eine ganze Zeitung zu produzieren.

* * *

Der Regen prasselte an die Scheiben seines Büros im Polizeipräsidium. Jürgen Sonne blickte in Gedanken versunken auf die Zwiebeltürme des Liebfrauendoms, als sein Telefon läutete und die Nummer von Professor Edgar Preuschhof anzeigte. Die Obduktion von Kirchgessners Leiche hatte dem ersten vorläufigen Bericht zufolge noch keine sicheren Erkenntnisse über die Todesursache erbracht. Keine äußeren Verletzungen waren festgestellt worden. Das Herz schien einfach stehen geblieben zu sein. Nur die toxikologische Untersuchung könnte noch Hinweise auf einen nicht natürlichen Tod bringen, hatte Preuschhof ihm angedeutet.

»Sonne, MK1«, sagte er, nachdem er den Hörer abgenommen hatte.

»Notieren Sie, Herr Kommissar«, sagte der Gerichtsmediziner. »GHB. Gustav, Heinrich, Berta. Gamma-Hydroxybuttersäure.«

»Wie bitte?«, fragte Sonne, der weder mit der Abkürzung noch mit dem unverständlichen Fremdwort etwas anfangen konnte.

»Besser bekannt als Liquid-Ecstasy. Liquid-E oder Liquid-X. Schon mal gehört?«

Auch wenn Sonne schon lange nicht mehr als Drogenfahnder unterwegs war, so kannte er die Modedroge doch sehr genau. »Ja, das Zeug wird zuweilen auch *Fantasy* genannt. Sie wollen doch jetzt nicht sagen, dass Kirchgessner Drogen genommen hat?«

»Ob er sie genommen hat oder ob sie ihm gegen seinen Willen verabreicht wurden, das zu eruieren dürfte Ihre Angelegenheit sein, Herr Kommissar.«

Sonne kannte Fälle, in denen Teenager an einer Überdosis Liquid-Ecstasy gestorben waren. Bewusstseinsverlust, Atemdepression, Herzrhythmusstörungen waren die Symptome. Dann Exitus. Es gab aber auch Fälle, in denen die wässrige, farblose Lösung als K.-o.-Tropfen Verwendung fand.

»Sie meinen, Herr Professor, der Tote wurde vergiftet?«

»Der Nachweis von GHB ist nicht immer einfach, da GHB auch endogen gebildet wird und es zudem zu einem intensiven postmortalen Anstieg kommt. Außerdem wird GHB im Organismus intensiv metabolisiert und rasch eliminiert. Der Blutspiegel erreicht kurz nach der Applikation maximale Werte, daher wirkt das Teufelszeug rasend schnell.«

»Ihre Fachsimpelei können Sie in Ihren Bericht schreiben, Professor. Was wollen Sie mir sagen?« Sonne wurde ungeduldig.

»Na ja, wenn das so einfach wäre. Eine postmortal hohe

GHB-Konzentration ist keinesfalls zwingend auf eine Verabreichung von GHB zurückzuführen. Sonst wäre die Sache klar.« Er machte eine dramaturgische Kunstpause, die Sonne ahnen ließ, dass Preuschhof noch einen Trumpf im Ärmel hatte, den er sich bis zum Schluss aufhob. Und tatsächlich: »Ich habe mir erlaubt, Herr Kommissar, die Flüssigkeitsrückstände in der Kaffeetasse zu untersuchen, die Ihre hübsche, junge Kollegin mit der vorbildlichen weiblichen Anatomie ...« Preuschhof lachte in den Hörer hinein.

Mach dir keine Hoffnungen, Leichenschnippler, dachte Sonne. Natascha steht nicht auf Kerle. Und erst recht nicht auf kahlköpfige Mittfünfziger wie dich. »Kommissarin Steinberg, ja, eine tüchtige Kollegin«, sagte er.

»Jedenfalls war die Probe eindeutig. Ich habe die Menge GHB hochgerechnet auf den Inhalt einer gefüllten Kaffeetasse und komme auf knapp über sechseinhalb Gramm. Die tödliche Dosis liegt bei etwa fünf Gramm. Ein Löffel voll, vier bis fünf Milliliter.«

»Das heißt ... Es war Gift im Kaffee? Und das ist hundertprozentig sicher?«

»Es gibt keine andere Erklärung.«

»Und das kann man einfach so in den Kaffee gießen?«

»Ein Löffel in Salzform. Soll auch gar nicht bitter schmecken. Und schwer zu beschaffen ist dieses Zeug auch nicht. Aber wem sag ich das?«

Sonne wusste, dass Liquid-Ecstasy relativ einfach sogar über das Internet für wenig Geld zu besorgen war.

»Wann kann ich Ihren Bericht haben, Herr Professor?«

»Ich nehme an, es ist dringend. Die Kurzfassung schickt Ihnen meine Assistentin noch heute Nachmittag.«

Sonne fragte sich, ob Preuschhofs Assistentin auch über eine vorbildliche weibliche Anatomie verfügte. Dann bedankte er sich, beendete das Telefonat und wählte ohne aufzulegen die Nummer von Oberstaatsanwältin Heidrun Staudinger. Er schlug ihr vor, ein Ermittlungsverfahren gegen Unbekannt einzuleiten. Wegen Mordes zum Nachteil von Robert Eberhard Kirchgessner.

* * *

Den ganzen Abend hatte Litzka an seinem Text gesessen, Absätze umgestellt, Zwischenzeilen neu formuliert und sich mindestens ein Dutzend verschiedene Überschriften ausgedacht. Die Stunden waren vorbeigerast, sodass er nicht einmal daran gedacht hatte, Tanja anzurufen und ihr Bescheid zu geben. Jetzt war es zu spät, vermutlich lag sie längst im Bett. Litzka hoffte auf Verständnis, schließlich war sie eine Kollegin und auch mit Leib und Seele Journalistin. Auch wenn in ihrem Job beim Wochenmagazin der Stress anders verteilt war als im Hamsterrad der täglichen Zeitungsproduktion. Je länger er in einer festen Beziehung lebte, desto häufiger erinnerte er sich an die mahnenden Worte von Hilfringhaus damals kurz vor dem Ende seines Schülerpraktikums. »Flitzer, eines Tages wirst du dich entscheiden müssen zwischen Familie und Karriere.« Bei Hilfringhaus war die Entscheidung irgendwann zu Gunsten der Karriere und gegen seine Ehefrau ausgefallen, mit der er fünfzehn Jahre verheiratet gewesen war.

Er fuhr in seinem Polo die Drygalski-Allee entlang. Um diese Zeit, kurz vor Mitternacht, waren nicht mehr viele Menschen auf den Straßen in Obersendling unterwegs.

Litzka dachte an die Jahre zurück, in denen er mit Carisa liiert war. Nach dem Studium, in dem sie sich kennengelernt hatten, war Carmen Isabell, wie sie richtig hieß, als Auslandskorrespondentin nach Washington gegangen. In den Jahren dieser interkontinentalen Fernbeziehung hatte er es genossen, quasi ein Junggesellendasein führen zu können, ohne sich selbst dem Druck auszusetzen, eine Frau kennenlernen zu müssen. Er hatte schließlich eine nette und hübsche Freundin. Allerdings fand auch der Fotograf der Zeitung, mit dem Carisa in den USA auf langen Reportagereisen war, sie nett und hübsch. Und so kam es, wie es kommen musste. Aber das war Jahre her.

Litzka kurvte minutenlang durch die kleinen Seitenstraßen, bis er einen Parkplatz gefunden hatte, und nahm sich mal wieder vor, sich direkt am nächsten Tag um einen Tiefgaragenplatz zu kümmern.

Als er vor seiner Wohnungstür stand und den Schlüssel leise in das Schloss steckte, fiel ihm schlagartig ein, was er vergessen hatte. Hilfringhaus' Idee mit dem Blumenstrauß war wertlos, wenn sie nicht umgesetzt wurde. Er tröstete sich mit dem Gedanken, dass Tanja vermutlich längst schlief. Doch er wurde eines Besseren belehrt, als er die Tür öffnete.

»Ah, da kommt er ja, der Starreporter«, ertönte es aus dem Wohnzimmer. »Schön, dass du dich auch noch mal zu Hause blicken lässt. Ich hoffe, du siehst es deiner schwangeren Freundin nach, dass jetzt kein dampfendes Essen für dich auf dem Tisch steht.«

Tanjas Stimme erklang in einer gekünstelten Freundlichkeit, die ihn in höchste Alarmbereitschaft versetzte.

»Tut mir leid, Schatz, es ist später gew...«

»Für wie blöd hältst du mich eigentlich?« Die falsche Freundlichkeit war im Nu spurlos verschwunden. Dafür klang ihre Stimme jetzt doppelt so laut und schrill. »Meinst du, ich kann nicht die Uhr lesen? Meinst du, ich weiß nicht, dass du seit etwa sechs Stunden regulären Feierabend hast? Aber schön, dass du den Weg noch nach Hause gefunden hast und dich noch daran erinnerst, wer ich bin.«

Litzka hatte nur Sekundenbruchteile, um sich für eine Strategie zu entscheiden. Die effektivste wäre in dieser Situation vermutlich gewesen, einen kurzen und heftigen Streit mit gegenseitigen Brüllattacken eskalieren zu lassen. Dann hätte sie in wenigen Minuten ihre im Verlauf des ganzen Tages aufgestaute Wut ablassen können, und im Idealfall hätte die Versöhnung im zärtlichen Liebesspiel enden können.

Doch ihm fehlte nach diesem Tag die Energie für einen kalkulierten Wutausbruch, und so entschied er sich für die vermeintlich kräfteschonendere Variante: Deeskalation.

»Schatz, ich habe die Zeit vergessen, tut mir wirklich leid«, sagte er und versuchte, seine Stimme möglichst einfühlsam klingen zu lassen. »Du weißt, dass wir an einer großen Story dran sind. Die Landrätin. Jürgen und ich haben sie heute in Tutzing getroffen. Sie hat öffentlich zugegeben, dass sie früher als Prostituierte gearbeitet hat. Das ist echt Stoff, bei dem ein Reporterherz höher schlägt. Findest du nicht?«

Tanja blickte demonstrativ an ihm vorbei und schwieg.

Er hängte seine Jacke an den Kleiderhaken und wertete ihre Reaktion zumindest als die Möglichkeit, dass sie von der Aggressions- in die Schmollphase wechselte. In dem Fall standen die Chancen für einen Waffenstillstand nicht schlecht. Er setzte sich neben sie auf das Ledersofa und wollte seinen Arm um sie legen. Doch sie ließ ihn abblitzen, indem sie steif wie ein Brett mit starrem Blick sitzen blieb und ihren Rücken an die Lehne presste.

»Magst du noch was trinken, Schatz?«

Statt zu antworten, fragte sie ihn: »Soso, du besuchst also im Dienst ehemalige Huren. Sie ist ja auch noch ganz knackig für ihr Alter, die schöne Landrätin. Da hast du ja wenigstens deinen Spaß gehabt, während ich den Tag kotzend über der Kloschüssel verbracht habe. Aber schön, dass du fragst, wie es mir geht.«

Ihre ironisch-beißenden Bemerkungen verletzten ihn weitaus mehr, als wenn sie ihn weiter angebrüllt hätte.

»Also wirklich, Tanja, was soll denn das? Ich mache doch nur meinen Job.« Im selben Moment wusste er, dass er einen Fehler gemacht hatte. Und er wusste auch, welche Replik er jetzt zu erwarten hatte. Und tatsächlich.

»Du bist ja auch mit deinem Beruf verheiratet. Aber mir ist es egal, wenn ich nur die zweite Geige in deinem Leben spiele. Es geht hier nicht um mich. Hier wächst ein Kind heran, für das du Verantwortung trägst, mein lieber Frank. Aber bitteschön. Wenn du es vorziehst, mit Huren herumzuziehen. Es würde mich nicht wundern, wenn du morgen auch im Puff schnüffeln müsstest. Kannst ja deinen Recherchefick über die Spesen abrechnen. Nur zu. Ich komme schon zurecht. Leb du nur dein Leben!«

Er wusste nicht mehr, was er sagen sollte. Er wusste, dass jedes Wort von ihm nur noch weitere Gemeinheiten hervorrufen würde. Er versuchte sich klarzumachen, dass sie als werdende Mutter in einer emotionalen und hormonellen Ausnahmesituation war und er daher ihre Worte nicht auf die Goldwaage legen dürfte. Er beschloss, den Rückzug anzutreten. Er hatte sich selbst in die Sackgasse gebracht. Selbst wenn er morgen an den Blumenstrauß denken sollte, würde sie es ihm als Zeichen eines schlechten Gewissens auslegen. Vielleicht würde sie sich über Nacht aber auch wieder beruhigen.

»Ich geh schlafen, gute Nacht«, sagte er. Und bekam keine Antwort.

* * *

Er hatte sie schlafen lassen. Konfliktvermeidungsstrategie. Heute würde er an den Blumenstrauß denken! Natürlich hätte er die Situation gerne noch bereinigt, bevor er zu einem vermutlich wieder langen Arbeitstag aufbrach. Doch ein Streit auf nüchternen Magen hätte keinem der Beteiligten gut getan. Und so hoffte er darauf, dass sich Tanjas Gemüt über Nacht wieder beruhigt hatte.

Litzka öffnete die Fahrertür seines Polos und wollte sein Handy gerade in die Freisprechanlage stecken, als ihm Beethovens Schicksalssinfonie einen Anruf aus der Redaktion signalisierte. Es war die Nummer von Hilfringhaus.

»Peter, was gibt's?«

»Wo bist du, Flitzer?«, fragte der Politikchef.

»Ich steige gerade ins Auto.«

»Hör mal, die Schulze ist krank.« Hilfringhaus klang aufgeregt. »Wir sollten den Tag nutzen, um ein bisschen in der Vergangenheit von Pia Blum zu recherchieren. Fahr doch bitte direkt in die Baierbrunner Straße. Ist ja nicht weit weg von dir.«

»Stimmt. Ist ganz in der Nähe. Was soll ich denn da?«

Hilfringhaus lachte. »Du wolltest doch bestimmt schon immer mal dienstlich in den Puff.«

Oh Gott, dachte Litzka. Das kam ihm gerade recht.

»Direkt an der U-Bahnstation Obersendling, gegenüber von Siemens«, fuhr Hilfringhaus fort. »Da ist ein kleines Freudenhaus, heißt *Salon Sonja*. Hat Schappi recherchiert.«

»Und was soll ich da? Ist das eine neue Form der Jahresgratifikation?«

»Knallharte Recherche, Flitzer. Der Laden hieß früher *ZAK*, und die Blum ging dort anschaffen. Vielleicht kriegst du was raus, kannst Leute ausfindig machen, die von damals berichten können. Einen Versuch ist es auf jeden Fall wert. Wenn einer was rauskriegt, dann du, Flitzer!«

Litzka seufzte. »Also dann«, sagte er und trennte die Verbindung. Er fragte sich, was er am Abend Tanja antworten sollte, wenn sie ihn fragte, wie sein Tag gewesen war.

»Einen verrückten Job hast du«, sagte er zu sich selbst.

6. Kapitel

Der Arbeitstag der Mordkommission 1 begann mit der »kleinen Lage« im Besprechungsraum im vierten Stock des Polizeipräsidiums. Anders als noch vor wenigen Monaten, als lauwarme Brühe in Plastikbechern aus dem Kaffeeautomaten als Stimmungskiller wirkte, hatten Jürgen Sonne, Natascha Steinberg, Gunnar »Sherlock« Holmsen und Alfred Winter dampfende Tassen mit wahlweise Cappuccino, Milchkaffee oder Espresso vor sich stehen. Stapper hatte bei seinem Dienstantritt als Polizeipräsident als eine der ersten Amtshandlungen eine ausreichende Grundversorgung aller Dezernate mit Cappuccinomaschinen sichergestellt und damit den größten Motivationsschub im Präsidium seit Einführung der Ballungsraumzulage bewirkt.

»Wir beginnen heute offiziell unsere Ermittlungsarbeit im Fall Kirchgessner«, eröffnete Sonne die Runde. »Das toxikologische Gutachten hat eine Vergiftung durch Gamma-Hydroxybuttersäure, besser bekannt als Liquid-Ecstasy, festgestellt. Wir können also von Fremdverschulden ausgehen. Die Langfassung des Gutachtens maile ich euch zu, sobald sie mir vorliegt. Herr Winter, übernehmen Sie die Aktenführung?«

Alfred Winter war das einzige Mitglied der Mordkommission, das sich von den übrigen siezen ließ. Angesichts seiner bevorstehenden Pensionierung wollte auch niemand mehr Energie dafür aufbringen, ihm das Du abzuringen.

Winter nickte. Weil er seit einigen Jahren, nach einem Schlüsselbeinbruch, den er sich bei der Verfolgung eines Verdächtigen zugezogen hatte, immer wieder abwechselnd krankgeschrieben oder in Kur war und seine Anträge auf vorzeitigen

Ruhestand stets abgelehnt wurden, beschränkte sich seine Tätigkeit im Kommissariat weitgehend auf Papierkram und Innendienst.

»Die politische Brisanz des Falles dürfte allen klar sein«, sagte Sonne, fasste aber trotzdem die Erkenntnisse über Kirchgessners Rolle in der Landespolitik zusammen. »Wir haben mit entsprechendem Fingerspitzengefühl vorzugehen. Steinmayr wird sich über jeden Ermittlungsschritt informieren lassen.«

»Wir werden schon nicht den Ministerpräsidenten im Streifenwagen zum Verhör abholen lassen«, meinte Natascha und lachte. Dezernatsleiter Horst Steinmayr war schon seit einigen Jahren auf der Karriereleiter stehen geblieben, und es war ein offenes Geheimnis, dass er einem Wechsel ins Innenministerium nicht abgeneigt war. Deshalb war es stets sein höchstes Ziel, Konflikte des Dezernats 11 mit der Politik zu vermeiden.

»Welche Ermittlungsansätze verfolgen wir?«, fragte Holmsen.

»Wir sollten davon ausgehen, dass der Täter im persönlichen Umfeld des Opfers zu suchen ist und der Fall gar nichts mit der Politik zu tun hat.« Und etwas leiser fügte Sonne hinzu: »Und auch nur mit dieser Begründung liegt der Fall noch bei uns und nicht beim Amt in der politischen Abteilung.«

»Was ist mit seiner Frau?«, fragte Natascha.

»Sie führten offenbar eine unauffällige Durchschnittsehe. Sie hat in vielen Punkten zurückgesteckt, um ihrem Mann die Karriere zu ermöglichen. Dafür hat er, und das finde ich bemerkenswert, ihren bayerisch klingenden Namen angenommen, weil er sich damit einen schnelleren Aufstieg erhoffte als mit seinem Geburtsnamen ...« Sonne schaute in seine Unterlagen »... Michalczak klang ihm wohl zu fremdländisch. Sherlock, was hast du zu seiner familiären Situation herausgefunden?«

Holmsen blickte in seinen Spiralblock und referierte seine Erkenntnisse. »Es gibt eine Mutter, über achtzig, die in einem Nürnberger Pflegeheim lebt. Altersdemenz im fortgeschrittenen Stadium, eine Befragung können wir uns wohl sparen. Dann gibt es nur noch einen Bruder namens Thomas, in Nürnberg und München als Immobilienmakler tätig. Kinder Fehlanzeige. Freunde außerhalb der Politik auch. Kirchgessners Leben schien sich nur im Ministerium abzuspielen.«

»Arme Sau«, murmelte Natascha.

»Wieso?«, warf Holmsen ein. »Unser Leben spielt sich doch auch nur im Dienst ab. Oder hat jemand von euch ein funktionierendes Privatleben?«

Niemand widersprach. Natascha war die einzige in der MK, die in einer glücklichen Beziehung lebte. Allerdings sprach sie nie über ihre Lebensgefährtin Chris. Und auch Sonne selbst war schon vor Jahren zu der Erkenntnis gekommen, dass der Beruf ihn zu einem Beziehungskrüppel gemacht hatte. Seine einzige langjährige Freundin Tina hatte den Begriff »coitus interruptus criminalensis« geprägt, nachdem er zum wiederholten Male, damals noch als Drogenfahnder, zu einem Einsatz aus dem Bett geklingelt worden war. Zwar gab es immer wieder mal Frauen, mit denen er sich auf ein flüchtiges Abenteuer einließ, doch sobald es ernst zu werden drohte, hisste er die SOS-Fahne und vergrößerte den Abstand. Und dass er sich einmal im Dienst in eine Mörderin verliebte, das konnte er sich bis heute nicht verzeihen. Dass Ulrike Gellner jetzt vor der Haftentlassung stand, war ein Gedanke, den er seit Tagen erfolglos zu verdrängen versuchte.

Sonne räusperte sich. »Natascha, kümmerst du dich weiter um das private Umfeld von Kirchgessner?«

»Und wenn es doch einen Zusammenhang mit seinem Job gibt?«, warf Holmsen ein.

»Wir werden natürlich auch dieser Frage nachgehen. Diskret, versteht sich. Ich habe mit Frank Litzka von der *ATZ* gesprochen, der hat ein paar interessante Details erzählt, die über Kirchgessner im Umlauf sind. Wenn die Gerüchte stimmen, dann war er ein ziemlich hinterhältiger Intrigant, der über die politischen Gegner seines Chefs Dossiers mit belastenden Informationen zusammengestellt hat.«

»Aha, daher auch das Foto der Landrätin, das der Tote bei sich trug?«, erkundigte sich Holmsen.

»Darauf wollte ich gerade zu sprechen kommen. Das pikante Foto, das Kirchgessner in seiner Anzugjacke hatte, stammt aus derselben Reihe von Bildern, die in der *Bild*-Zeitung dieser Tage groß gedruckt wurden. Aber dieses eine Motiv war nicht in der Zeitung zu sehen. Das legt zumindest die Vermutung nahe ...«

»... dass Kirchgessner etwas mit der Veröffentlichung dieser despektierlichen Bilder zu tun hatte«, sagte Natascha und nahm einen letzten Schluck aus ihrer Cappuccinotasse. »Vermutlich stammen sie aus seinem Dossier.«

»Das wir leider noch nicht gefunden haben«, stellte Sonne fest. »Was ist mit dem Schlüssel, Natascha? Vielleicht führt uns der ja weiter.«

»Sobald wir das passende Schloss dazu haben, gewiss. In seinem Haus und im Büro jedenfalls haben wir bisher nichts gefunden. Scheidet die Landrätin als Verdächtige aus?«

»Ich habe das überprüft«, meldete sich Winter zu Wort. »Sie hatte für den Tattag einen lückenlosen Terminkalender. Die meisten Termine fanden vor Dutzenden Zeugen statt, zum Beispiel eine Pressekonferenz im Löwenbräukeller am Stiglmaierplatz. Was allerdings seltsam war: Bei dieser Veranstaltung war sie ohne ihren Pressesprecher, der ansonsten stets an ihrer Seite ist.«

»Ein penetranter Kerl«, sagte Sonne und erinnerte sich an seine Begegnung mit Ansgar Schewe in Tutzing. »Die Beseitigung des anonymen Denunzianten wäre freilich eine sehr konsequente Art der Öffentlichkeitsarbeit für die Blum. Als Motiv aber durchaus denkbar. Wer kümmert sich um Herrn Schewe?« Sonne schaute in die Runde.

»Ich setze ihn auch noch auf meine Liste«, sagte Natascha.

Sie sammelt ein Fleißkärtchen nach dem anderen, dachte Sonne. Vielleicht sollte er sie endlich mal für eine Beförderung vorschlagen. Spätestens wenn Winters Stelle frei würde. Er machte sich eine entsprechende Notiz in seinen Kalender.

In diesem Moment klopfte es an der Tür, die auch sofort geöffnet wurde. Michael Siebert vom Kriminaldauerdienst kam, mit einer dünnen Akte wedelnd, in den Besprechungsraum und rief: »Falls ihr noch Arbeit braucht, ich hätte da etwas.«

»Was ist los?«, fragte Sonne und nahm die Unterlagen entgegen.

»Ungeklärte Todesursache«, antwortete Siebert. »Und wenn ich richtig informiert bin, dann seid ihr die diensthabende MK. Der Bericht der KTU folgt, Obduktion haben wir angeordnet. Viel Spaß damit. Und tschüss.«

Genervt schlug Sonne die Akte auf. Die Mordkommissionen arbeiteten im wochenweise wechselnden Bereitschaftsdienst. Und jeder Mord, Selbstmord, Totschlag oder ungeklärter Todesfall, der in dieser Zeit geschah, musste von der diensthabenden MK bearbeitet werden.

»Was denn?«, fragte Holmsen neugierig.

Sonne hatte die Fakten schnell überflogen und fasste kurz zusammen: »Tödlicher VU auf der Lindauer Autobahn. Der Verunfallte prallte mit seinem SLK gegen einen Brückenpfeiler, war sofort tot. Wegen des starken Regens gingen die Kollegen zunächst von einem Unglück aus. Die Routineuntersuchung des Fahrzeugwracks ergab jedoch, dass möglicherweise an den Bremsleitungen manipuliert wurde. Fremdverschulden nicht ausgeschlossen.«

»Und damit ein Fall für uns«, seufzte Winter. »Als ob wir nicht schon genug zu tun hätten.«

»Vielleicht lässt sich der Sachverhalt ja auch schnell klären«, zeigte sich Sonne optimistisch. »Natascha, Sherlock, könnt ihr das mal in Angriff nehmen? Umfeld abchecken et cetera, das Übliche.«

Holmsen seufzte und sagte: »Gib her! Wer ist der Tote?«

Sonne schaute auf die letzte Seite der Unterlagen, wo die Personalien des Opfers angegeben waren. »Lohmann, Wolfgang«, las er laut vor. »Beruf: Redakteur. – Das gibt's doch nicht! Das ist der Chef der *ATZ*.« Litzka hatte so oft von seinem psychopathischen Vorgesetzten gesprochen, dass Sonne der Name geläufig war.

»Meinst du, das hat was mit dem Mord an Kirchgessner zu tun?«, fragte Natascha. »Gift und manipulierte Bremsen, das wäre schon sehr ungewöhnlich. Passt nicht zusammen.«

»Es wäre aber auch ein seltener Zufall«, antwortete Sonne. »Wir werden sehen.« Er schaute auf seine Uhr. In zehn Minuten wollte Steinmayr von ihm über den Stand der Dinge informiert werden. Und danach wartete in seinem Büro sein grüner Apfel auf ihn.

* * *

Entspannungsmassagen und Körperpflege stand auf einem unauffälligen Klingelschild. Die Worte *Salon Sonja* konnten genauso gut auf eine Frisierstube hindeuten. Litzka schaute sich um, ob ihn auch niemand sah.

Er drückte den Klingelknopf, und eine Weile geschah nichts. Vermutlich wurde er durch das Guckloch in der Tür genau gemustert. Dann öffnete sich die Tür, eine süßliche Duftwolke strömte heraus und umhüllte eine Frau, die ihn spontan an Clementine aus der Ariel-Werbung erinnerte. Allerdings trug sie keinen weißen Kittel, sondern eine eng geschnürte Korsage, die dem Begriff »atemberaubend« seine ursprüngliche Bedeutung zurückzugeben schien. Darüber trug sie eine Art durchsichtigen Bademantel und an den Füßen – und damit hatte er jetzt nicht gerechnet – Badelatschen.

»Guten Tag, junger Mann, komm herein«, sagte sie mit einem leichten slawischen Akzent.

Litzka schätzte sie auf Mitte fünfzig und bekam Gänsehaut bei der Vorstellung, sich von dieser Dame massieren zu lassen. Der Begriff »Puffmutter« ging ihm nicht mehr aus dem Kopf.

»Ich heiße Swetlana. Warst du schon mal bei uns? Du kommst leider zu früh.« Sie lachte schelmisch, und vermutlich machte sie diese zweideutige Bemerkung nicht zum ersten Mal. »Die Mädchen sind alle nicht da. Aber du kannst gerne warten und es dir gemütlich ...«

»Äh, kein Problem«, unterbrach er sie. »Ich komme nicht wegen der Frauen ... Ich wollte ...«

»Aaaaah«, machte sie verständnisvoll. »Verstehe, junger Mann. Dann musst du zwei Treppen höher gehen. Und läuten bei *Studio Giovanni.*«

»Mein Name ist Frank Litzka von der *ATZ*. Ich möchte gerne ...«

»Oh, entschuldigen Sie«, sagte Swetlana, die urplötzlich einen geschäftsmäßigen Ton anschlug. »Warum haben Sie das nicht gleich gesagt? Aber Sie kommen trotzdem zu einem schlechten Zeitpunkt. Die Mädchen haben heute Vormittag Betriebsversammlung. Und die meisten haben die Vorlagen noch nicht fertig.«

»Betriebsversammlung? Vorlagen? Ich verstehe nicht.«

»Kommen Sie denn nicht wegen der Annoncen? Herr, äh ...«

Jetzt lachte Litzka. »Oh, nein. Schon wieder ein Missverständnis. Ich bin nicht von der Anzeigenabteilung. Ich bin Journalist. Und ich recherchiere über die Zeit, als dieses ... äh ... Geschäft?«

»Sagen Sie ruhig Puff. Wir haben keine Probleme damit, die Dinge beim Namen zu nennen.« Sie war immer noch freundlich und schien beim Wort Journalist nicht, wie sonst im Milieu üblich, die Schotten dicht zu machen.

»Also gut. Ich recherchiere über die Zeit, als dieser Puff noch unter dem Namen *ZAK* geführt wurde. Waren Sie da auch schon hier?«

»Kommen Sie erst mal rein. Möchten Sie einen Kaffee?«

Er sagte dankend ja, obwohl er – völlig untypisch für seinen Berufsstand – Kaffee verabscheute. Aber er hatte gelernt, dass es Situationen gab, in denen das Angebot einer Tasse Kaffee als Gesprächsritual die Atmosphäre spürbar auflockerte und es sich daher nicht empfahl, das Angebot auszuschlagen.

Sie bot ihm einen Platz in einer kleinen, zweckmäßig eingerichteten Küche an. Es sah hier aus wie in einer normalen Mietwohnung und nicht wie in einem Vorstadtbordell. Nichts deutete auf den ersten Blick auf das Gewerbe hin, dem hier nachgegangen wurde. Auf einem Küchentisch lagen keine schmuddeligen Sexheftchen, sondern *Gala, Bunte* und –

Litzka traute seinen Augen kaum – eine Strickzeitschrift. Auf einer Waschmaschine standen mehrere angebrochene Flaschen Cola-Light, Fanta sowie ein Tetrapak Apfelsaft.

»Wissen Sie, junger Mann, es kommt nicht oft vor, dass hier jemand an der Tür steht, der etwas anderes als Titten und Ficken im Kopf hat.«

»Äh, ja«, sagte Litzka verschämt. Ihre offene Ausdrucksweise überforderte ihn leicht.

Swetlana schien jedoch tatsächlich Freude an ihrem unerwarteten Gast zu haben. »Dieses Haus«, erzählte sie, »hat eine lange Geschichte. So schick wie heute sieht es erst seit ein paar Jahren aus. Total saniert. Früher war es ein ziemlich schäbiger Schuppen mit einer Nachtbar und Neonreklame. Wie Bahnhofsviertel. Aber das hat den feinen Herrschaften von Siemens gegenüber nicht gefallen. Ich meine, nicht dass die etwas gegen uns hätten. Im Gegenteil, ohne den Feierabendverkehr der Geschäftsleute hätte der Laden hier schon lange dicht gemacht. Aber es sollte diskreter sein, wissen Sie? Und seitdem es hier ausschaut wie in einem Bürogebäude: dreifacher Umsatz. Auf der Betriebsversammlung wird heute über eine – wie sagt man? – Gewinnausschüttung der Genossenschaft abgestimmt.«

»Sie haben schon wieder Betriebsversammlung gesagt. Ich dachte eben, ich hätte mich verhört.«

»Sie haben richtig gehört.« Swetlana goss Litzka Kaffee in eine Tasse ein. Er gab viel Milch und Zucker dazu, um das höfliche Nippen zwischendurch erträglicher zu machen.

»Ich weiß nicht, was Sie über das so genannte Rotlichtmilieu wissen. Aber Rotlicht gibt es hier genauso wenig wie Zuhälter, Zwangsprostitution und andere Dinge, die Sie aus dem Fernsehen kennen. Wir betreiben hier ein altes Gewerbe, das wir der modernen Zeit angepasst haben. Hier im Haus sind zwei Dutzend Mädchen beschäftigt. Sie arbeiten auf freiberuflicher Basis, haben ordentliche Mietverträge für ihre Zimmer, zahlen brav ihre Steuern. Als freischaffende Künstler sozusagen.« Sie lächelte und nahm einen Schluck aus ihrer Tasse.

Beethovens Schicksalssinfonie. Er schaute auf das Display. Tanja. Ausgerechnet jetzt. Was sollte er tun? Er konnte sie kaum abwimmeln mit der Begründung, er habe eine Besprechung in einem Massagesalon. In Sekundenbruchteilen entschied er sich für das kleinere Übel und drückte den Anruf einfach weg. Er würde sie gleich zurückrufen. Und an die Blumen denken.

»Entschuldigung«, sagte er. »Und die Mädchen haben auch einen Betriebsrat?«

»Sie haben eine Genossenschaft gegründet. Die kümmert sich zum Beispiel um den Security-Dienst, der nachts für Ordnung sorgt und über einen Notruf immer schnell eingreifen könnte. Außerdem muss sich nicht jedes Mädchen selbst um das Waschen von Handtüchern, den Kauf von Kondomen, Hilfsmitteln und so weiter kümmern. Und sogar beim Einkauf von Dessous und Reizwäsche gibt es für Großabnehmer Rabatt.«

Litzka war beeindruckt. »Das ist ja ein richtiger Kleinbetrieb. Und welche Rolle spielen Sie dabei?«

»Ach, ich bin nur die Hausmeisterin. Oder der gute Geist, wie auch immer Sie es nennen wollen. Ich bin für die Mädchen da, koche manchmal für sie, gehe ans Telefon, wenn sie mit einem Gast beschäftigt sind. Vor allem habe ich ein Ohr für sie, wenn sie einsam sind oder Probleme haben. Ich habe selbst schließlich lange genug diesen Job gemacht. Aber irgendwann ist jeder zu alt. Und der Markt für Oma-Huren ist sehr überschaubar.«

»Seit wann ist denn hier das Geschäft so modern organisiert? Das war gewiss nicht immer so, oder?« Litzka nahm seine Kaffeetasse und benetzte vorsichtig seine Zunge. Er spürte jetzt, dass die Räumlichkeiten total überheizt waren, was sicherlich mit der nicht sehr üppigen Arbeitskleidung der Mädchen zu tun hatte. Litzka überlegte, ob die Huren auf ihrer Betriebsversammlung in Strapsen und Reizmiedern zusammenkamen, und musste dabei grinsen.

»Wissen Sie, die Frau Blum, die heute so groß in den Zeitungen steht, die hat hier sehr viel bewirkt. Früher, als sie hier gearbeitet hat.«

Litzka frohlockte innerlich, dass sie von selbst auf das Thema gekommen war, das ihn so brennend interessierte. »Stimmt denn das, was über sie geschrieben wird?«

»Dass sie eine Hure war? Ja, das stimmt. Sie kam aus Nürnberg hierher. Allerdings hieß sie anders. Das ist nichts Besonderes in diesem Beruf. Aber hier im damaligen *ZAK* hat sie nicht lange gearbeitet. Sie machte sich selbstständig mit einer – wie sagt man? – Escortagentur. Aber der Kontakt ist geblieben. Dann kam ein neuer Besitzer, und das Geschäft wurde in *Salon Sonja* umbenannt. Da sind wir auch gleich in ihren Verband eingetreten.«

»Sie meinen *Fair Care*?«

Swetlana nickte. »Seitdem herrscht hier ein ganz neues Klima. Wir arbeiten mit dem Kreisverwaltungsreferat und der Polizei zusammen. Es gibt Gesundheitsprüfungen, wir garantieren Sauberkeit und Hygiene. Und der Kunde hat nicht das Gefühl, sich in einem kriminellen Milieu zu bewegen, sondern eine wertvolle Dienstleistung zu bekommen, für die er auch gerne ein paar Euro mehr bezahlt als auf der Hansastraße.« Sie trank wieder einen Schluck Kaffee. »Ich hoffe, ich schockiere Sie nicht mit meinen Ausführungen. Waren Sie schon mal im Puff?«

Litzka hatte vor Jahren mal eine Rotlichtserie mit mehreren Reportagen aus dem Milieu gemacht. Aber die Antwort »rein beruflich« würde ihm auf diese Frage vermutlich niemand abnehmen. Er erinnerte sich an ein Callgirl namens Gabriele Weiherer, das unter dem Künstlernamen »Sandy« mit dem Slogan *Blutjunge Achtzehnjährige verwöhnt Dich!* inseriert hatte. Über sie hatte er eine große herzzerreißende Reportage geschrieben. Und Jahre später, als sie Zeugin eines Mordes geworden war, hatte sie ihn aus Angst vor der Polizei angerufen. Als Sandy später nach einem abgehörten Telefonat festgenommen wurde, glaubte sie, er habe sie verpfiffen. Was mochte wohl aus ihr geworden sein?

»Warum hieß der Laden hier früher eigentlich *ZAK*?«, wollte Litzka wissen. Er versuchte, sich alles zu merken, was Swetlana erzählte. Denn ein Notizblock oder gar ein Diktiergerät hätte die lockere Plauderatmosphäre sicher zerstört.

»Zak war der Besitzer. Er hatte auch noch ein Bordell in Nürnberg und betrieb ein halbes Dutzend Table-Dance-Bars in ganz Bayern. Er war eine große Nummer im Milieu, das damals wirklich noch viel Rotlicht hatte. Leider hatte er auch viel mit dem Blaulicht zu tun. Zak war so etwas wie ein Unterweltkönig. Man konnte ihm zwar nie etwas nachweisen, aber sauber waren seine Geschäfte nicht. Und damit meine ich nicht die Hygiene in seinen Puffs.«

»Ich verstehe. Aber wieso heißt der Mann Zak?«

»So haben ihn alle genannt. Seinen richtigen Namen kannte kaum jemand. Nur ein paar wenige enge Freunde haben ihn Tom genannt.«

»Und dieser Zak alias Tom war also der Chef von Pia Blum? Wissen Sie, was er heute macht? Ist er immer noch im Sex-Geschäft tätig?«

»Zum Glück haben wir mit ihm nichts mehr zu tun. Ich weiß nicht genau, was er heute macht. Zum letzten Mal habe ich vor zwei Jahren von ihm gehört. Eins unserer Mädchen hat erzählt, dass er etwas mit Immobilien zu tun hat. Wir haben noch so darüber gelacht, dass seine Büroadresse in Feucht ist.«

Es wurde Litzka immer wärmer. Gerne hätte er seine Jacke abgelegt. Doch dies vermied er lieber, um seiner Gastgeberin gegenüber keinen falschen Eindruck zu erwecken. Er versuchte, sich die Fakten zu merken. Der Zuhälter der Blum wäre ein aufmacherträchtiger Gesprächspartner. Und in dem kleinen Örtchen Feucht bei Nürnberg müsste sich so eine zwielichtige Gestalt doch leicht ausfindig machen lassen.

Litzka bedankte sich bei Swetlana für die Auskünfte und hoffte, dass sie nichts zu seiner noch fast vollen Kaffeetasse sagen würde. Er überreichte ihr seine Visitenkarte und schlug ihr Angebot aus, nach der Betriebsversammlung noch einmal wiederzukommen. Höflich nahm er aber das Visitenkärtchen von Swetlana entgegen und nahm sich im selben Moment vor, das verräterische Utensil keinesfalls in seiner Hosentasche zu vergessen. »Das würde meiner Freundin nicht sehr gefallen«, sagte er.

Swetlana seufzte. »Ach, wenn alle Männer so ehrlich wären wie Sie, dann könnten wir unser Geschäft hier wohl dicht machen. Auf Wiedersehen, Herr ...« Sie schaute auf sein Kärtchen. »... Herr Litzka. Und grüßen Sie Ihre Freundin.«

Das werde ich gewiss nicht tun, dachte er.

Und wieder Beethoven. Diesmal war es Jürgen Sonne.

* * *

»Aber nur ein Radler«, sagte Litzka, als er sich im Augustiner an den Tisch setzte, wo Sonne schon auf ihn wartete. Den verpackten Blumenstrauß legte er auf die Bank, tatsächlich hatte er nach einem langen Arbeitstag daran gedacht. Doch die Bitte seines Freundes im Polizeidienst um ein Feierabendbier hatte er nicht ausschlagen können.

»Ärger zu Hause?«, fragte Sonne, der Litzkas Gemütslage inzwischen sehr gut einschätzen konnte.

»Na ja, nicht ganz einfach im Moment«, räumte Litzka ein. »Ist aber wohl normal, wie mir erfahrene Väter verraten haben.«

Sonne konnte in dieser Hinsicht keine Ratschläge aus eigener Erfahrung geben und wechselte daher lieber das Thema. »Was machen deine Recherchen über das frivole Vorleben der Landrätin?«

»Wir haben das Bordell gefunden, wo sie damals in München gearbeitet hat«, sagte Litzka und gab bei der Bedienung seine Bestellung auf. Dann schilderte er ausführlich seine Begegnung mit Swetlana.

»Na denn, auf das horizontale Gewerbe«, sagte Sonne und hob seine Maß.

»Prost«, sagte Litzka. »Wenn wir jetzt noch diesen Zak finden, das wäre ein Knüller.«

»Zak? Wer soll das sein?«

»Wohl damals ein großer Fisch in der Unterwelt. Er soll das Rotlichtmilieu von München bis Nürnberg in der Hand gehabt haben.«

»Und war der Zuhälter von der Blum?«

Litzka nickte. »Aber selbst wenn wir ihn fänden, würde er bestimmt keine Interna ausplaudern. Außerdem ist er angeblich nicht mehr im Milieu, sondern macht jetzt in Immobilien.«

»Immobilien?« Sonne überlegte. Irgendwo in seinem Gehirn schien ein Lämpchen aufzuleuchten, das ihn auf eine jüngst abgespeicherte Information hinwies. »Weißt du mehr über ihn? Seinen richtigen Namen?«

Litzka versuchte, sich an das Gespräch mit Swetlana zu erinnern. In seinem Artikel, der morgen im Blatt stehen würde, hatte er diesen Aspekt weggelassen. »Sie sagte, dass alle ihn Zak nannten und nur ganz wenige ihn mit Tom ansprachen. Und dass sein Immobilienbüro in der Nähe von Nürnberg ist, in Feucht.«

»Zak? Tom? Immobilien?« Sonne dachte laut nach. Er versuchte, die Zusammenhänge zu finden. Dann erinnerte er sich. »Tom könnte Thomas heißen. Und Zak für Michalczak stehen. Thomas Michalczak.«

»Michalczak?«, wurde jetzt auch Litzka hellhörig. »Der Geburtsname von Kirchgessner?«

»So ist es. Und er hat einen Bruder namens Thomas. Und der ist, dreimal raten bitte, heute tätig als ...?«

»Immobilienmakler?«

»Hundert Punkte.«

»Ist das unsere Verbindung zwischen dem Mord und Pia Blum?«

»Die zweite Verbindung, nach dem Foto«, sagte Sonne. »Ich denke, da sollten wir mal eine kleine Befragung in Erwägung ziehen.«

»Hm«, meinte Litzka. »Aber besser keine Vernehmung durch die Polizei, oder? Das könnte ihn aufschrecken, wenn er wirklich etwas mit der Sache zu tun haben sollte.«

»Kann schon sein«, räumte Sonne ein. »Alternative?«

»Na ja, ein journalistischer Recherchebesuch? Und du als mein neuer freier Mitarbeiter bist natürlich dabei.«

»Hm«, überlegte Sonne. »Klingt gut. Auch wenn ich meine journalistischen Tätigkeiten eigentlich nicht so sehr ausweiten wollte.«

»Dann lass uns morgen früh gleich nach Nürnberg fahren«, schlug Litzka vor.

»Nach Feucht, meinst du wohl.«

»Apropos feucht ...« Litzka griff zu seinem Glas, prostete Sonne noch einmal zu und trank es mit einem Zug leer. »Ich muss heim.«

»Ach, noch was«, sagte Sonne. »Wegen Lohmanns Tod.«

»Ja?«

»Wir haben Hinweise auf Fremdverschulden.«

»Was? Mord?« Litzka setzte sich sofort wieder hin.

»Von Mord wollen wir mal noch nicht reden. Aber an Lohmanns Bremse hat jemand herumgefummelt. So viel steht fest.«

»Also doch Mord?«

»Wir ermitteln. Aber hast du eine Idee für ein Motiv?«

»Eins?« Litzka lachte. »Ich schätze mal, jeder Mitarbeiter im Verlag hätte ein Dutzend Motive.«

»Mal ernsthaft!«

»Wohl kaum jemandem würde ich zutrauen, dass er seine Mordphantasien wirklich umsetzt. Aber den Hals umdrehen wollten wir ihm alle schon mal. Wenn du fragst, wer von seinem Tod profitiert ... also, nicht dass ich sie verdächtigen wollte ... aber die Leiche war noch nicht kalt, da saß die Schulze-Wagenknecht schon auf seinem Chefsessel.«

Sonne spielte mit seinem Bierdeckel. »War sie schon vorher als Nachfolgerin im Gespräch?«

»Sie arbeitete schon lange an diesem Karriereschritt. Aber als Mordmotiv? Das hätte keinen Sinn. Schließlich war der Zeitpunkt seiner Pensionierung längst abzusehen. Sie hätte nur lange genug Geduld haben müssen.« Dann deutete er auf den Blumenstrauß. »Apropos. Ich sollte Tanjas Geduld nicht mehr so lange strapazieren.«

»Schadensbegrenzung? Verstehe«, brummte Sonne. Es war mal wieder einer der Momente, in denen er froh war, Single zu sein.

* * *

Litzka schloss die Wohnungstür auf. Es war natürlich später geworden, aber noch nicht so spät, dass Tanja schon schlafen würde. Er löste den Blumenstrauß aus dem grünen Papier des Floristen heraus und betrat den Flur. Es war dunkel, auch aus dem Wohnzimmer schien kein Licht, der Fernseher war aus.

»Tanja?«, rief er leise und sah im selben Moment, dass es im Schlafzimmer hell war. »Ach, hier bist du.«

»Mir war nicht gut, da habe ich mich schon mal ins Bett gelegt.«

»Habe dir Blumen mitgebracht«, sagte er etwas unbeholfen, weil sie nicht auf den Strauß in seiner Hand reagierte.

»Danke, Frank.« Der neutrale Klang ihrer Stimme ließ keine Rückschlüsse auf ihre Stimmung zu. Tanja hatte ein aufgeschlagenes Buch vor sich auf der Bettdecke liegen. Kein Roman, sondern ein Sachbuch. Vermutlich ein Schwangerschaftsratgeber.

»Wie war dein Tag?«, fragte sie.

»Du wirst lachen, ich war heute wirklich im Puff. Zur Recherche.« Er war der Überzeugung, dass die Wahrheit in diesem Fall die beste Strategie war. Wenn sie eines Tages durch einen Zufall von seinem dienstlichen Besuch im *Salon Sonja* erfahren würde, könnte dies verheerende Folgen haben. »Wir haben tatsächlich das Etablissement gefunden, wo die Blum früher gearbeitet hat. Du glaubst es nicht: Die Prostituierten haben heute sogar einen Berufsverband und halten Betriebsversammlungen ab. Wird eine gute Story.«

»Hm«, war ihr einziger Kommentar. Ihr Blick senkte sich wieder auf ihr Buch hinab. Litzka hängte seine Jeansjacke an einen Haken an der Tür und streifte seine Turnschuhe ab. Dann legte er sich zu Tanja und wollte sie in den Arm nehmen. In dem Moment bemerkte er, dass eine Träne über ihre linke Wange kullerte.

»Hey, was ist los mit dir? Ist was passiert?«

Wortlos klappte sie das Buch zu und warf es auf seinen Bauch.

Schwangerschaft und Geburt. Das Buch zu Bauch und Baby. Er las den Titel und fragte sich, was sie ihm damit sagen wollte. Er drehte das Buch um, dann bemerkte er den Zettel, der als Lesezeichen diente. Er schlug die Seite auf und sah, dass es ein Thermopapier war. Ein schwarz-weißer Ausdruck. Es dauerte eine Sekunde, bis er erkannte, dass es sich um ein Ultraschallbild handelte. Darunter waren Tanjas Name und das heutige Datum gedruckt.

Verdammt. Verdammt. Verdammt, dachte er. Er hatte die Ultraschalluntersuchung vergessen. Sie hatte ihm den Termin per Mail ins Büro geschickt, und er hatte ihr versprochen, sie zum Arzt zu begleiten. Und es im selben Moment wieder vergessen, weil er mitten im Produktionsstress gewesen war.

»Nimm deine Blumen und schenke sie deiner Volontärin. Die sieht dich eh mehr als ich.«

7. Kapitel

Seit wann müssen wir uns um Parksünder kümmern?«, fragte Jürgen Sonne, als Natascha Steinberg ihm eine Meldung der Parkraumüberwachung auf den Tisch legte. Er stellte seine Kaffeetasse zur Seite und sah sich den Computerausdruck genauer an.

»Ein Fünfer-BMW, anthrazit. Er steht in der Ludwigstraße. Der Parkschein ist seit Tagen abgelaufen. Ein Mietwagen von Sixt. Den Kollegen ist ...«

»Ja, spannender Fall!« Sonne stellte seine Kaffeetasse zur Seite. »Sollen wir eine Sonderkommission bilden? Ist der Staatsschutz schon informiert? Wer macht die Pressekonferenz?«

»Quatsch nicht, Chef! Ich bin sicher, du wirst dich für diesen Parksünder auch interessieren, wenn ich dir sage, wer den Wagen gemietet hat.«

»Der Dalai Lama?«

»Die Kollegen haben in Pullach nachgefragt. Bei der Sixt-Verwaltung. Weil der Wagen abgeschleppt und der Halter informiert werden sollte. Da stellte sich heraus, dass das Auto vor einer knappen Woche gemietet wurde von ...« Kleine Kunstpause. »... von Robert Eberhard Kirchgessner.«

»Ach was?« Sonne staunte tatsächlich.

»Die Kollegin von der VÜ jedenfalls ist eine aufmerksame Zeitungsleserin. Und ihr ist aufgefallen, dass auf dem Beifahrersitz eine Aktenmappe des Finanzministeriums lag mit dem Aufdruck *Amtsleitung – Bitte sofort vorlegen – Eilsache*. Das kam ihr seltsam vor, dass so eine Mappe tagelang unbeachtet im Auto liegt, und sie hat Meldung gemacht.«

»Gute Frau. Dann wollen wir die Karre mal genauer unter die Lupe nehmen. Wo genau in der Ludwigstraße steht sie denn?

Und wir brauchen einen Techniker, der uns den Wagen aufmacht. Einen BMW-Schlüssel haben wir nirgends gefunden.«

»Keine Hektik, Jürgen. Ich habe den Wagen schon hierher schleppen lassen. Ist erst mal beschlagnahmt. Er steht unten im Hof. Und die Türen sind jetzt offen.«

»Respekt, Frau Kommissarin«, sagte Sonne anerkennend und wünschte sich, alle seine Mitarbeiter würden so selbstständig mitdenken. Er griff zu seiner braunen Wildlederjacke. »Dann wollen wir mal.«

* * *

Der Wagen stand in einer Garage des Dezernats 31. Kommissar Kellerbach vom Kommissariat 311 war mit seinen Kollegen vom Erkennungsdienst bereits zugange.

»Bislang keine Fingerspuren, die wir nicht auch schon im Büro oder seinem Mercedes gefunden haben«, sagte Kellerbach, als Sonne und Natascha kamen.

»Sonst irgendwas?«, wollte Sonne wissen, während er um das Fahrzeug herumging.

»Nichts von Belang im Innenraum. In den Kofferraum haben wir noch nicht geschaut.«

»Könnte ja eine Leiche drin liegen«, flachste Sonne.

»Das hätten wir gerochen«, erwiderte Kellerbach ungerührt und öffnete die Klappe.

Der Inhalt war unspektakulär. Verbandskasten und Warndreieck waren an den vorgesehenen Stellen befestigt. Außer einer Wolldecke, einem Feuerlöscher und einer fünf Tage alten *Süddeutschen* konnte Sonne auf den ersten Blick nichts Auffälliges entdecken.

Natascha, die neben ihm stand, griff zu der Bodenabdeckung. »Und hier?«

Zum Vorschein kam nicht nur das erwartete Reserverad mit dem notwendigen Werkzeug für einen Reifenwechsel.

»Nicht anfassen!«, rief Kellerbach sofort. »Ich muss erst die Spuren sichern.«

»Jaja«, brummte Sonne. Natürlich hätte er auch unter die Abdeckung geschaut. Aber Natascha war ihm wieder einmal zuvorgekommen. Wohin sollte ihr Ehrgeiz noch führen?

»Hast du den Schlüssel dabei?«, fragte sie.

»Welchen Schlüssel?«

»Schau hier!« Natascha deutete auf die Ledermappe, die Kellerbach mit einem Magnetpinsel auf Fingerabdrücke untersuchte. »Siehst du? *theodora*.«

Tatsächlich war auf dem Schloss der Aktentasche klein der Markenname eingraviert, der auf den Schlüssel hindeutete, den sie bei Kirchgessners Leiche gefunden hatten.

* * *

Eine halbe Stunde später waren dic Aktenmappe und der Inhalt erkennungsdienstlich behandelt und registriert. Kellermann hatte jedes einzelne Blatt mit einer nüchternen Spurennummer versehen, die nichts über den brisanten Inhalt der Papiere aussagte.

Sonne schaute ein Blatt nach dem anderen an, während ihm Natascha und Sherlock über die Schulter blickten. Zum Teil handelte es sich um aufgeklebte Zeitungsartikel aus den Boulevardblättern, die an den Rändern um kurze oder längere handschriftliche Notizen ergänzt waren. Sortiert waren die Blätter alphabetisch nach den Namen der Personen, um die es ging. Offensichtlich handelte es sich um Kirchgessners geheimnisvolle Dossiers, über die so viel gesprochen wurde, die jedoch noch nie jemand zu Gesicht bekommen hatte.

Ganz oben lag das Material über Pia Blum. Neben einem alten Zeitungsporträt stand in Kirchgessners Schrift: *Vergangenheit als Hure!!!* Und daneben unterstrichen: *Todsichere Quelle!* Die Adressen der Bordelle in Nürnberg und München waren notiert, außerdem: *Kommt aus der Ostzone und nahm 100 D-Mark für 30 Minuten, auch SM!!!* Angeheftet waren Fotos, von denen Sonne die meisten Motive schon kannte. Die fotografierte Frau blickte allerdings nicht so lasziv in die Kamera, wie es auf derartigen Bildern üblich war. Ihre Mine zeigte ein Lächeln, das nur echt sein konnte oder perfekt gespielt war.

»Da steht nicht wirklich Neues drin«, sagte Sonne. »Jedenfalls nicht mehr, als wir schon ausführlich in der *Bild*-Zeitung nachlesen konnten.«

»Zeig mal, wen er sonst noch bespitzelt hat!«, sagte Sherlock ungeduldig.

Einige Namen sagten Sonne, der kein Kenner der bayerischen Landespolitik war, nur sehr wenig. Es waren Minister, Staatssekretäre und Landtagsabgeordnete.

»*Reinhold Engelhorn*«, las er weiter. »*Ehemaliger CSU-Landtagsabgeordneter*. Das ist doch der Chef dieser Kirchen-Akademie in Tutzing!«

»Was ist mit dem?«, wollte Holmsen wissen.

Sonne überflog die Notizen und sagte dann: »Na ja, nichts Besonderes: Soll eine Affäre mit einer Journalistin gehabt haben. Ein Name steht hier nicht. Ist auch schon fünfzehn Jahre her.«

»Ach, sieh an«, sagte Natascha, während Sonne weiter blätterte. »Unser Herr Oberbürgermeister.«

»*Geht zu einer Wahrsagerin, richtet seine Politik nach den Deutungen der Astrologin Rosemarie Keller aus*«, las Sonne vor. »Die Adresse am Artur-Kutscher-Platz ist angegeben, nicht jedoch, dass sie schon seit Jahren tot ist.«

Sonne erinnerte sich an die Ermittlungen in der Schwarzgeld-Affäre. Rosemarie Keller hatte ein Verhältnis mit dem ehemaligen Ministerpräsidenten gehabt und war schließlich mit ihrem Auto gegen einen Brückenpfeiler gerast. Man ging von Selbstmord aus. An den Gerüchten, dass auch Körber etwas mit der Astrologin hatte, war jedoch erwiesenermaßen nichts dran gewesen.

»Wir müssen diese Infos hier also mit Vorsicht genießen«, sagte Sonne. »Da scheint nicht jeder Vorwurf Hand und Fuß zu haben. Hier steht auch handschriftlich das Wort *Homo*. Aber mit drei Fragezeichen.« Er blätterte weiter. Es waren nicht nur Informationen über Politiker gesammelt.

»Oh Gott, der Boss«, entfuhr es Natascha. Über Polizeipräsident Hartmut Stapper waren eine Reihe von Besuchen in den Spielbanken Lindau, Bad Reichenhall und Bad Wiessee mit Datum, Uhrzeit und gewonnenen oder verlorenen Geldbeträgen notiert. Als Quelle war ein zuständiger Referent ausgerechnet im Finanzministerium genannt, der obersten Aufsichtsbehörde aller Spielbanken im Freistaat.

»Der Name kommt mir bekannt vor«, murmelte Natascha. Sonne erinnerte sich, den Namen von Simon Wolff erst kürzlich gelesen zu haben.

Aber Natascha war wieder einen Schritt schneller als: »So heißt der Staatssekretär. Wolff mit zwei F. Der Name stand an der Tür im Ministerium.«

»Tatsächlich«, bestätigte Sonne. »Der spitzelnde Spielbanken-Referent hat es also innerhalb von fünf Jahren zum Staatssekretär gebracht, sozusagen zum Vize-Minister.«

»Sicherlich nicht ohne Unterstützung vom Büroleiter des Ministers«, mutmaßte Sherlock.

Sonne und Natascha nickten zustimmend. »Verbrecherbande!«

»Aber wir können nicht zwangsläufig davon ausgehen, dass der Minister von diesen Machenschaften gewusst hat«, gab Sonne zu bedenken. Er blätterte weiter. Offenbar sammelte Kirchgessner auch Informationen über Münchner Journalisten.

»*Wolfgang Lohmann*«, las Sonne und dachte: Flitzers toter Chef. »Das ist sie, die Verbindung zum Fall Kirchgessner. Das ist kein Zufall.« Er las weiter: »*Hat eine außereheliche Affäre mit einer Praktikantin, die später als Redakteurin zur Konkurrenz wechselte. Sie versorgte ihn jahrelang mit Interna.*« In einer anderen Farbe war später hinzugefügt worden: *Ist jeden Dienstag bei einem Herrenabend. Begrapscht alle weiblichen Mitarbeiter unter dreißig. Lustmolch.* Das letzte Wort war dreimal unterstrichen.

»Der ist auch schon tot und muss keine Enthüllungen mehr befürchten«, stellte Gunnar Holmsen fest.

Sonne schaute sich das nächste Dossier an. Er konnte nicht glauben, welchen Namen er las.

* * *

Die Fahrt Richtung Feucht auf der A9 zog sich in die Länge. Wie fast jeden Tag bot die Autobahn, die als die am dichtesten befahrene Strecke Deutschlands galt, eine Mischung aus Stau, zähflüssigem Verkehr, Baustellen und Fahrbahnverengungen. Hinzu kam, dass ein heftiger Regen eingesetzt hatte, dem auch die Scheibenwischer auf höchster Stufe wenig anhaben konnten. Sonne musste sich voll auf den Verkehr konzentrieren. Bislang hatte sich noch keine passende Situation ergeben, um seinem Beifahrer das zu erzählen, was ihm am Herzen lag.

Als bei Allershausen der Regen etwas nachließ und er eine Weile mit hundertsechzig auf der rechten Spur fahren konnte, startete er einen Versuch.

»Du Flitzer, eigentlich dürfte ich es dir gar nicht erzählen, weil es Erkenntnisse aus einem laufenden Verfahren sind ...«

»Hey, Jürgen, was ist mit dir auf einmal los? Wir sind doch im Moment sozusagen Kollegen.« Litzka lachte.

Sonne setzte den Blinker links, um einen holländischen Reisebus zu überholen. »Ich habe dir ja bislang auch immer absolut vertrauen können. Und du hast mich noch nie in Schwierigkeiten gebracht.«

»Jetzt schwafel nicht rum, Kommissar! Raus mit der Sprache!«

Just in diesem Moment unterbrach der Beethoven-Klingelton das Gespräch.

Litzka schaute auf das Display und sagte »Tanja. Sorry. Da sollte ich rangehen.«

Sonne nickte und wechselte wieder auf die rechte Spur. Das Wetter klarte jetzt immer mehr auf. Zwischen den dunklen Wolken war an vereinzelten Stellen plötzlich sogar blauer Himmel zu sehen. Sonne versuchte wegzuhören, er empfand es immer als indiskret, ungewollt einem privaten Handygespräch beizuwohnen. Erst recht, wenn es um die derzeit problematische Beziehung eines guten Freundes ging. Er konnte jedoch nicht vermeiden mitzubekommen, dass offenbar wieder etwas Ruhe zwischen Litzka und Tanja eingekehrt war. Er sagte mehrmals, dass er sie auch vermisse und sich auf den Abend freue. Als er ihr zum Ende des Gesprächs noch ein paar unverständliche Liebenswürdigkeiten ins Ohr geflüstert hatte, waren sie schon nicht mehr weit von Nürnberg entfernt.

Jetzt wollte Sonne Litzkas gute Stimmung auch nicht wieder zerstören und redete lieber über den Fall. Dann folgte er den Anweisungen des Navigationssystems, dessen Frauenstimme sie zum Haus von Thomas Michalczak in Feucht leitete.

* * *

Natascha Steinberg läutete an der Klingel des Mietshauses in der Mathunistraße in einer verkehrsberuhigten Sackgasse im Stadtteil Laim.

»Bis ganz oben, vierte Etage, linke Tür«, ertönte eine blecherne Frauenstimme durch die Sprechanlage. Natascha wurde erwartet, sie hatte ihren Besuch bei Anna-Lena Lohmann telefonisch angekündigt. Einen Fahrstuhl gab es nicht, aber bei nur vier Stockwerken wäre sie auch freiwillig zu Fuß gegangen, wenn ein Lift vorhanden gewesen wäre.

»Kommen Sie herein, Frau Kommissarin«, sagte die Frau, die Natascha spontan an Loriots verstorbene Sketchpartnerin erinnerte, deren Namen ihr aber gerade entfallen war.

»Grüß Gott, Frau Lohmann.« Kurzer Blick auf das Klingelschild. »Noch mal mein Beileid. Es tut mir leid, dass ich Sie ...«

»Schon in Ordnung. Sie machen nur Ihre Arbeit.«

Eine trauernde Witwe sieht anders aus, auch wenn sie von ihrem Mann getrennt lebte, dachte Natascha und folgte Frau Lohmann in das Wohnzimmer. Die Wohnung schien nicht sehr groß zu sein, drei Zimmer zählte sie. »Nein, danke«, antwortete sie auf die obligatorische Frage, ob man ihr etwas anbieten könne. »Sie wundern sich gar nicht über meinen Besuch? Ich bin von der Mordkommission.«

Natascha spürte sofort, dass es in der Wohnung kälter war als im Treppenhaus. Als wäre die Heizung kaputt. Und dabei trug Frau Lohmann auch noch eine kurzärmelige Bluse.

»Mordkommission? Das muss ich am Telefon wohl überhört haben. Doch, jetzt wundere ich mich schon. Warum Mordkommission? Es war doch ein Verkehrsunfall!«

Sie trug einen schlichten beigefarbenen Rock, kurze Socken in Birkenstocklatschen und eine Frisur wie ein explodiertes Sofakissen. Natascha schätzte sie auf knapp sechzig.

»Es gibt ein paar Unstimmigkeiten, die wir überprüfen müssen. Vermutlich wird der Leichnam auch obduziert. Es kann also noch ein paar Tage dauern bis zur Freigabe für die Beerdigung.«

»Ich verstehe nicht ...«

Ihre nach unten hängenden Mundwinkel und das ausdruckslose Gesicht erinnerten Natascha an den legendären Nudelsketch. Es kostete sie Mühe, nicht zu lachen. »Mal ganz direkt gefragt: Können Sie sich vorstellen, dass jemand Ihrem Mann nach dem Leben trachtete?« Natascha fragte sich, ob die Temperatur in der Wohnung mit dem Temperament der Bewohnerin zusammenhing.

»Er war ein Charmeur, ein Kavalier. Er war die personifizierte Gutmütigkeit. Auch wenn Sie das jetzt vielleicht überrascht, falls Sie bisher in seinem beruflichen Umfeld recherchiert haben sollten.«

»Allerdings«, stimmte Natascha zu. »Wenn das jetzt nicht ironisch gemeint war, dann war das die erste Aussage über Wolfgang Lohmann, die ihn nicht als Widerling charakterisiert. Sie entschuldigen bitte.«

»Ich weiß.« Sie seufzte und rieb sich mit gekrümmtem Zeigefinger das Kinn. »Er muss beruflich ein anderer Mensch gewesen sein. Ich kenne auch die Namen, die seine Kollegen für ihn erdacht haben, zum Beispiel, dass sie ihn Stalin nennen. Für mich einfach unvorstellbar. Wirklich.« Jetzt war ihr doch die Mühe anzumerken, mit der sie ihre Trauer zu unterdrücken versuchte.

»Wenn er so ein Charmeur war, warum lebten Sie dann getrennt von ihm?«

»Das ist genau der Punkt: sein unwiderstehlicher Charme.«

»Ist er fremdgegangen?«

»Er war nicht in der Lage, seinen Charme auf eine Person, seine Gattin, zu beschränken. Was an sich noch kein Problem gewesen wäre. Wenn es nur um Charme gegangen wäre.«

Natascha ermunterte sie mit einem Nicken weiterzuerzählen.

»Ich habe ihm fast dreißig Jahre lang jeden Seitensprung verziehen. Und wenn er immer wieder betont hat, es sei der letzte Ausrutscher und es werde nicht mehr vorkommen, da haben wir beide immer gewusst, dass dies nur leere Worte waren. Dass er bei den jungen Hühnern schwach wurde, die als Praktikantinnen bei ihm herumturnten und sich vielleicht irgendwelche beruflichen Hoffnungen von ihm machen ließen, dafür hätte ich sogar fast Verständnis haben können.«

Natascha wunderte sich doch sehr über diese Auffassung von Lebenspartnerschaft. Ein Seitensprung von Chris hätte das sofortige Ende ihrer Beziehung zur Folge gehabt. Und andersherum galt dasselbe. Aber vielleicht musste man das nach mehreren Jahrzehnten ja anders sehen.

»Das Maß war voll«, fuhr Frau Lohmann fort, »als ich herausfand, dass der so genannte Herrenabend, zu dem sich Wolfgang jeden Dienstag verabschiedete, nichts mit Kegelclub oder den Rotariern zu tun hatte. Sondern dass hier Nutten bestellt wurden. Woche für Woche. Fremdgehen ist die eine Sache. Aber Rumhuren? Da bin ich ausgezogen.«

»Wie sind Sie dahintergekommen? Und wie lange ist das her?« Natascha spürte einen kalten Luftzug. Irgendwo musste ein Fenster offen stehen.

»Vor etwa anderthalb Jahren rief mich die Frau eines Stadtratsabgeordneten an, den Namen habe ich vergessen. Sie hatte den Verdacht, dass ihr Göttergatte sich eine Geliebte hielt, und beauftragte einen Privatdetektiv. Der hat herausgefunden, dass sich die feinen Herren jeden Dienstag in einer Privatwohnung in Ramersdorf trafen. Irgendein Geschäftsmann spendierte die Nutten. Was da genau vorgegangen ist, will ich gar nicht wissen.«

Sie blickte so ernst wie Professor Brinkmanns Haushälterin aus der *Schwarzwaldklinik*. Frau Michaelis. Doch der Name der Schauspielerin fiel ihr nicht ein.

»Und Sie haben ihn mit den ... Ermittlungsergebnissen konfrontiert?«

»Ja. Und er hat keine Sekunde geleugnet. Sprach von der Pflege von Geschäftskontakten. Ich habe ihm nicht länger zugehört.«

»Und dann sind Sie aus dem gemeinsamen Haus aus- und in diese Wohnung eingezogen? Sind Sie berufstätig?«

»Ich bin gelernte Bürokauffrau, habe aber seit der Heirat nicht mehr gearbeitet. Er hat mir nach der Trennung kommentarlos jeden Monat einen zum Leben ausreichenden Betrag überwiesen. Diese Geldquelle versiegt jetzt natürlich. Nur für den Fall, dass Sie mich als potenzielle Mörderin betrachten.«

»Warum haben Sie sich nicht scheiden lassen?«, wollte Natascha wissen.

»Wir haben das Thema nie angesprochen, uns mit der Situation arrangiert. Es war am bequemsten für uns beide. Von den steuerlichen Vorteilen mal ganz abgesehen. Ich glaube, er hat sogar eine doppelte Haushaltsführung oder so etwas geltend gemacht.«

»Wissen Sie mehr über diese regelmäßigen Dienstagstreffen, Frau Lohmann?«

»Der Detektiv hatte die genaue Adresse genannt. Aber die habe ich mir nicht gemerkt. Wozu auch? Es war ja nicht nötig, die Angaben zu überprüfen, verstehen Sie?«

»Hm, dass Ihr Mann mit Prostituierten zu tun hatte, könnte für unsere Ermittlungen sehr wichtig sein. Wissen Sie noch den Namen des Privatdetektivs?«

Frau Lohmann schloss die Augen und überlegte. Und Natascha sah den Loriot-Sketch vor sich, in dem der Großvater immer »Früher war mehr Lametta« sagte.

»Seybold oder so ähnlich. Mit y oder mit i. Mit d oder dt, das weiß ich nicht mehr. Und ein etwas ausgefallener Vorname. So was wie Athanasius.«

Natascha machte sich Notizen. »Das hilft schon mal weiter, Frau Lohmannn. Wir werden Ihre Aussage noch protokollieren. Und wegen der Formalitäten bezüglich der Obduktion werden sich die Kollegen noch bei Ihnen melden. Vielen Dank für Ihre offenen Antworten.«

Natascha verabschiedete sich. Im Treppenhaus hörte sie hinter einer Wohnungstür im zweiten Stock einen Anfänger auf einem Klavier klimpern.

Ein Klavier, ein Klavier, dachte sie und konnte es nicht mehr verhindern, dass sie laut losprustete.

* * *

Es war eine beeindruckende Villa mit vielen Fenstern, kleinen Türmchen und einem riesigen Park.

»Mehr ein Schloss als ein Geschäftshaus«, meinte Litzka.

»Er wird sich im Laufe seiner Jahre als Immobilienmakler das schönste Objekt herausgesucht haben«, entgegnete Sonne.

»Und mit seinen krummen Geschäften dürfte er genug Kohle auf die Seite geschafft haben. Schau dort, ein Schild.«

Das Messingschild an dem steinernen Pfosten neben einem Eisenportal war unscheinbar, fast versteckt. *Michalczak & Stüwe* war in kleinen schwarzen Lettern zu lesen. Und darunter *Immobilien – Finanzierung – Consulting*. Eine Klingel war nirgends zu sehen. Sonne rüttelte an dem Tor, das aber verschlossen war. Er erregte jedoch die Aufmerksamkeit eines wachsamen Schäferhundes, der wie aus dem Nichts herbeigelaufen kam und hinter dem Eingangsportal laut bellend stehen blieb.

Sie warteten einen Moment, dann öffnete sich die Haustür, und ein Mittfünfziger mit dunkelblauem Anzug, beigefarbenem Pullunder, offenem Hemd, braunen Schuhen aus Veloursleder und unrasiertem Gesicht trat hervor. Er hatte keinerlei Ähnlichkeit mit Robert Kirchgessner.

»Wer sind Sie? Was wollen Sie?«, rief er aus einem Abstand von etwa zehn Metern seinen ungebetenen Gästen zu.

»Mein Name ist Frank Litzka von der *ATZ* aus München. Wir möchten zu Herrn Michalczak.«

»Verschwinden Sie! Herr Michalczak ist außer Haus!«

Der Hund bellte, als wollte er die Aussage seines Herrchens unterstreichen.

Litzka deutete auf den roten Porsche mit dem Nürnberger Nummernschild TM 911, der in einem Carport neben der Villa stand. Leise sagte er zu Sonne: »Wenn er nicht im Haus ist, dann muss er zu Fuß unterwegs sein.«

»Wir warten gerne«, rief Sonne. »Sagen Sie bitte Ihrem Chef, wir möchten mit ihm über das *ZAK* reden. Und wir würden ungern etwas schreiben, ohne ihn vorher angehört zu haben. Es dürfte in seinem Interesse sein, dass ...«

»Herr Michalczak ist nicht mein Chef, sondern mein Partner«, ertönte es zurück. »Warten Sie bitte!« Der Mann, der offenbar Herr Stüwe war, verschwand wieder im Haus.

»Nicht schlecht«, sagte Litzka.

»Wenn er jetzt auf seriösen Makler macht, dürfte ihm nicht gerade daran liegen, dass seine Rotlichtvergangenheit an die Öffentlichkeit kommt.«

Litzka nickte. Es dauerte einige Minuten, bis sich die Tür wieder öffnete. Ein schriller Pfiff sorgte dafür, dass der Hund kehrt machte und wieder im Nirgendwo verschwand. Dann surrte es, und das Eisentor ließ sich aufdrücken. In der Tür stand jetzt ein Mann, der zu einer grauen

Hose ein schwarzes Jackett mit goldenen Knöpfen trug. Er hatte schütteres, graues Haar und trug eine auffällige, randlose Designerbrille mit eckigen Gläsern. Er hielt die Arme verschränkt vor seiner Brust und machte keine Anstalten, seinen Besuchern zur Begrüßung die Hand zu reichen. »Ich habe eigentlich überhaupt keine Zeit. Was wollen Sie?«

Sonne und Litzka schritten über den Kiesweg auf den Mann zu.

»Es dauert auch nicht lange, Herr Michalczak. Mein Name ist Frank Litzka von der *ATZ*. Das ist Herr Sonne. Wir recherchieren über die Vergangenheit der Starnberger Landrätin Pia Blum. Da sind wir auch auf Ihren Namen gestoßen.«

»Und?«, fragte Michalczak unfreundlich. Er blieb regungslos stehen und schien das Gespräch vor der Tür zu Ende bringen zu wollen.

»Es gibt Gerüchte über Ihre Rolle im Zusammenhang mit der Betätigung von Frau Blum im Milieu«, sagte Sonne. »Und wir glauben, dass Sie ein Interesse daran haben, vor einer Veröffentlichung gewisse Dinge klarzustellen und mögliche Missverständnisse auszuräumen.«

Michalczak schien kurz nachzudenken. Dann sagte er: »Na gut, fünf Minuten. Kommen Sie herein.«

Das Haus war auch innen erwartungsgemäß nobel und teuer eingerichtet. Michalczak geleitete Sonne und Litzka in einen kleinen Besuchersalon.

»Nehmen Sie Platz. Aber, wie gesagt, ich habe wenig Zeit.«

Die Stühle aus Stahl und Stoff waren bequemer als ihr modernes Design es vermuten ließ.

»Lassen Sie mich eins vorweg sagen, meine Herren: Die Zeit, über die Sie reden, ist Vergangenheit. Ich betreibe eine in Bayern führende Immobilienagentur. Meine Kunden sind höchst angesehene Herrschaften aus einflussreichen Kreisen. Politik, Gesellschaft.« Er schaute Litzka eindringlich an. »Und Medien.«

Litzka kannte diese unterschwellige Drohung zur Genüge. Die verklausulierte Aussage »Ich bin der beste Freund deines Verlegers« fiel regelmäßig in Gesprächen mit Informanten, die unangenehme Berichterstattungen befürchteten. In den meisten Fällen war sie purer Bluff.

»Wieso sind Sie nicht mehr im Rotlichtmilieu tätig?«, fragte Litzka.

»Ich bin Geschäftsmann. Mein Ziel ist stets eine hohe Rendite. Und Sie können sich vielleicht vorstellen, dass die Gewinnspanne bei Objekten mit Millionenwert größer ist als ...«

»... im Sexgeschäft, wo die schnelle Nummer fünfzig Euro kostet?«, unterbrach ihn Sonne.

»Ich bitte Sie! Nicht so vulgär in meinen vier Wänden. Wenn ich mit dem Verleih von Nudelhölzern oder dem Vertrieb von Rasenmäherersatzteilen mehr verdienen würde, dann würde ich Nudelhölzer verleihen oder Rasenmäherersatzteile vertreiben. So einfach ist das. In der Marktwirtschaft überlebt derjenige, der im richtigen Moment in der richtigen Branche das richtige Angebot hat. Aber wir schweifen ab.« Er blickte auf seine goldene Armbanduhr. Rolex oder eine ähnliche Luxusmarke.

»Stimmt es, dass Pia Blum für Sie«, Sonne suchte nach einem angemessenen Ausdruck, »gearbeitet hat?«

»Es ist lange her. Ich habe zahllose Mitarbeiterinnen und Mitarbeiter beschäftigt. Sie werden verstehen, dass ich mich an einzelne Namen nicht mehr erinnern kann.«

»Aber wenn eine Ihrer damaligen Mitarbeiterinnen plötzlich eine bedeutende Rolle in der Politik spielen würde, dann würden Sie sich doch an die Person erinnern, oder?« Litzka bemerkte, dass seine Stimme vielleicht eine Spur zu fordernd klang.

Michalczak reagierte barsch: »Glauben Sie, dass der Boss von Aldi all seine Kassiererinnen mit Gesicht und Namen kennt? Sie verschwenden Ihre Zeit, meine Herren. Und meine übrigens auch.«

Es ertönte in Michalczaks Tasche der Nokia-Standardklingelton, der auf all jenen Handys eingestellt blieb, deren Besitzer nicht das Interesse oder die Fähigkeit hatten, auf einen anderen Ton zu wechseln. Er griff zu seinem Telefon und meldete sich mit seinem Namen. »Ah, Herr Wrede-Knopp, nein, Sie stören natürlich nicht ... Die Verträge sind fertig, der Notartermin ist auch fix ... Selbstverständlich, Herr Doktor. Sie können alles in die Wege leiten, wir machen nächste Woche einen Termin zur Schlüsselübergabe ... Es spricht nichts gegen den anvisierten Eröffnungstermin.« Es folgten noch ein paar Höflichkeitsfloskeln, dann beendete Michalczak das Gespräch. Schließlich wandte er sich wieder an seine Besucher: »Sie sehen, ich habe zu tun. Und ich kann Ihnen nicht wirklich weiterhelfen. Ich wünsche Ihnen noch einen ...«

»Eine Frage noch«, unterbrach ihn Sonne. »Der verstorbene Büroleiter des Finanzministers hieß vor seiner Hochzeit auch Michalczak. Stimmt es, dass er Ihr Bruder ist?«

Michalczak schien kurz zu überlegen, welche Antwort ihm am wenigsten schaden könnte. Dann sagte er: »Das ist richtig. Aber ich habe seit über zwanzig Jahren keinen Kontakt mehr zu ihm. Dass er unseren Familiennamen abgelegt hat, sagt ja schon alles über unsere Verbundenheit. Von seinem Tod habe ich aus der Zeitung erfahren. Mal ganz abgesehen davon, dass ich mit den Schwarzen nichts am Hut haben möchte. Sie entschuldigen mich jetzt bitte. Ich hoffe, es ist bei Ihnen angekommen, dass ich mit der Branche, die Sie als Rotlichtmilieu bezeichnen, nichts, aber auch gar nichts mehr zu tun habe. Wenn Sie mal ein paar Millionen für einen ansprechenden Altersruhesitz anlegen wollen, dann dürfen Sie mich jederzeit wieder kontaktieren. Bis dahin möchte ich Sie aber bitten, mich nicht von meiner Arbeit abzuhalten. Guten Tag.«

8. Kapitel

Anastasius P. Seybold – Private Ermittlungen* stand auf einem Messingschild neben der Tür im Souterrain. Der unverwechselbare Geruch von Putzmittel hing in der Luft. Der Druck auf den Klingelknopf hatte wie bei einer Arztpraxis ein automatisches Öffnen der Bürotür zur Folge. Der Detektiv schien keine sonderliche Angst vor Bombenlegern oder unzufriedenen Klienten zu haben. Name und Adresse des vielleicht wichtigen Zeugen hatte Natascha problemlos bei der Telefonauskunft in Erfahrung gebracht. Es gab in der Münchner Schnüfflerzunft keinen einzigen mit einem auch nur halbwegs ähnlichen Namen.

»Steinberg, Kripo München.« Sie zeigte ihre Marke. »Sie sind Herr Seybold?«

Es war eine überflüssige Frage, denn in dem Ein-Mann-Büro gab es kein Vorzimmer. Auf dem Schreibtisch des Detektivs türmten sich Akten und Unterlagen, ein ähnliches Chaos herrschte in den Schränken und Regalen an den Wänden. Die Jalousien waren heruntergelassen, eine Funzel auf der Arbeitsfläche war die einzige Lichtquelle. Sie stand neben einem Ventilator, der vermutlich seit dem letzten Hochsommer nicht mehr in Betrieb war. So ähnlich stellte Natascha sich das Büro eines amerikanischen *Private Eyes* vor. Doch der Typ, der sie freundlich begrüßte, hatte keine gestiefelten Füße auf dem Schreibtisch liegen und qualmte auch keine Zigaretten. Anastasius Seybold sah mehr aus wie ein Hungerhaken mit Lichtallergie.

»Was kann ich für Sie tun?«

Natascha schätzte ihn auf Ende dreißig. Möglicherweise ließ ihn sein schütteres blondes Haar aber auch älter wirken, als er war. »Es geht um einen Auftrag, den Ihnen vor anderthalb Jahren die Frau eines Kommunalpolitikers gegeben hat. Sie haben herausgefunden, dass der Herr regelmäßig an Treffen teilgenommen hat, bei denen Prostituierte zugegen waren. Sie werden sich erinnern.« Der Raum war völlig überheizt, und Natascha legte ihren Mantel ab, was sie sofort wieder bereute, als Seybolds Blicke an ihrem tief ausgeschnittenen, engen T-Shirt hängen blieben.

»Ich erinnere mich gewiss. Und ehrlich gesagt wundere ich mich bis heute, dass über diese Sache nie etwas an die Öffentlichkeit gedrungen ist, denn der Stadtrat war noch einer der am wenigsten prominenten Teilnehmer der Runde. Ähm, aber warum interessiert Sie der Fall? Haben Sie so etwas wie einen richterlichen Beschluss? Sonst kann ich natürlich nichts preisgeben. Berufsehre, Sie verstehen.«

Damit hatte sie gerechnet, deshalb versuchte sie es mit der Zauberformel, die bei den meisten Zeugen alle Türen öffnete: »Es geht um Mord.«

Und tatsächlich riss Seybold seine blauen Augen auf, als könnte er es nicht fassen, mit einem Kapitalverbrechen konfrontiert zu sein. Sein Alltagsgeschäft war vermutlich von fremdgehenden Ehefrauen und Versicherungsbetrügern beherrscht.

»Wir ermitteln im Todesfall Wolfgang Lohmann. Er war Chefredakteur der *ATZ*. Und er war einer der Teilnehmer der ...«

»... Dienstagsrunde. So nannten sie ihre Treffen. Trotzdem, ich kann Ihnen einfach so keine Auskunft geben.«

Natascha fragte sich, ob Männern eigentlich nicht klar war, dass es keiner Frau verborgen blieb, wenn ihr Gesprächspartner nur auf ihren Busen starrte. Doch sein offenkundiges Gefallen an Körbchengröße C konnte sie in diesem Fall auch zu ihrem Vorteil nutzen. »Ziemlich stickig hier, Herr

Seybold. Ich habe um die Ecke ein kleines Café gesehen. Haben Sie Zeit? Ich lade Sie ein auf einen Cappuccino.«

Sie schmunzelte darüber, wie es ihm vor Verblüffung die Sprache verschlug. Als Frau im Polizeidienst hatte man Nachteile genug, warum sollte man nicht auch die Vorteile mal gezielt einsetzen! Der arme Anastasius musste ja nicht erfahren, dass sie nicht auf Männer stand.

* * *

Fünf Minuten später saßen sie im *Café Flugfeld* in der Schopenhauerstraße, wo die Luft auch nicht viel besser war als im Detektivbüro. Auf dem Weg dorthin hatte Natascha erfahren, dass das P zwischen Anastasius und Seybold eine Reminiszenz an seine Kindheitsidole Philip Marlowe und Perry Clifton war. Noch eine Weile setzte sie den Smalltalk fort, um dem Gespräch eine fast private Atmosphäre zu geben. Sie erzählte auch ein bisschen von sich und ließ wahrheitsgemäß in einem Nebensatz die Bemerkung fallen, dass sie seit der Schulzeit nicht mehr mit einem Mann zusammen war. Es bereitete ihr diebische Freude, sein Interesse an ihrer Person zu wecken. Und Ansätzen von schlechtem Gewissen begegnete sie, indem sie sich klar machte, dass auch er als Detektiv gewiss das Täuschen und Tricksen als Mittel zum Zweck perfekt beherrschte.

Sie spürte, dass er ihr gern das Du anbieten wollte. Doch sie ließ ihn zappeln.

»Herr Seybold, mal ganz unter uns und inoffiziell. Ihr Name wird auch in keinem Protokoll auftauchen. Was waren das für Dienstagstreffen?«

»Also gut. Betrachten Sie es als Freundschaftsdienst unter Kollegen.« Er hob kurzzeitig seinen Blick von ihrer Oberweite zu ihrem Gesicht, um sie anzulächeln. »Aber ich habe nichts gesagt, versprochen?«

Sie nickte.

Jetzt nahm er einen großen Schluck aus der Kaffeetasse. »Die Treffen fanden über fast zwei Jahre hinweg jeden Dienstagabend statt, meistens in der Privatwohnung eines Herrn Florian Dempf, seines Zeichens Referent für Sonderaufgaben bei der Bronco AG.«

»Bronco AG? Sonderaufgaben?«

»Ein Mischkonzern, hervorgegangen aus der Brüder Ondracek GmbH & Co. KG, nach dem Krieg entstanden als Röhrenfabrik, hat ihr Produktportfolio aber inzwischen erweitert von Kühlanlagen für Atomkraftwerke bis hin zu chemischen Stoffen, die man legal in der Schädlingsbekämpfung einsetzen kann.« Seine Stimme blieb oben, als wollte er noch etwas hinzufügen, was er aber nicht tat.

»Ja?«, zeigte sich Natascha ungeduldig.

»Mit kleinen Modifikationen funktioniert das Zeug aber auch als Giftgas und darf zum Beispiel nicht in Krisenregionen exportiert werden. Aus diesem Grund ist die Firma, die sich seit dem Börsengang vor zehn Jahren Bronco AG nennt, sehr daran interessiert, keine Gegner in Politik und Medien zu haben, sondern lieber Freunde und Förderer. Und diese Kontaktpflege zählt zu den Sonderaufgaben des Herrn Dempf.«

»Und dieser Herr Dempf hat die Dienstagstreffen organisiert?«

»Richtig. Und er hat auch die Freudenmädchen bestellt.«

Ob er auch Freudenmädchen sagte, wenn er mit Männern über Nutten sprach?, fragte sich Natascha. »Und ich nehme an, dass die Gäste die sexuellen Dienstleistungen nicht aus eigener Tasche bezahlen mussten.«

»Wieder richtig. Ich vermute mal, dass der Konzern dafür eine eigene Kostenstelle mit einer Phantasiebezeichnung wie Kundenpflege oder so etwas eingerichtet hat.«

»Und wer«, stellte Natascha die für sie entscheidende Frage, »hat alles an diesen Treffen teilgenommen?«

»Nun«, er zögerte, »mein Auftrag war es nicht, eine vollständige Teilnehmerliste zu erstellen. Mein Job konzentrierte sich auf eine bestimmte Person. Alles, was ich sonst noch erfahren habe, waren Kollateralinformationen.«

»Lohmann war regelmäßig da?«

»Ziemlich.«

»Und auch ein hoher Beamter aus dem Finanzministerium. Name Kirchgessner, mittelgroß, dunkle Haare, kräftig?«

Seybold überlegte. »Kann sein, dass so einer dabei war. Aber nur wenige Male. Dann kam er nicht mehr. Vielleicht hatte er keinen Spaß dran.« Er lachte. »Oder er war ein VIP. *Very impotent people*.«

Natascha schmunzelte. Die ungezwungene Art des Detektivs war ihr nicht unsympathisch. »Und sonst?«

»Es waren vorwiegend Männer aus Politik und Medien.« Er nannte die Namen von drei Stadträten, einem Abteilungsleiter aus dem Kreisverwaltungsreferat, einem Referenten der Obersten Baubehörde, von mehreren hohen Beamten aus verschiedenen Ministerien und zwei Landtagsabgeordneten.

»Und denen ging es nur um Gratis-Sex?«

»Nein, das war eher eine angenehme Begleiterscheinung für die Herren. Mehrmals haben sie auch Geschäftsreisen unternommen, offiziell zu Kongressen oder Workshops. Die fanden dann in St. Moritz, auf Marbella oder in Monaco statt. Spielbankbesuch inklusive.«

»Und was war die Gegenleistung?« Natascha konnte kaum glauben, mit welchen Mitteln hier offenbar geschmiert und bestochen wurde.

»Keine.« Und nach einer Pause fügte er hinzu. »Jedenfalls wurde nichts offen verlangt. Wenn die Herren in ihren Funktionen sich für die Interessen der Bronco AG eingesetzt haben, dann aus freien Stücken. Nicht, weil sie darum gebeten worden wären.«

»Das ändert juristisch nichts am Straftatbestand der Korruption«, stellte Natascha fest.

»Wo kein Kläger ...«

»Ich weiß. Aber warum haben Sie Ihr Wissen nicht den Behörden gemeldet?«

»Mich hat niemand gefragt. Und ich bin kein Staatsanwalt, der tätig werden muss, wenn er von einer Straftat erfährt.«

»Oder haben Sie sich Ihr Schweigen auch von der Bronco AG bezahlen lassen?« Wenn sich Politiker und hohe Beamte mit Sex kaufen ließen, warum dann nicht auch ein kleiner Privatdetektiv mit Vorliebe für wohlgeformte Frauen?

Doch Seybold schüttelte entrüstet den Kopf. »Niemals, Frau Steinberg. Das müssen Sie mir glauben.«

»Wissen Sie, dass Lohmann von seiner Frau wegen dieser ... Rumhurerei nennt sie es ... verlassen wurde?«

»Kann ich verstehen. Aber das ist nicht mein Problem«, stellte Seybold lapidar fest. »Mehr weiß ich nicht. Konnte ich Ihnen helfen, Frau Kommissarin?«

»Auf jeden Fall.« Sie reichte ihm ihre Visitenkarte. »Wenn Ihnen noch etwas einfällt, dann melden Sie sich!«

Er nahm die Karte zwischen Daumen und Zeigefinger und begutachtete sie von beiden Seiten. »Nur die Dienstnummer?«, fragte er scheinheilig.

»Nur die Dienstnummer.« Sie lächelte ihn verschmitzt an. »Fürs Erste reicht sie aus.«

Wie versprochen zahlte sie den Kaffee. Sie schaute auf die Uhr. Mit Sherlock war sie in der Dachauer Straße verabredet. Den Termin konnte sie gerade noch schaffen.

* * *

»Und? Hat uns das jetzt weitergebracht?«, fragte Litzka, als sie wieder auf der Rückfahrt Richtung München waren.

»Absolut«, sagte Sonne. »Erkenntnis Nummer eins: Der ehemalige Unterweltboss hat Riesenbammel davor, in schlechtes Licht zu geraten.«

»In rotes Licht, meinst du.«

»Ja, oder so. Wobei ich mir nicht sicher bin, ob er wirklich mit dem Milieu nichts mehr zu tun hat und all seine Geschäfte völlig legal sind. Was meinst du, Flitzer?«

»Ich fand es irgendwie seltsam, wie er sich von seinem Bruder distanziert hat. Als wäre Robert Kirchgessner der Kriminelle in der Familie, nicht Michalczak.«

»Stimmt«, meinte Sonne. »Ich halte es auch für unglaubwürdig, dass die beiden seit zwanzig Jahren nichts mehr miteinander zu tun hatten. Wir sollten Kirchgessners Biografie mal genauer unter die Lupe nehmen. Vielleicht finden wir irgendeine Verbindung zwischen den ungleichen Brüdern.« Er drückte die entsprechende Kurzwahl im Autotelefon und beauftragte Holmsen, Kirchgessners Personalakte zu organisieren. »Du, Flitzer«, sagte Sonne, als er das Telefonat beendet hatte, »wann treffen wir uns denn mal wieder privat? Wir müssen doch auf dein Vaterglück anstoßen, zusammen mit Tanja.«

»Komm doch morgen Abend zu uns. – Aber jetzt sag mal, was wolltest du mir auf der Hinfahrt denn eigentlich so

Dringendes erzählen? Wir waren da unterbrochen worden.«

»Ach ja.« Sonne überlegte kurz. »Greif mal hinter dich auf den Rücksitz. Da liegt eine Aktenmappe.«

Litzka beugte sich nach hinten.

»Das sind die Dossiers, die wir in Kirchgessners Mietwagen gefunden haben. Blätter sie mal durch, dann wirst du sehen, was ich dir sagen wollte.«

Litzka schaute durch die Papiere, manchmal pfiff er durch die Zähne, als er die Namen der Personen las, über die Kirchgessner Material gesammelt hatte. »Ist ja der helle Wahnsinn. Wow! Sogar über Lohmann gibt es ein Dossier.« Um zu wissen, dass sein früherer Chefredakteur bei hübschen Praktikantinnen schon mal die Kontrolle über seine Finger verlor, brauchte Litzka jedoch keine Geheimakte.

»Blätter mal weiter!«, sagte Sonne. »Aber erschreck dich nicht!«

Die Warnung war berechtigt, denn Litzka fiel tatsächlich beinahe die Mappe aus der Hand, als er auf der nächsten Seite sein eigenes Gesicht sah. »Das kann nicht wahr sein!«, war das Einzige, was er herausbrachte. *»Litzka, Frank. Genannt: Flitzer*«, las er.

* * *

Das Büro von Ansgar Schewe war in einem Bürohaus in der Dachauer Straße untergebracht. Natascha Steinberg zählte mindestens zwei Dutzend Firmenschilder am Eingang des siebenstöckigen Gebäudes. Die meisten Schilder sahen neu aus und waren augenscheinlich erst vor kurzer Zeit montiert worden. Auf einem der Schilder las sie *M-B-S Medienbüro Schewe, Empfang 5. Stock.*

Natascha und Sherlock fuhren mit dem Fahrstuhl in die fünfte Etage, wo sie an einem Empfangstresen von einer jungen, sächselnden Frau begrüßt und zu Zimmer 512 weitergeleitet wurden.

Schewe saß an einem Schreibtisch in einem Raum, der von der Größe her an einen Schuhkarton erinnerte.

»Grüß Gott, Frau Kommissarin, Herr Kommissar.« Er stand auf und kam ihnen entgegen. Einen Platz konnte er ihnen nicht anbieten. »Setzen wir uns hierher«, sagte er und führte sie auf den Gang zu einer Sitzgruppe.

»Ich hätte gedacht, dass Sie Ihr Büro auch im Landratsamt haben, Herr Schewe«, sagte Natascha.

»Möchten Sie einen Kaffee?«, fragte er, und Natascha lehnte dankend ab, da sie nicht abschätzen konnte, welchen Aufwand sie damit verursacht hätte. Auch Sherlock schüttelte den Kopf.

»Sie müssen wissen, Frau Kommissarin, ich bin freiberuflicher Medienberater. Ich mache die Pressearbeit für Frau Blum ausschließlich bezüglich ihrer Landtagskandidatur. Im Landratsamt hat sie natürlich einen eigenen Pressestab. Aber das trennt sie strikt. Wir sind ja nicht bei der CSU.« Er lächelte, zündete sich eine Zigarette an und fragte sie, ob sie etwas dagegen hätten, dass er rauchte.

Sherlock nickte ihm aufmunternd zu. »Wie sind Sie eigentlich Pressesprecher von Frau Blum geworden?«

»Ich war mal bei den Grünen aktiv, im Zirndorfer Gemeinderat. Bin dann aber wegen der Kriegseinsätze ausgetreten, Kosovo, Irak, Afghanistan, Sie wissen schon. Das war die Zeit, als mir Pia Blum als Kommunalpolitikerin aufgefallen ist. Ich war beeindruckt von ihrem unkonventionellen Engagement. Ich habe Pia, also Frau Blum, dann persönlich kennengelernt, als ich für die *Nürnberger Nachrichten* ein

Porträt über sie geschrieben habe. Denn ich bin auch als freier Journalist tätig. Wir haben uns gleich gut verstanden. Und als sie dann jemanden für ihre Pressearbeit suchte, hat sie sich an mich erinnert.«

»Und dieses Büro hier?« Natascha deutete mit der Hand zu der offenstehenden Tür zu Schewes Arbeitsplatz.

»Das habe ich nur vorübergehend. Normalerweise arbeite ich zu Hause. Aber weil man ja eine repräsentative Adresse braucht, haben wir für die Zeit bis zur Wahl dieses Büro angemietet. Das hier ist so ein Dienstleister, wo man ein komplettes Büro mit allem technischen Schnickschnack mieten kann. Einschließlich Empfangsdame.«

»Sie begleiten Frau Blum also zu allen Presseterminen?«, wollte Natascha wissen.

»Sofern sie keine Angelegenheiten des Landratsamts sind, ja.«

»Aber bei der Veranstaltung im Löwenbräukeller waren Sie nicht dabei.«

»Das ist richtig.« Schewe zog ruhig an seiner Zigarette. Er wirkte nicht überrascht über Nataschas Kenntnisse. »Der Löwenbräukeller ist ja gleich hier gegenüber. Ich war bei den Vorbereitungen dabei, dann bin ich zurück ins Büro. Frau Blum hatte vormittags dem *Merkur* ein ausführliches Interview gegeben, das bis zum Abend autorisiert werden sollte. Darum habe ich mich gekümmert.«

»Waren Sie allein?«, fragte Natascha.

»Ist das eine Frage nach einem Alibi?«

Natascha mochte keine Gegenfragen, daher reagierte sie nicht und schaute Schewe nur auffordernd an.

»Sicherlich haben mich die Damen am Empfang kommen und gehen sehen. Aber Sie können überprüfen, wann ich die E-Mail mit dem überarbeiteten Interview an die Redaktion des *Merkur* zurückgeschickt habe.«

»Das sagt wenig aus«, sagte Natascha. »Mit Notebook oder Blackberry hätten Sie diese E-Mail von überall schicken können.«

»Das stimmt natürlich«, räumte Schewe ein. »Aber warum ist das wichtig für Sie? Halten Sie mich für verdächtig, diesen Kirchgessner um die Ecke gebracht zu haben?«

»Ein Motiv hätten Sie.«

»Wie bitte?«

»Es dürfte für Frau Blum und für Sie nicht viel Phantasie erfordert haben, auf den Gedanken zu kommen, dass Kirchgessner hinter der Veröffentlichung der pikanten Fotos stand.« Sie fixierte Schewe.

»Na und?«, reagierte er patzig. »Dann hätte ich ihn doch umgebracht, bevor er die Fotos in die Zeitung bringt.«

»Und wenn Sie befürchteten, dass noch mehr unvorteilhaftes Material vorliegt?«

»Also wirklich. Ich muss doch sehr bitten, Frau Kommissarin. Für eine politische Karriere würde ich gewiss keinen Mord begehen. Und Pia Blum auch nicht.«

»Die hat ja auch ein Alibi«, sagte Natascha und fügte in Gedanken hinzu: im Gegensatz zu dir, Ansgar.

Holmsen, der sich bislang meist zurückgehalten hatte, schaltete sich wieder in das Gespräch ein: »Herr Schewe, dürfen wir uns Ihr Notebook mal genauer anschauen? Wir würden es gerne für einen Tag mitnehmen, wegen der E-Mail.«

»Bin ich dazu verpflichtet?«

»Keineswegs. Es wäre rein freiwillig. Wenn Sie unschuldig sind, dürfte es aber auch in Ihrem Interesse sein.«

»Na gut«, sagte Schewe. »Ich habe ja noch zu Hause einen PC, mit dem ich bis morgen arbeiten kann.« Schewe schaltete sein Notebook aus, trennte die Kabel zu Monitor, Tastatur und Maus und packte das Gerät in die dazugehörige Tasche.

»Vielen Dank, Sie hören von uns«, sagte Natascha, und sie verabschiedeten sich.

Als sie mit Holmsen im Aufzug stand, fragte sie ihn: »Wozu wolltest du den Rechner mitnehmen? Wir haben doch eben schon festgestellt, dass er die E-Mail von überall hätte schicken können.«

»Es geht mir gar nicht um die E-Mail.«

»Sondern?«

»Wart's ab«, sagte Sherlock geheimnisvoll.

* * *

Frank Litzka saß an seinem Schreibtisch und blätterte mit zitternden Händen die kopierten Blätter durch, die sein Freund Sonne ihm unter dem Siegel der strengsten Vertraulichkeit überlassen hatte. Natürlich war dies gegen die Vorschriften. Aber es war nicht das erste Mal, dass Sonne und Litzka sich auf unkonventionelle Weise entgegenkamen. Beide wussten, dass der andere das Vertrauen niemals ausnutzen würde.

Er las jede Zeile, die Kirchgessner über ihn gesammelt hatte. Und er war schockiert. Seine Berichte über die Schwarzgeld-Affäre vor einigen Jahren waren chronologisch sortiert zusammengetragen. Er hatte sich damals über eine von der Regierung verhängte Nachrichtensperre hinweggesetzt und den ganzen Skandal öffentlich gemacht. Später war er deshalb sogar für einen renommierten Journalistenpreis nominiert worden, doch hinter den Kulissen hatten offenbar einflussreiche Kreise verhindert, dass er den Preis auch bekam. Tanja hatte gleichzeitig ihren Job als Pressereferentin in der Staatskanzlei aufgegeben und war wieder in den Journalismus gewechselt. Wenige Wochen später waren sie ein Paar gewesen. Seine Beziehung zu Carisa in Washington hatte schon seit Jahren nur noch bestanden, weil niemand sich die Mühe gemacht hatte, sie zu beenden. Kirchgessner hatte diesen Zustand aber wohl anders interpretiert und in die Akte geschrieben, dass Litzka gleichzeitig mit zwei Frauen liiert sei.

»Unglaublich!«, empörte er sich. »Wenn diese Blätter in falsche Hände geraten wären!«

Weitere Informationen über den *kritischen und hartnäckigen* Reporter waren notiert: dass er den Polizeifunk abhört, dass er mit seinen investigativen Recherchen einen Fernsehschauspieler beinahe in den Selbstmord getrieben hätte. Und als Fazit: *Er kann gefährlich werden.*

Litzka fragte sich, was mit dem Dossier passiert wäre, wenn Kirchgessner nicht gestorben wäre. Und wie er an die Informationen gekommen war. Er musste Insider als Informanten haben. Litzka wollte nicht glauben, dass Menschen, denen er selbst vertraute, ihn womöglich bespitzelt hatten. Hilfringhaus? Die Schulze? Oder Lohmann? Letzterer wohl eher nicht, schließlich gab es über ihn auch ein Dossier. Allerdings ... Was hätte aus Kirchgessners Sicht dagegen gesprochen, auch seine eigenen Informanten zu bespitzeln?

»Dieses Schwein«, sagte Litzka und hatte nicht bemerkt, dass plötzlich jemand hinter ihm stand.

»Wen beschimpfst du, Flitzer?«, fragte Hilfringhaus.

»Oh, Peter. Ich hatte dich gar nicht bemerkt.« Er schob eine aktuelle Zeitungsausgabe über die Blätter, die vor ihm lagen.

»Was machen deine Recherchen bezüglich Kirchgessners Bruder?«

»Er heißt Michalczak und betreibt in der Nähe von Nürnberg mit einer seltsamen Gestalt namens Stüwe ein Maklerbüro. Er gibt auch zu, früher im Rotlichtmilieu aktiv gewesen zu sein. Doch davon will er heute nichts mehr wissen. Keine Ahnung, ob man ihm da glauben kann.«

»Hm, interessant«, sagte Hilfringhaus. »Und das da sind deine Aufzeichnungen?« Er hatte also gesehen, dass Litzka etwas unter der Zeitung verbarg.

»Ähm, nein, ja ... ich meine, ich sichte noch Material für eine andere Geschichte, ist aber noch nicht spruchreif. Wie wollen wir weiter vorgehen?«

»Reichen deine Infos für eine Kirchgessner-Michalczak-Story?«

»Ich denke schon«, zeigte sich Litzka optimistisch.

»Dann trag doch morgen in der Konferenz mal vor, was du liefern kannst.«

»Mach ich. Ich wollte noch das Archiv anzapfen nach Infos über Kirchgessner. Vielleicht finde ich noch etwas.«

»Mach das«, sagte Hilfringhaus und ging.

Litzka verstaute die Dossier-Blätter in einer Schublade, die er abschloss. Den Schlüssel steckte er in seine Hosentasche. Dann schaltete er seinen Computer auf das Archivsystem und gab den Namen von Tom Michalczak in die Suchmaske ein. Er fand einige Artikel aus den Neunzigerjahren, in denen es zumeist um Razzien in verschiedenen Bordellen ging. In keinem der Artikel gab es jedoch Hinweise darauf, dass dem Inhaber etwas Illegales nachgewiesen werden konnte.

Schade, dachte Litzka und wollte das Archivprogramm schon wieder schließen. Doch dann hatte er eine Idee und gab statt Tom den Vornamen Thomas ein. Und tatsächlich: Nach einigen Sekunden zeigte der Bildschirm als einzigen Treffer eine Meldung aus dem Jahr '99. Es ging um einen Gerichtsprozess. *Bewährungsstrafe für Rotlichtkönig*, las er die Überschrift und dann den Text: *Das Nürnberger Landgericht hat den Unternehmer Thomas Michalczak wegen Steuerhinterziehung zu einer Bewährungsstrafe von drei Jahren verurteilt. Der Geschäftsmann wurde in zweiter Instanz für schuldig befunden,*

Einnahmen aus verschiedenen Betrieben, darunter auch Bars und Clubs aus der Erotikszene, über schwarze Konten am Fiskus vorbeigeschleust zu haben. Der Angeklagte räumte die Vorwürfe ein. Von einer Verurteilung zu einer Haftstrafe ohne Bewährung sah die Strafkammer ab, da der Angeklagte nicht vorbestraft ist und mit seinem Geständnis zur Aufklärung beigetragen hat. Das Urteil ist rechtskräftig.

Aha, dachte Litzka. So ganz weiß ist die Weste von diesem Knaben also doch nicht. Er klickte auf das Symbol für den Druckbefehl und machte sich einige Notizen, die er in der Redaktionskonferenz vortragen wollte.

9. Kapitel

Im Besprechungsraum der Mordkommission herrschte eine gespannte Atmosphäre. Alle Ermittler hatten Hinweise und Erkenntnisse mitgebracht, doch niemand wusste, ob darunter eine Spur war, die zum Täter führen könnte. Für Jürgen Sonne war es während einer Ermittlung immer ein schier unerträgliches Gefühl, dass möglicherweise das entscheidende Indiz offen vor ihnen auf dem Tisch lag, aber von niemandem als solches erkannt wurde.

Als alle mit dampfenden Kaffeetassen auf ihren Plätzen saßen, begrüßte Sonne kurz die Anwesenden und fasste die bisherigen Ergebnisse zusammen. Dabei schritt er vor der Fensterfront des Raums auf und ab. »Wir wissen, dass Kirchgessner mit GHB vergiftet wurde. Wir wissen, dass er als letzten Termin vor seinem Tod das Kürzel *SW* im Kalender stehen hatte, dass es sich dabei aber nicht um den naheliegenden Staatssekretär Simon Wolff handeln kann. Wir wissen, dass Kirchgessner über verschiedene Personen des öffentlichen Lebens in Bayern, bevorzugt Politiker, Dossiers mit potenziell kompromittierenden Informationen angelegt hat.«

»Damit wäre die Reihe der potenziellen Mörder auch ziemlich lang«, warf Holmsen ein.

»Wobei wir nach einer ersten Überprüfung der bespitzelten Personen bereits einige ausschließen können: Die Landrätin Blum, Verdachtsperson Nummer eins, hat ein hieb- und stichfestes Alibi mit Hunderttausenden Zeugen, die ihre Pressekonferenz live im BR verfolgt haben. Der Chefredakteur Lohmann ist selbst auf ungeklärte Weise umgekommen und hätte wohl nicht mehr viel zu befürchten gehabt, da er in anderthalb Jahren in den Ruhestand gegangen wäre. Die vierzehn genannten Landtagsabgeordneten aus allen Fraktionen haben alle an diversen Ausschusssitzungen teilgenommen, das haben wir anhand der Anwesenheitslisten und durch Zeugen überprüft. Wir haben auf der Liste nur noch eine offene Person, den Oberbürgermeister Heinz Körber. Der wird heute Abend aus dem Griechenlandurlaub zurückerwartet. Wir haben mit seinem Büro bereits einen Termin für morgen früh vereinbart.«

»Ich sehe da noch eine nicht überprüfte Person auf der Liste«, bemerkte Natascha.

»Du meinst doch nicht etwa, dass ...«

»Natürlich. Auch dein Freund Frank Litzka wurde offensichtlich ausgekundschaftet. Und er gehört damit zum Kreis der Verdächtigen wie alle anderen auch.«

»Für Flitzer lege ich meine Hand ins Feuer ...«

»Jürgen«, schaltete sich Holmsen ein, »Natascha hat recht. Wir überprüfen schließlich auch den OB, obwohl sich niemand hier im Raum vorstellen kann, dass er ein Mörder ist.«

Sonne wusste, dass er nachgeben musste. Auch wenn kein Zweifel daran bestand, dass Litzka nichts mit dem Mord zu tun hatte, durfte er ihn nicht anders behandeln als jeden anderen auch. »Schon gut, schon gut. Natascha, Sherlock, könnt ihr das übernehmen? Dann kümmere ich mich um Körber. Okay?«

Alle nickten.

»Natascha, bist du bezüglich Lohmann weitergekommen? Gibt es einen Zusammenhang?«

»Möglicherweise ja«, antwortete Natascha. »Lohmann hat regelmäßig an einem wöchentlichen Treffen einflussreicher Männer der Stadt teilgenommen. Die Abende wurden finanziert von der Bronco AG, und es gab nicht nur Wein und Gesang. Wenn ihr versteht, was ich meine.«

»Also Wein, Weib und Gesang«, stellte Sonne fest. »In welchem Zusammenhang habe ich denn neulich was über die Bronco AG gelesen?«

»Das muss im Zusammenhang mit den Kaiser-Aktien gewesen sein«, sagte Winter.

Jetzt viel es auch Sonne wieder ein. »Ja, genau. Bronco hat fünfundzwanzig Prozent einer Tochter der zerschlagenen Kaiser AG aufgekauft.«

»Und da schließt sich der Kreis«, ergänzte Winter, der offenbar ein aufmerksamer Leser des Finanzteils der Zeitung war. »Denn neues Vorstandsmitglied der Bronco AG ist Georg Homberger, wegen Freiheitsberaubung und Beihilfe zum versuchten Mord zu sechs Jahren Haft verurteilter und vor Kurzem auf Bewährung entlassener Ex-Wirtschaftsstaatssekretär. Ihr erinnert euch?«

Die meisten Mitglieder der Mordkommission erinnerten sich gut, denn sie waren damals an den Ermittlungen im Schwarzgeld-Skandal um die Starnberger Kaiser AG beteiligt gewesen.

Sonne hatte in letzter Zeit häufig das Gefühl, kurz vor seinem vierzigsten Geburtstag immer wieder von seiner Vergangenheit eingeholt zu werden. »Sehr interessant«, sagte er. »Dann haben wir's für den Moment. Wir sehen uns zur nächsten Lage wieder.«

* * *

Sonne packte seine Unterlagen zusammen, trank die Kaffeetasse aus und ging in sein Büro. Dort warteten, wie jeden Morgen, ein Stapel ungelesener Akten sowie die Hauspost auf seinem Schreibtisch. Nachdem er schnell mit geübtem Blick die dringenden von den überflüssigen Unterlagen separiert hatte, holte er erst mal einen grünen Apfel aus seiner Schublade hervor und schälte ihn in aller Ruhe.

Er gönnte sich zwei Minuten Auszeit, in denen er seinen Blick aus dem Fenster an den Türmen der Frauenkirche vorbei in die Ferne schweifen ließ. Er beherrschte es inzwischen, aus diesen kurzen Momenten der Ruhe Kraft und Energie für viele Stunden zu ziehen. Der grüne Apfel war für ihn dabei nur ein äußeres Zeichen.

Dann nahm er den Hauspostumschlag, den er zuoberst auf seinen Dringend-Stapel gelegt hatte. Es war die angeforderte Kopie von Kirchgessners Personalakte. Sonne überflog die Daten, von denen er die meisten schon kannte. Besonders interessierte ihn aber die Zeit vor Kirchgessners politischer Karriere in München.

»Von '92 bis '98 Steuerprüfer im Finanzamt Nürnberg«, las Sonne laut vor.

Weiter kam er nicht, weil Holmsen in diesem Moment das Büro betrat. Er hatte einen tragbaren Computer in der Hand und schien das sehr spektakulär zu finden. »Schau, Jürgen, was ich hier hab!«

»Ein Laptop, ja und?«

»Das ist das Gerät von Ansgar Schewe, dem Pressesprecher der Blum. Es war eine Kleinigkeit herauszufinden, welche Suchbegriffe er zuletzt bei Google eingegeben hat.« Holmsen machte ein Gesicht, als habe er soeben verkündet, den Nobelpreis oder zumindest das Bundesverdienstkreuz bekommen zu haben.

»Hat er vielleicht nach Pornoseiten gesucht?«, fragte Sonne, der es nicht leiden konnte, wenn seine Mitarbeiter ihn mit ihren Ermittlungsergebnissen auf die Folter spannen wollten.

»Er hat nach GHB gesucht.« Er strahlte triumphierend.

»Liquid-Ecstasy? Wie ein Drogenabhängiger wirkte er nicht. Konntest du auch feststellen, ob er im Internet einen Bestellschein für das Teufelszeug ausgefüllt hat?«

»Nein. Aber es ist doch schon sehr verdächtig, dass er sich im Internet über Gamma-Hydroxybuttersäure informiert. Ist ja schließlich kein Präparat, das man in der Hausapotheke hat.«

»Stimmt«, sagte Sonne. »Aber für einen Haftbefehl reicht es auch nicht, wenn man drei Buchstaben bei Google eintippt. Fragen sollten wir Herrn Schewe allerdings schon, was er da gesucht hat. Er hat schließlich ein Motiv und kein Alibi. Fährst du mit Natascha noch mal hin?«

Schon war Holmsen wieder verschwunden. Und Sonne nahm einen Brief, den er weder dem Wichtig- noch dem Unwichtigstapel zuordnen wollte. Er öffnete den Umschlag. Er war wieder aus Aichach. Diesmal teilte der Anstaltsleiter den genauen Entlassungstermin von Ulrike Gellner mit. Es waren nur noch wenige Tage. Wenige Tage, in denen er sich entscheiden musste, ob er sie wiedersehen wollte. Als er ihr dies damals versprochen hatte, war der Tag ihrer Entlassung in so weiter Ferne, dass sich das Szenario weitab jeder Realität befand. Natürlich wollte er sie wiedersehen. Nur wenige Frauen hatte es in seinem Leben gegeben, für die er solche extremen Gefühle empfunden hatte. Endlose Liebe und Todesangst in derselben Sekunde. Ihm war aber auch klar, dass er mit einem Wiedersehen eine Kettenreaktion in Gang setzen konnte, deren Folgen er nicht mehr beherrschen würde. Und nie wieder würde er seinen Beruf für eine Frau aufs Spiel setzen. Das hatte er sich so oft geschworen. Diesmal war ihm bewusst, was geschehen würde, wenn ein Kriminalhauptkommissar eine private Beziehung zu einer verurteilten Mörderin aufleben ließ. Mit Litzka konnte er über Ulrike nicht reden. Sein Freund hatte sie als Flittchen in

Erinnerung, das für eine Schauspielkarriere jedem schöne Augen machte. Und natürlich hatte sie mit ihrem Image gespielt, doch dann war es ihr zur Last geworden. Sie hatte nach ihrer Luder-Rolle in der Daily Soap *Liebe und Schmerz* keine seriösen Angebote mehr bekommen. Und auch der Regisseur des *Isarbullen* hatte sich einen Spaß daraus gemacht, sie für kleine Rollen in Netzstrümpfe und Minirock zu stecken, um sie zu demütigen. Nachdem er sie unter einem Vorwand in seine Villa gelockt, vergewaltigt und geschwängert hatte, hatte sie ihn erschossen. Es war kein Affekt, es war geplante Rache gewesen. Und trotzdem hatten während des Mordprozesses, in dem auch Sonne als Zeuge aussagen musste, fast alle Beteiligten Verständnis und fast Mitleid mit der jungen Angeklagten gehabt. Deshalb hatte das Schwurgericht auch von der Höchststrafe abgesehen und sie zu nur zehn Jahren Haft verurteilt. Davon hatte sie zwei Drittel jetzt abgesessen, sodass die Entlassung auf Bewährung ein routinemäßiger Vorgang war.

Sonne fühlte sich allein mit der Frage, was er tun sollte. Es gab nur eine Person, mit der er Frauenfragen besprechen konnte. Er beschloss, sie aufzusuchen.

* * *

Die Redaktion war versammelt, Stella Schulze-Wagenknecht saß so selbstverständlich auf dem erhöhten Chefsessel, als wäre er für sie eigens installiert worden.

Hier trauert keiner, dachte Litzka, der nicht leugnen konnte, seinem früheren Chefredakteur oft genug die Pest oder Schlimmeres an den Hals gewünscht zu haben.

»Was haben wir für morgen?«, fragte sie in die Runde, ohne von ihrem Produktionsplan aufzuschauen.

Hilfringhaus begann: »Ich habe hier etwas Interessantes. Eine bislang nicht bestätigte *Reuters*-Meldung. Aber angeblich ist Windgassen zurückgetreten.«

»Helmut Windgassen? Der Chef der Bayern-SPD?«, fragte Wirtschaftsredakteur Altmeier.

»Genau der. Die Agentur berichtet unter Berufung auf Fraktionskreise, dass er den Landesvorsitz nur in Verbindung mit der bereits sicher geglaubten Spitzenkandidatur bei der Landtagswahl weiter ausüben wolle. Und weil der übrige Vorstand sich für die unabhängige Kandidatin Pia Blum ausgesprochen hat, fühlt Windgassen sich düpiert.«

»Was ja auch irgendwie verständlich ist«, meinte Stefanie Schappert. »Er ist ja eine der wenigen Oppositionsfiguren im Land, denen man Charakter und Rückgrat zutraut.«

»Allerdings hätte er gegen Kaserer keine Chance. Das belegen die Umfragen«, erläuterte Hilfringhaus. »Wenn es stimmt, was *Reuters* schreibt, dann hat der Vorstand den bisherigen Generalsekretär Volker Thoms zum kommissarischen Vorsitzenden gewählt. Er trägt die Unterstützung des Bündnisses Rot-Grün-Blum mit, das ist bekannt. Wir bemühen uns auf jeden Fall um eine Bestätigung oder ein Dementi. Ansonsten haben wir gerade die Meldung über ein schweres Selbstmordattentat in Afghanistan reinbekommen, hundertzwanzig Tote, so viele wie lange nicht mehr. Das stellen wir als *Eckenbrüller* nach links oben. Der Bundestag zum Haushalt ist auch Pflichtprogramm, machen wir klein. Und wenn wir die SPD-Story nicht hart kriegen, bieten wir als Aufmachergeschichte einen Report von Flitzer an, der einige interessante Fakten über Kirchgessners Bruder zusammengetragen hat. Zweihundert Zeilen mit einem Dreispalter-Foto. Wirklich gute Geschichte.«

Weil die Schulze nicht reagierte, ging es weiter in der Runde. Litzka war überrascht, denn er hatte mit Einwänden der

Chefin gerechnet. Die Themenvorstellung ging zügig voran, und Schulze-Wagenknecht machte keine einzige Anmerkung, was Litzka als sehr merkwürdig empfand. Als alle ihre Themen vorgestellt hatten und die Redakteure die Schulze fragend anschauten, blieb es für einige Sekunden ruhig im Raum.

»Stella?«, fragte Hilfringhaus.

Sie zuckte kurz auf, als wäre sie mit ihren Gedanken weit weg gewesen. »Äh, ja. Alles klar«, sagte sie dann. »Wir sehen uns um siebzehn Uhr wieder.«

Hilfringhaus blickte Litzka aufmunternd an. Er hatte offenbar auch nicht damit gerechnet, dass sie ihre Geschichte ohne Diskussion durch die Konferenz bekämen.

Litzka ging an seinen Schreibtisch, nahm einen großen Schluck Cola und schaute auf die Uhr. Er hatte noch Zeit genug, seine Geschichte rund zu machen. Er wollte noch ein paar Details zu Michalczaks dubioser Immobilienfirma recherchieren. Nach einer kurzen Google-Abfrage hatte er die Webseite der Firma Michalczak & Stüwe auf dem Bildschirm. Sie war von schlichtem, aber professionellem Design, enthielt bis auf ein paar rudimentäre Informationen wie Adresse und Telefonnummer nichts wirklich Interessantes. Litzka klickte auf den Link *Aktuelle Immobilienangebote*, doch zu sehen bekam er nur eine weiße Seite mit dem Hinweis: *Derzeit keine Angebote*.

Das fand er eigenartig, schließlich schien die Firma zu florieren, und auch der Anruf dieses Herrn während ihres Besuchs deutete auf ein reges Maklergeschäft hin. Wie hieß er noch? Kurz überlegte er, dann fiel ihm der Name wieder ein. Litzka nahm den Hörer in die Hand, schaltete die Rufnummernunterdrückung ein und wählte die Nummer von Michalczak & Stüwe.

Es klingelte drei Mal, dann meldete sich am anderen Ende der Leitung eine weibliche Stimme mit den Worten »Michalczak und Stüwe, Immobilien-Consulting, Sie sprechen mit Laetitia Friedrich«, und Litzka nuschelte etwas Unverständliches in den Hörer, dann sagte er: »Ich rufe im Auftrag von Herrn Doktor Wrede-Knopp an. Es geht um das Immobiliengeschäft.«

»Sie meinen die Berduxstraße? Ist mit dem Vertrag etwas nicht in Ordnung?«, fragte die Stimme besorgt.

»Nein, nein, alles in Ordnung. Es ist nur so, ich bin hier die Aushilfe im Büro und tippe gerade die Unterlagen von Herrn Wrede-Knopp ab. Und ich kann in seinen handschriftlichen Notizen die Adresse nicht genau entziffern und den Chef nicht erreichen. Aber Sie wissen ja, dass die Sache dringend erledigt werden muss.«

»Kein Problem. Berduxstraße 99. München-Pasing. Kann ich Ihnen sonst noch behilflich sein, brauchen Sie noch die Postleitzahl, Herr äh ...?«

»Nein, vielen Dank. Sie haben mir sehr geholfen. Auf Wiederhören!« Litzka legte auf, bevor die freundliche Dame noch mal nach seinem Namen fragen konnte.

Er tippte die genannte Adresse bei Google ein, und nach Sekundenbruchteilen bestätigte sich sein Verdacht. Er zog seine Jacke an und rief im Vorbeigehen in das Büro von Hilfringhaus: »Peter, kannst du über meinen Text noch mal drüberlesen? Ich bin unterwegs. Könnte ein schöner Weiterdreh für morgen sein.«

* * *

»Flitzer?«, rief Hilfringhaus seinem Reporter hinterher, doch der war im selben Augenblick schon fast im Fahrstuhl verschwunden.

Der hat's aber eilig, dachte der Politikchef und holte mit einem Knopfdruck Litzkas Artikel auf den Bildschirm. Doch die Statusanzeige war rot, nicht blau. Das musste ein Versehen sein. Vermutlich hatte Litzka in der Hektik seinen Text nicht für die Produktion freigegeben, sondern den Status irrtümlich auf gesperrt gestellt. Hilfringhaus klickte auf das entsprechende Feld, um den Text zu entsperren. Doch es erschien ein Warnfenster mit den Worten: *Fehler! Sie haben keine Berechtigung. Artikel gesperrt durch User SCHULZE-WAGENKN*. Das System konnte nur Benutzernamen mit maximal fünfzehn Buchstaben verwalten. Aber diese fünfzehn Buchstaben reichten, um Hilfringhaus wütend zum Telefon greifen und die Nummer der Chefin wählen zu lassen.

»Stella, warum hast du Flitzers Artikel über Michalczak gesperrt?«

»Ich habe ihn gelesen und halte ihn für nicht druckbar. Tut mir leid«, antwortete sie unvermittelt.

»Wie bitte? Was soll das heißen: nicht druckbar?«

»Die Aufgabe der Chefredaktion besteht auch in der Qualitätssicherung. Und einen Artikel, der aus der Aneinanderreihung von Spekulationen, Halbwahrheiten und Verleumdungen besteht, hat in unserer Zeitung nichts verloren. Das ist nicht *ATZ*.« Sie betonte das Wort »das« besonders stark. »Das sollte Frank Litzka genauso wissen wie du! Es ist dringend erforderlich, dass wir die Ansprüche an unsere Texte erhöhen. Es steht mir zu viel Müll im Blatt.«

Hilfringhaus war fassungslos. Selbst Lohmann hatte bei aller Schikane niemals einen Text ohne Rücksprache mit dem Autor aus dem Blatt gekegelt. Im Gegenteil, ihm hatte es sogar immer ein Vergnügen bereitet, den Betroffenen vor versammelter Mannschaft bloßzustellen und seinen Artikel als das schlechteste Machwerk seit Erfindung des Alphabets zu geißeln.

»Stella, so kannst du nicht ...«

»Ich kann«, erwiderte sie, dann war die Leitung unterbrochen.

Hilfringhaus überlegte, ob er Litzka anrufen sollte. Dann beschloss er aber, ihm den restlichen Tag nicht zu verderben. Er würde sich morgen beim Blick in die Zeitung noch früh und heftig genug aufregen.

* * *

Die Berduxstraße lag in einem trostlosen Gewerbegebiet einige hundert Meter hinter dem Pasinger Bahnhof, zwischen Baumarkt und Fitnessstudio. Litzka parkte seinen Wagen schräg gegenüber der Hausnummer 99, in Sichtweite des unscheinbaren Bungalows. Das Gebäude war von einem etwa zwei Meter hohen Zaun umgeben, der als Sichtschutz diente.

Litzka schaltete den Motor aus und griff zur *ATZ*, die neben ihm auf dem Beifahrersitz lag. Er schlug die drittletzte Seite des Lokalteils auf. Unter einer halbseitigen Werbung für ein Möbelhaus waren die Kleinanzeigen aus der Branche, die wenige Worte brauchte, um ihre Dienstleistungen anzupreisen. Die meisten Inserate bestanden nur aus einem weiblichen Vornamen und einer Telefonnummer, offenbar Damen mit ausreichender Stammkundschaft. Andere wiesen auf Spezialgebiete wie *Lack und Lede*r oder *Megabusen XXL* hin, wieder andere beschränkten sich auf ausschließlich fernmündlichen Service, meist mit einer 0900-Abzocknummer und dem Minutenpreis im kaum noch lesbaren Kleingedruckten. Darüber standen die Anzeigen für die traditionellen Häuser wie den *Leierkasten* oder das *Pascha*. Er suchte einen Augenblick, dann hatte er die Anzeige für den *Club 99* gefunden. Versprochen wurde *jede Woche neues Team*. Litzka überlegte, ob er einfach mal läuten und sich unverbindlich informieren sollte. Das wäre sicher nicht verdächtig. Doch er blieb sitzen und beobachtete weiter den leblosen Eingang. Fast eine halbe Stunde saß er hinter dem Steuer und wusste selbst nicht genau, worauf er wartete. Aber sein Gefühl sagte ihm, dass es früher oder später etwas zu beobachten geben würde.

Und tatsächlich. Er hatte sich nicht getäuscht. Die Tür wurde geöffnet, helles Licht schien nach draußen. Das hatte nichts mit schummrigen Rotlichtlaternen zu tun, sondern eher mit grellen Neonröhren. Im gleichen Moment bewegte sich auch das Tor am Gehweg. Ein dunkler Van fuhr auf das Gelände. Es mochte ein Sharan oder ein Galaxy sein. Litzka duckte sich instinktiv, um nicht gesehen zu werden. Zugleich öffnete er das Seitenfenster eine Handbreit, um vielleicht Gesprächsfetzen auffangen zu können.

Die Fahrertür des Vans wurde geöffnet, eine Männerstimme rief etwas in einer osteuropäischen Sprache. Es waren Kommandos. Auch die übrigen Türen öffneten sich, Frauenstimmen waren zu hören. Es waren mindestens vier oder fünf verschiedene Stimmen, die Kommunikation schien sich auf das Notwendigste zu beschränken. Die ganze Prozedur dauerte nicht mehr als drei Minuten, dann waren alle Beteiligten in dem Bungalow verschwunden.

Es dauerte auch nicht lange, bis sich die Tür wieder öffnete. Der Fahrer trat als Erster heraus. Litzka konnte jetzt sehen, dass er groß und breitschultrig war und raspelkurz geschorene, hellblond gefärbte Haare hatte. Mehrere junge Frauen folgten ihm, eine von ihnen redete leise mit ihm, zu verstehen war nur der Name Piotr. Einige waren junge Mädchen, noch keine zwanzig. Die älteste schätzte Litzka auf Mitte dreißig. Sie stiegen in das Auto ein, das offenbar ein Siebensitzer war. Sie zwängten sich durch die Türen und redeten dabei nicht.

Wie im Schlachtbetrieb, assoziierte Litzka. Den Frauen war nicht anzusehen, ob sie freiwillig in den Wagen stiegen. Körperliche Gewalt wurde ihnen jedenfalls nicht angetan. Im selben Moment, als die Türen geschlossen wurden, leuchteten die Scheinwerfer auf, der Wagen verließ das Gelände und fuhr davon.

Einige Minuten überlegte Litzka, was er jetzt tun sollte. Einerseits drängte es ihn, mehr über dieses Haus herauszufinden, das offenbar auf Michalczaks Maklerliste stand. Es schien tatsächlich eine Schutzbehauptung zu sein, dass der ach so seriöse Immobilienhändler nichts mehr mit der Unterwelt zu tun hatte. Denn nach legalem Sex-Gewerbe hatte die Szene gerade nicht ausgesehen.

Andererseits verspürte er eine Hemmung, ohne ausdrücklichen dienstlichen Auftrag quasi in seiner Freizeit ein Bordell zu betreten. Wie sollte er das Tanja erklären? Aber würde sie es überhaupt erfahren? Er musste sich nur lange genug klar machen, dass dies eine journalistische Recherche war. Nicht mehr und nicht weniger.

Dann nahm er seinen Mut zusammen, stieg aus dem Auto aus und schritt selbstsicher auf das Tor zu. Er zögerte noch einmal, bevor er die Klingel neben dem Schildchen *Club 99* drückte. Wenige Sekunden später ertönte ein Summer, und das Schloss sprang auf. Er erwischte sich selbst dabei, wie er sich umblickte, ob ihn auch niemand beobachtete. Einige Augenblicke später stand er vor der verschlossenen Haustür, an der neben einem Dutzend Klingelköpfe handgeschriebene Schildchen dazu einluden zu läuten. Daneben waren in Klarsichtfolie freizügige

Fotos den einzelnen Namen zugeordnet. Man musste also die Katze nicht im Sack kaufen, sondern konnte sich vorher genau aussuchen, mit wem man sich vergnügen wollte.

Eine Preisliste fehlt noch, dachte Litzka und beschloss, den allgemeinen Klingelknopf für *Information* zu drücken. Doch dann blieb sein Blick an den Fotos von Jasmin hängen. Er erkannte sie sofort. Die Haare waren etwas kürzer, sie war nicht mehr ganz so dünn wie damals, als er sie unter dem Namen Sandy für seinen Rotlicht-Report interviewt hatte. Gabriele Weiherer. So war ihr richtiger Name. Ob sie sich noch an ihn erinnerte? Jetzt hatte er einen Grund, der ihn antrieb, den entsprechenden Klingelknopf zu drücken: reine Neugier.

Kurz darauf wurde die Tür geöffnet. Es war Sandy. Ihre Vorliebe für die Farbe Rot hatte sie offenbar in den Jahren nicht abgelegt. Spitzen-BH, Stringtanga, High Heels und die halterlosen Strümpfe waren ebenso rot wie das durchsichtige Mäntelchen, das sie darüber trug.

»Hallo«, säuselte sie und lächelte, im selben Moment schien auch sie ihren Besucher zu erkennen. Ihre Miene veränderte sich schlagartig, ohne unfreundlich zu werden. »Frank? Du hier?«

Er lächelte verlegen. »Ja, äh, ich komme ...«

»Komm erst mal rein. Mich friert's sonst.« Sie trat einen Schritt zur Seite.

Jetzt gab es kein Zurück mehr für ihn. »Musst du dich wärmer anziehen.«

Sie lächelte zurück.

Er war erleichtert. Sie schien ihm das Missverständnis damals, den vermeintlichen Verrat, nicht nachzutragen.

»Viertelstunde fünfzig. Halbe Stunde achtzig. Oder hast du mehr Zeit?« Wie zufällig ließ sie ihren Umhang etwas von der Schulter gleiten.

Litzka errötete. »Oh, nein danke. Ich wollte nur mal ... Also ...«

»Ach, komm schon«, fiel sie ihm ins Wort. »Komm erst mal mit in mein Zimmer. Sei ganz locker. Tut auch nicht weh.« Sie lachte.

Damals war sie ein junges Mädchen, jetzt müsste sie Mitte zwanzig sein, überlegte er. War sie wirklich all die Jahre Prostituierte gewesen? Hatte sie nie einen Beruf ausgeübt, den man allgemein als anständig bezeichnen würde? Sie führte ihn in ein verdunkeltes Zimmer, dessen zentraler Einrichtungsgegenstand ein zweckmäßiges und offenbar stabiles Doppelbett war. Darüber an der Wand hing ein kitschiger Kunstdruck eines pseudoerotischen Gemäldes einer nackten Frau, die sich auf einer roten Decke räkelte. Auf dem Boden stand ein tragbares Hi-Fi-Gerät, in dem gerade die Verkehrsnachrichten angekündigt wurden. Das Zimmer war vollkommen überheizt.

»Ich komme wirklich nicht zum ...« Er atmete durch. »Wie geht es dir? Hast du ein bisschen Zeit zum Reden? Ich brauche ein paar Infos, ganz diskret. Du weißt doch, dass du mir vertrauen kannst.« Er biss sich auf die Zunge. Genau das hätte er besser nicht gesagt. Denn vermutlich glaubte sie bis heute, dass er sie damals bei Sonnes Chef verraten hatte, obwohl sie als Zeugin eines Mordes auf jeden Fall anonym bleiben wollte und sich daher dem Reporter anvertraut hatte.

»Klar hab ich Zeit.« Sie klang eine Spur reservierter. »Halbe Stunde achtzig Euro.« Sie ließ ihren Zeigefinger sanft über seine Wange gleiten, was ihn kurzzeitig elektrisierte. »Und ob du in der halben Stunde nur reden möchtest, ist ganz allein deine Entscheidung ...«

Litzka griff zu seiner Gesäßtasche und holte sein Portemonnaie heraus.

»Was magst du trinken?«, fragte sie. »Ein Drink ist inklusive.«

10. Kapitel

Tanja kam aus dem Damen-WC, das sie in den vergangenen Tagen häufiger aufsuchte. Ihren Kollegen, die noch nichts von ihrer Schwangerschaft wussten, hatte sie etwas von einem Magen-Darm-Virus erzählt. Sie schaute auf die Uhr, die am Ende des Flurs zwischen Chefredaktion und Politikressort hing. In zwei Minuten hatte Doktor Hallerbach sie zu sich bestellt. Es sollte um die Schaller-Nachfolge bei *Factum-Online* gehen. Als Hallerbachs Sekretärin sie in das imposante Chefbüro führte, war sie immer noch nicht schlüssig, wie sie auf das Angebot reagieren sollte.

»Frau Kollaritsch«, begrüßte sie der Patriarch, der das Nachrichtenmagazin seit der Gründung vor fast zehn Jahren leitete. Er war ein im ganzen Haus allseits geschätzter Mann ohne Chefallüren und mit nur sehr seltenen cholerischen Anfällen. Er lenkte den »Kahn«, wie er das Magazin gerne nannte, als Kapitän mit einem unschlagbaren Gespür für Themen und Trends. Für seine Ideen wurde er oft zuerst belächelt, bevor die Skeptiker später eingestehen mussten, dass der »Alte« mal wieder den richtigen Riecher gehabt hatte.

»Setzen Sie sich«, sagte er und fragte: »Erlauben Sie?« Der Zigarillo-Liebhaber öffnete die silberne Dose, die auf seinem Schreibtisch stand.

Was sollte sie jetzt sagen? Sicherlich würde Hallerbach angesichts ihrer Umstände Verständnis zeigen und auf das Rauchen verzichten. Aber sollte sie gleich mit dem ersten Satz ihre Schwangerschaft offenbaren und sich alle Jobchancen zunichte machen?

»Ich habe eine Bronchitis«, fiel ihr ein, und zur Demonstration hustete sie einmal. »Wenn es Ihnen nichts ausmachen würde ...«

»Selbstverständlich, Frau Kollaritsch.« Er legte den Zigarillo wieder in die Dose. »Bronchitis und Magen-Darm-Infekt. Sie sollten sich besser schonen und mal ein paar Tage ausspannen. Sie haben doch gewiss noch Resturlaub, oder?«

»Aber die Geschichte über die Rassismusvorwürfe gegen den Würzburger OB und das Interview mit dem Bildungsminister ...«

»Da wird sich schon eine Lösung finden. Wenn Sie erst *Head of Online and New Media* sind, dann müssen wir schließlich auch auf Sie verzichten. Kaffee?«

»Sie meinen es also wirklich ernst, Herr Doktor Hallerbach?«

»Habe ich jemals etwas gesagt, was ich nicht ernst gemeint habe?«

»Zweimal nein. Auch zum Kaffee. Ich darf mir ein Wasser nehmen?« Sie griff zu einer Sprudelflasche und einem Glas, das auf dem Besuchertisch bereit stand.

»Wie Sie wissen, hört Schaller auf. Und wie Sie sicher auch wissen, hat er den Job zu einer Zeit bekommen, als die Online-Abteilungen großer Printmedien noch Abstellgleise waren, um überflüssige Kräfte, heute würde man sagen *Low-Performer*, geräuschlos und konfliktfrei zu beseitigen. Sie verstehen ... Schaller ist kein schlechter Kerl, aber wenn Sie ihn fragen, was ein Blog oder ein Chat ist, dann wird er das irgendwo nachschlagen. Im Brockhaus, weil Google und Wikipedia ihm suspekt sind. Das war alles kein Problem, solange wir den Online-Bereich als nicht so wichtig erachtet haben. Sie wissen, das ist heute anders. Auch wenn das viele hier im Haus nicht gerne hören werden, aber ich glaube, dass Internet schon bald wichtiger sein wird als Print. Und vielleicht sind Sie als Online-Chefin in einigen Jahren schon wichtiger und einflussreicher als ich und meine Nachfolger.«

»Äh, Moment, Herr Doktor Hallerbach. Ich habe noch gar nicht Ja gesagt ...«

Dies war eine Gesprächssituation, in der der Chefredakteur normalerweise einen tiefen Zug seines Zigarillos inhalieren, sich weit in seinen Stuhl zurücklehnen und die Arme verschränken würde. »Ich weiß, dass Sie noch über die Konditionen verhandeln wollen. Aber Sie brauchen nicht zu pokern. Wir wollen Sie auf diesem Posten und niemanden sonst. Nennen Sie Ihre Gehaltsvorstellung, und ich werde zustimmen. Sie können neue Leute einstellen, alte rauswerfen. Krempeln Sie alles um, Sie haben jede Freiheit. Und Ihren Dienstwagen bestellen Sie über die Personalabteilung. Schlagen Sie ein!«

Er streckte ihr seine Hand aus, und ihr wurde schwindelig. So ein Angebot würde sie im ganzen Leben nicht wieder bekommen. Aber was war ein Traumjob wert im Vergleich zu dem heranwachsenden Leben, das sie in sich trug? Online-Chefin wäre kein *Nine-to-five-Job*, die Arbeit würde sie rund um die Uhr in Beschlag nehmen. Da wäre kein Platz für eine Mutterrolle, das war ihr völlig klar.

»Herr Doktor Hallerbach, Ihr Angebot ehrt mich sehr.« Sie räusperte sich. »Aber es kommt für mich leider zum falschen Zeitpunkt.«

»Wie meinen Sie das? Sie sehen mich verblüfft. Haben Sie ein Angebot der Konkurrenz?«

»Ich habe keine Bronchitis. Und auch keinen Magen-Darm-Virus. Ich werde Mutter, wenn alles gut geht.«

Hallerbach stand der Schreck ins Gesicht geschrieben. Und es klang irgendwie nur halb glaubwürdig, als er aufstand und sie in den Arm nahm: »Ich gratuliere Ihnen. Das freut mich wirklich für Sie. So bitter es natürlich für unsere Redaktion ist. Ich wünsche Ihnen alles Gute, Frau Kollaritsch.«

»Danke, Herr Doktor Hallerbach. Es tut mir auch sehr leid. Sie entschuldigen mich bitte ...«

»Frau Kollaritsch, warten Sie!« Hallerbach wollte seine Mitarbeiterin nicht einfach so gehen lassen. Man sah ihm an, dass er auf diese Situation nicht vorbereitet war. Vermutlich hatte er sich alles ausgemalt, nur nicht, dass Tanja dieses einzigartige Angebot ausschlagen könnte. Vermutlich hatte er es in seiner Karriere noch nicht erlebt, dass jemand eine Beförderung ablehnte.

Tanja spürte, dass sie mit ihrer Reaktion Hallerbach auch menschlich enttäuschte, was er sich aber nicht anmerken lassen wollte. Sie glaubte einen Moment, sich undankbar zu verhalten. Doch hatte sie eine Alternative? Tränen traten ihr in die Augen.

Sie hatte es sehr eilig, wieder die Toilette aufzusuchen. Sie übergab sich zum dritten Mal an diesem Tag. Und sie fragte sich, ob sie gerade den größten Fehler ihres Lebens gemacht hatte.

* * *

Die Sekretärin des Oberbürgermeisters öffnete Sonne die Tür zum Arbeitszimmer. Heinz Körber erhob sich hinter seinem Schreibtisch, auf dem sich augenscheinlich die während seines Urlaubs angesammelte Arbeit stapelte. Körber sah erholt aus, seinen schwarzen Vollbart hatte er abrasiert und auf Drei-Tage-Länge gekürzt. Das ließ ihn wesentlich jünger wirken als Mitte fünfzig.

»Grüß Gott, Herr Kommissar Sonne.« Körber streckte seinem Besucher die Hand entgegen. »Es ist lange her.«

»Sie erinnern sich?«

»Freilich. Man hat ja nicht alle Tage die Kripo im Haus. Nehmen Sie Platz.« Er bot Sonne einen Besucherstuhl an. »Sie kommen wegen Kirchgessner? Ich habe die Zeitungsberichte in meiner Pressemappe gehabt. Sie gehen von Mord aus?«

»Wir ermitteln in diese Richtung, ja.«

»Und jetzt stehe ich ganz oben auf Ihrer Liste der Verdächtigen?« Körber klang zu aufgeräumt und entspannt, um dies ernst zu meinen. »Ein Motiv hätte ich. Etwas zu trinken? Kaffee, Tee, Wasser?«

»Einen Kaffee nehme ich gerne. Schwarz. Wir haben bei Kirchgessner eine Sammlung von Dossiers über zahlreiche Personen aus dem öffentlichen Leben gefunden. Und über Sie hat er auch einiges zusammengetragen.«

»Also doch!« Körber wirkte jetzt nicht mehr so fröhlich. Übers Telefon bat er seine Sekretärin um zwei Tassen Kaffee. »Ich habe es geahnt. Aber es blieb immer die Möglichkeit, dass es nur ein Gerücht ist. Man will ja nicht wirklich wahrhaben, dass alles auch stimmen könnte, was man so erzählt. Darf ich fragen, was Kirchgessner über mich geschrieben hat?«

»Es geht vor allem um die Sache damals mit Rosemarie Keller, der Astrologin. Aber da weiß ich ja so gut wie Sie, dass nichts dran ist an der Behauptung, Sie würden Ihre Politik nach den Sternen ausrichten.«

»Und noch etwas?«

»Hm.« Sonne überlegte, ob er die handschriftliche Notiz erwähnen sollte. Die Frau aus dem Vorzimmer brachte den Kaffee. Sonne bedankte sich, dann entschied er sich für Offenheit. »Kirchgessner hat auf den Unterlagen zu Ihrer Person handschriftlich das Wort Homo notiert. Mit Fragezeichen.« Er wartete ab, wie Körber reagierte.

»Das überrascht mich nicht, ehrlich gesagt.« Körber nahm einen Schluck aus der Kaffeetasse und ließ sich auffallend viel Zeit mit dem Herunterschlucken. »Es ist nicht das erste

Mal, dass ich mit diesem Gerücht konfrontiert werde. Es ist natürlich völlig absurd und haltlos. Ich bin seit fast dreißig Jahren glücklich verheiratet. Mit derselben Frau, was in meiner Partei nicht selbstverständlich ist.«

»Woher kommt dann dieses Gerücht?«, fragte Sonne.

»Es ist in der Schwulenszene entstanden. Ich setze mich schon lange für die Belange der Homosexuellen in unserer Stadt ein. Ich ziehe jedes Jahr am Christopher Street Day an der Spitze der Parade mit, ich unterstütze Projekte der Aidshilfe und so weiter. Das tue ich alles aus politischer Überzeugung. Aber einige haben offenbar geglaubt, ich wäre einer von ihnen. Und das wurde dann auch immer öfter erzählt. Ich habe schon oft überlegt, öffentlich klarzustellen, dass ich nicht schwul bin.«

»Aber es ist doch heute nicht mehr ehrenrührig, homosexuell zu sein.« Sonne dachte an Natascha.

»Natürlich nicht. Und wenn ich es wäre, würde ich es auch sagen. Aber diese Gerüchte erwecken den Eindruck, ich hätte etwas zu verheimlichen. Und das macht bei einem Politiker nie ein gutes Bild.«

»Verstehe. Haben Sie bei Ihrem Engagement in dieser Szene auch Frau Blum kennengelernt?«

»So ist es. Sie ist mir schon frühzeitig aufgefallen mit ihrer unkonventionellen Herangehensweise. Ich fand sie von Anfang an sympathisch und habe sie auch unterstützt. Und natürlich unterstütze ich sie auch jetzt bei ihrer Kandidatur für den Landtag. Rot-Grün-Blum ist eine wirklich gute Sache, finde ich. Erstmals haben wir die Chance, der CSU wirklich gefährlich zu werden.«

»Und die Latex-Fotos? Schaden sie ihr?«

»Ich bin mir nicht sicher«, sagte Körber leise, »ob sie ihr nicht vielleicht sogar nützen.«

»Wie bitte?« Sonne verschluckte sich beinahe an seinem Kaffee.

»Sehen Sie, die Menschen sind doch nicht wegen der Fotos schockiert, sondern wegen der Geschichte, die dahintersteht. Es ist ein unglaublicher Überraschungseffekt, dass eine amtierende oberbayerische Landrätin eine Vergangenheit als Prostituierte hat. Wenn man sich die Fotos anschaut, nachdem sich dieser Schock gelegt hat, dann kann man die Bilder als durchaus ästhetisch, vielleicht sogar künstlerisch-erotisch betrachten.«

»Hm, ja, vielleicht. So gesehen ...«

»Und wenn es Frau Blum gelingt, sich glaubwürdig von dieser Vergangenheit zu distanzieren – und das hat sie meiner Ansicht nach schon getan – dann kann ihr dieser Wandel von der Hure zur Sozialpolitikerin sogar eine gewisse Glaubwürdigkeit verschaffen. Verstehen Sie?«

»Noch nicht ganz.«

»Wenn unsere Sozialministerin mit ihrer mustergültigen Ehe und den sieben Kindern über solche Themen redet, dann nimmt ihr doch keiner ab, dass sie wirklich weiß, wovon sie spricht. Mal abgesehen davon, dass Pia Blum etwas Farbe und frischen Wind in die mausgraue Riege der Anzugträger in der Politik bringen würde.«

Sonne zeigte sich weiter skeptisch. »Also ich weiß nicht. Wir sind hier in Bayern, nicht in Köln oder Berlin.«

»Wir hatten doch sogar einen Außenminister, der sich vom Steinewerfer zum Weltdiplomaten gewandelt hat. Seine Vergangenheit als Randalierer hat ihm nie geschadet und ihm vielleicht sogar in gewissen Kreisen Sympathien gebracht.«

»Wie dem auch sei, Herr Körber, kommen wir mal auf Sie zurück. Wie Sie selbst sagen, könnte man aus der Tatsache, dass es dieses Dossier über Sie gibt, ein mögliches Tatmotiv konstruieren.«

»Sie können mir glauben, dass ich meinen Urlaub in Griechenland nicht unterbrochen habe, um einen Mord zu begehen. Meinen Ferienaufenthalt können Sie im Hotel lückenlos überprüfen. Ich habe mich täglich eigenhändig in die Frühstücksliste eingetragen.«

»Sie haben mir trotzdem sehr geholfen, Herr Körber. Ich werde Sie nicht länger von der Arbeit abhalten.«

»Keine Ursache, Herr Kommissar. Ich habe tatsächlich noch einiges zu tun. Auf Wiedersehen.«

* * *

Als Litzka wieder zu sich kam, spürte er ein schmerzhaftes Ziehen im Nacken. Einige Sekunden brauchte er, um zu erkennen, dass er sich hinter dem Steuer seines eigenen Wagens befand. Was war geschehen? Hatte er einen Unfall gehabt? Nein, der Motor war aus, das Auto schien unbeschädigt. Er war außerdem nicht angeschnallt. Als er sich umschauen wollte, verspürte er einen plötzlichen Würgereiz. Dann sah er, wo der Wagen geparkt war, und langsam kam die Erinnerung zurück. Oder war es gar keine Realität gewesen? War er beim Warten eingenickt und hatte einen Traum gehabt? Nein, er war sicher, dass er wirklich in dem Haus gewesen war und Sandy alias Jasmin alias Gabriele wiedergetroffen hatte. Er hatte ihr Geld gegeben, um mit ihr zu reden. Mehr hatte er nicht von ihr gewollt. Dann hatte sie ihm etwas zu trinken angeboten. Und dann setzte seine Erinnerung aus. Er griff an seine Hosentaschen und stellte erleichtert fest, dass sein Handy und seine Brieftasche noch dort waren. Er öffnete das Portemonnaie. Der Fünfzig-Euro-Schein war weg, das übrige Geld hatte aber niemand herausgenommen. Wohl aber seinen Presseausweis und die Visitenkarte, die immer im vorderen Fach hinter der Kreditkarte steckte.

Verdammt, dachte er. Irgendwas ist hier schief gelaufen. Er kniff die Augen zusammen und versuchte, sich zu erinnern. Hatte er sich von Sandy doch verführen lassen? Sofort dachte er an Tanja und die Unmöglichkeit, ihr einen Seitensprung im Puff zu erklären. Aber es war doch nichts geschehen. Wie sollte er ein schlechtes Gewissen haben für etwas, an das er sich nicht erinnern konnte!

Nein, es war nichts gewesen, davon war er felsenfest überzeugt. Vielleicht hatte sie ihm K.-o.-Tropfen in das Getränk gemischt, um ihm eins auszuwischen wegen damals. Aber was wollte sie mit seinem Presseausweis und mit der Visitenkarte? Er schaute auf die Digitaluhr im Armaturenbrett. Es war höchstens eine halbe Stunde her, dass er aus dem Wagen gestiegen war und an der Tür geläutet hatte.

Er wollte nicht länger an diesem Ort bleiben. Trotz hämmernder Kopfschmerzen und immer noch leicht benebelter Sinne beschloss er, in die Redaktion zurückzufahren. Er musste mehr über diesen Michalczak und seine dubiosen Geschäfte in Erfahrung bringen.

* * *

Hedwig Buchholz begrüßte Jürgen Sonne in ihrem Siebzigerjahre-Ohrensessel. Sie stand schon lange nicht mehr auf, wenn sie Besuch bekam. Die Mutter seiner Ex-Freundin Tina litt an Parkinson und lebte seit Jahren im Fürstenrieder Seniorenstift.

»Schön, dass du da bist, Junge«, sagte sie und reichte ihm die zitternde Hand. Er stellte wie gewohnt die *Feodora-*

Schokolade, ihre Lieblingssorte, auf den Tisch. Die Besuche bei seiner Ex-Schwiegermutter in spe waren zu einer schönen Gewohnheit geworden, während er mit Tina bis auf obligatorische Fünf-Minuten-Telefonate zu Weihnachten und Geburtstagen kaum noch Kontakt hatte. Sie lebte mit Mann und zwei Kindern in der Nähe von Köln und war aufgrund der Entfernung auch nur selten bei ihrer Mutter.

Sie redeten wie immer ein bisschen über die Arbeit, das Wetter, die Macken von Andy, dem nervigen Zivi aus Sachsen. Doch Frau Buchholz schien zu merken, dass Sonne diesmal etwas auf dem Herzen hatte.

»Jürgen, dich bedrückt doch was, oder?« So sehr der körperliche Verfall auch fortschritt, geistig war sie immer noch absolut auf der Höhe.

»Ach, Frau Buchholz.« Er seufzte. »Sie haben wie immer recht. Habe ich Ihnen schon mal von Ulrike Gellner erzählt?«

Kurz überlegte sie. Dann wusste sie Bescheid. »Die Mörderin aus dem Englischen Garten?«

Er nickte.

»Die dir damals ein bisschen den Kopf verdreht hat?«

Er nickte wieder und lächelte. Ihre Formulierung war noch untertrieben. Ziemlich verknallt hatte er sich.

»Wie ist das noch gewesen?«, fragte Frau Buchholz. »Genau kriege ich deine Geschichte nicht mehr auf die Reihe.«

Sonne erzählte von den Ermittlungen nach dem Mord am *Isarbullen*-Regisseur. Von den Vernehmungen der ganzen TV-Crew, wobei ihm die schöne Ulrike Gellner sofort aufgefallen war. Dass er schon ein paar Bier getrunken hatten, als er unter einem Vorwand Ulrike noch mal spätabends aufsuchte. Und wie sie in ihrer Schwabinger Wohnung mit ihm zuerst gemeinsam den Drehbuchtext probte und ihn schließlich nach allen Regeln der Kunst verführte. Bis heute wusste er nicht genau, ob sie damals aus taktischen Gründen die Situation ausgenutzt hatte. Er jedenfalls konnte Ulrike auch nach ihrer Verurteilung nicht vergessen und hielt noch eine Weile Kontakt zu ihr. Zuerst in Stadelheim, später in Aichach.

»Und jetzt kommt sie wieder frei?« Frau Buchholz hatte die Situation mal wieder sofort durchschaut. »Und du weißt nicht, wie du reagieren sollst?«

Er zuckte mit den Schultern. »Ich weiß selbst nicht, was ich will. Natürlich würde ich sie gerne wiedersehen.«

»Aber?«

»Was ist, wenn es wieder funkt? So wie damals?«

»Dann funkt es halt. Warum denkst du so kompliziert? Es wird doch höchste Zeit, dass in deinem Leben mal wieder Platz für eine Frau ist, oder?«

»Frau Buchholz, ich bin Polizist. Und Ulrike ist eine verurteilte Mörderin. Wie soll das denn gut gehen?«

»Sie bricht doch nicht aus dem Gefängnis aus, sondern hat ihre Strafe verbüßt.«

»Sie kommt auf Bewährung vorzeitig frei wegen guter Führung«, erläuterte Sonne das übliche Verfahren.

»Siehst du. Damit hat sie doch Anspruch auf ... wie sagt man? Re...«

»Resozialisierung.«

»Genau. Was kann ihr Besseres passieren, als dass ein Polizist auf sie aufpasst, damit sie nicht in schlechte Gesellschaft gerät?«

»Ach, ich weiß doch auch nicht.« Sonne war nicht mehr sicher, ob es richtig war, das Thema angesprochen zu haben. Auch wenn er irgendwie dankbar für eine eindeutige Aussage war. Und wenn es um Frauen ging, hatte Frau Buchholz ihm bislang noch nie einen schlechten Rat gegeben. Das vertrauliche Verhältnis war sicher auch deshalb entstanden, weil Sonne selbst keine Eltern mehr hatte. Er wollte nicht daran denken, dass auch Hedwig Buchholz irgendwann nicht mehr sein würde. Darum versuchte er, sie so oft wie möglich zu besuchen. Über Tina redeten sie aber fast nie.

Sie plauderten noch eine Weile, dann verabschiedete sich Sonne, und Frau Buchholz gab ihm mit auf den Weg: »Jürgen, hör auf dein Gefühl!«

11. Kapitel

Es hämmerte immer noch in seinem Schädel. Litzka saß wieder an seinem Schreibtisch und versuchte, sich seinen Kollegen gegenüber nichts anmerken zu lassen. Auf seinem PC startete er das Archivsystem. Mit dem Suchbegriff *Anne* und der Eingrenzung der Suche auf seine eigenen Artikel hatte er die vor einigen Jahren erschienene Reportage blitzschnell auf den Schirm geholt.

Die Sucht hat meine Träume zerstört, lautete die Überschrift, darunter stand die Autorenzeile: *Von Frank Litzka*. Und während er den Text las, sah er das junge Mädchen von damals wieder vor sich.

Fünftausend Euro monatlich, mit abgebrochener Schule und ohne Ausbildung. Doch dies funktioniert nur um den Preis, einen Job auszuüben, der nicht im Branchenbuch steht. Anne S. (18, Name geändert) nennt Geld ihre einzige Motivation.

Mit elf hatte sie ihren ersten Kontakt mit Drogen, mit 15 war sie schwer heroinabhängig, ging nicht mehr zur Schule, lebte mal in Berlin, mal in Amsterdam in der Hausbesetzerszene. Mit 16 zog sie endgültig von zu Hause aus. Träume, die hatte sie: »Ich wollte Psychologie studieren oder in Brasilien armen Kindern helfen. Aber meine Sucht hat die Träume zerstört.« Die Sucht zerstörte auch ihren Körper. Irgendwann brach sie zusammen, kam ins Krankenhaus. »Eine Therapie wollte ich ums Verrecken nicht machen.« Sie sagt wirklich »ums Verrecken«.

Dennoch ließ sie sich zu einer Behandlung überreden und ist heute zumindest von den harten Drogen losgekommen.

Ihr Arbeitsplatz ist ein unscheinbarer Plattenbau im Münchner Süden. »Sportmassagen« steht auf der Tür. Aber mit Heil-

gymnastik hat das, was dort geschieht, nicht viel zu tun. Wer an der Tür schellt, hat ihre Zeitungsanzeige gelesen. »Süße, vollbusige Teenie-Maus verwöhnt dich! Montag bis Sonntag, 10 bis 20 Uhr.«

Es ist kurz nach 17 Uhr. Anne empfängt einen Kunden, den vierten an diesem Tag. Nennen wir ihn Herrn Huber. Er ist Mitte 50, der Kleidung sieht man an, dass seinem Geldbeutel die Preise in diesem Geschäft nicht sonderlich weh tun. 80 Euro kostet eine halbe Stunde. Herr Huber ist ein Stammkunde, kommt zweimal pro Woche. Daher muss über die Leistung nicht lange verhandelt werden.

Anne heißt für Herrn Huber und alle anderen Kunden Beatrice. Und für sie ist sie auch nicht 18, sondern 22. »Wenn ich denen sage, dass ich 18 bin, dann glauben sie doch, ein Kind vor sich zu haben, mit dem sie machen können, was sie wollen.«

In kurzer Zeit ist sie in ihrer neuen Arbeit angelernt worden. Erogene Stellen und so weiter. »Beim ersten Mal habe ich nur zugeschaut. Beim zweiten Mal musste ich allein ran.« Daran erinnert sie sich noch ganz genau, da war sie 17. »Meine Hände haben gezittert, und ich habe alles falsch gemacht, was man falsch machen kann.«

Heute ist der Job für sie zur Routine geworden. Das weiß auch Herr Huber zu schätzen, der ihr 20 Euro Trinkgeld gibt und nicht weiß, dass sie weder 22 ist noch Beatrice heißt. Und auch die Geschichte mit ihrem Abitur, die sie ihm erzählt, ist erfunden. Er weiß nicht, dass sie jedem Kunden eine Rolle vorspielt, so wie es gerade passt. »Man muss sich eine Fassade zulegen«, erklärt sie. »Wenn ich abends nach Hause komme, dusche ich und wasche den Job von mir ab. Bei der Arbeit bin ich Beatrice, das liebe schüchterne Mädchen. Darauf stehen die Kunden, die wollen ein unschuldiges Kind, und das spiele ich für sie.«

Die Altersspanne ihrer Kunden reicht von 16 bis 90. Der Durchschnittsbesucher ist ein reicher Geschäftsmann. Sie behauptet, dass auch ein bekannter Showmaster regelmäßig zu ihr kommt. Der wolle aber meist nur ein bisschen plaudern.

Es klingt aus ihrem Mund kaum zynisch, sondern ehrlich, wenn sie sagt, dass der Sinn des Lebens für sie darin besteht, »bis zum Tod durchzuhalten«. Das wirklich Schöne, so sagt sie, kommt erst nach dem Tod. »Der Tod ist eine Erlösung. Aber ich bin zu klein und zu unbedeutend, um entscheiden zu dürfen, wann meine Zeit zum Aussteigen gekommen ist. Das entscheidet irgendjemand anderes, den ich nicht kenne.«

Noch einige Augenblicke starrte Litzka auf den Bildschirm. Fünfzig Euro hatte er ihr damals als Honorar für das Interview gezahlt. Und er hätte es nie für möglich gehalten, dass er sie jemals wiedersehen würde. Er hatte ihr gewünscht, dass sie irgendwie den Absprung schafft und die geplatzten Träume vielleicht doch noch verwirklichen kann. Doch danach sah es nicht aus.

In der Innentasche seiner Jeansjacke fand Litzka die Visitenkarte, die Swetlana aus dem *Studio Sonja* ihm gegeben hatte. Er zögerte nur kurz, dann wählte er eine der angegebenen Nummern, die sich nur in den beiden letzten Ziffern unterschieden. Es läutete mehrmals. Dann meldete sich die unverkennbare Stimme von Swetlana mit einem freundlich säuselnden »Hallo?«

»Hier ist Frank Litzka von der *ATZ*. Sie erinnern sich an meinen Besuch?«

»Natürlich, Herr Litzka, der freundliche Reporter. Haben Sie es sich überlegt? Die Mädchen sind heute alle frei, bis auf Florence.«

»Nein, nein. Es ist immer noch eine Recherche«, wehrte Litzka ab. »Ich habe eine Frage. Sagt Ihnen der Name Michalczak etwas?«

Mehrere Sekunden herrschte Stille in der Leitung.

»Nein, nie gehört.«

Doch Litzka glaubte ihr nicht. »Swetlana, Sie können ehrlich sein! Michalczak gehörte der Laden, als er noch *ZAK* hieß, stimmt's?« Als sie immer noch nichts antwortete, fügte er hinzu: »Das war zu der Zeit, als die Blum da gearbeitet hat.«

»Jaja, kann schon sein. Ich habe den Namen verdrängt. Wir haben mit dem Herrn und seinen Machenschaften nichts zu tun, verstanden?«

Warum reagierte sie so unwirsch? »Was meinen Sie mit Machenschaften?«

»Ich meine all das, was es bei uns nicht gibt. Michalczak ist ein Ausbeuter. Er ist ein Menschenhändler. Wir haben mit ihm nichts zu tun.«

Plötzlich war die Leitung unterbrochen. Noch zwei Sekunden hielt Litzka den Hörer an sein Ohr, dann legte er auf. Sofort läutete sein Telefon wieder und die Nummer von Schulze-Wagenknecht erschien im Display. Sie hatte ihn wohl auf Rückruf geschaltet.

»Litzka, was gibt's?«, fragte er, nachdem er abgenommen hatte.

»Bitte kommen Sie in mein Büro!«, sagte die Chefin nur, bevor sie wieder auflegte. Das grußlose Beenden von Telefonaten schien ein Trend des Tages zu werden.

* * *

Wenige Augenblicke später stand er im Zimmer von Stella Schulze-Wagenknecht, die vielleicht aus Pietätgründen noch nicht das Chefbüro von Lohmann bezogen hatte. Vielleicht hatte sie auch einfach nur keine Zeit gehabt.

»Ja?«, sagte er, als er vor ihr stand. Sie blickte nicht von dem Papier auf, das sie vor sich liegen hatte, und sagte, er solle sich setzen. Es dauere nicht lange. Sie ließ ihn noch eine Weile warten, bis sie das Papier zur Seite legte und ihm ihre Aufmerksamkeit zuwandte. Den alten Cheftrick, mit dem man seinen Untergebenen bewies, wie unwichtig sie waren, hatte sie also schon gut drauf.

»Ich mache es kurz, Herr Litzka. Ich erteile Ihnen eine Abmahnung, weil Sie sich über redaktionelle Anweisungen hinweggesetzt haben. Die Abmahnung kommt zu Ihrer Personalakte, und Sie wissen, welche Folgen ein weiterer Verstoß gegen Dienstanweisungen ...«

»Wie bitte? Sie erteilen mir was?«

»Stellen Sie sich nicht dumm, Herr Litzka, und gehen Sie wieder an Ihre Arbeit.«

Er versuchte, Fassung zu bewahren und fragte mit möglichst emotionsloser Stimme: »Gegen welche Dienstanweisung soll ich verstoßen haben?«

»Alle Teilnehmer der Redaktionskonferenz sind Zeugen davon, dass ich ausführlich begründet habe, warum das Thema Pia Blum bei uns nicht groß gefahren wird. Dies haben Sie zu akzeptieren, und wenn Sie das nicht tun und auf eigene Faust Recherchen anstellen, dann haben Sie die Konsequenzen zu tragen. Mehr habe ich Ihnen dazu nicht zu sagen. Guten Tag, Herr Litzka.«

Jetzt explodierte er doch. Der Druck, der sich in den letzten zwei Minuten aufgestaut hatte, brachte den Kessel zum Platzen.

»Wissen Sie, wohin Sie sich Ihre Abmahnung stecken können?«, schrie er sie an. »Ich weiß nicht, was Sie sich eigentlich einbilden, nachdem Sie gerade mal ein paar Tage hier auf dem Chefsessel sitzen. Aber wenn Sie glauben, Sie können hier den diktatorischen Führungsstil Ihres Vorgängers fortsetzen, dann haben Sie sich, was mich betrifft, getäuscht. Seit Jahren reiße ich mir für den Verlag hier den Arsch auf, schiebe Tag für Tag neue Überstunden, bekomme meine Freundin zu Hause kaum noch zu Gesicht. Und dann hauen Sie mir hier aus heiterem Himmel eine Abmahnung um die Ohren, weil ich meinen Job mache und recherchiere? Ich kann es nicht glauben.« Er hatte sich in Rage geredet, seine Stimme war kurz davor, sich zu überschlagen.

»Sie sollen nicht glauben, Sie sollen jetzt mein Büro verlassen. Ich habe zu tun.«

Er überlegte nicht, sondern sagte es aus dem Bauch heraus: »Wenn Sie die Abmahnung in meine Personalakte heften, können Sie meine Kündigung direkt dazuheften. Guten Tag.«

Er wartete keine Reaktion ab, sondern genoss es, beim Hinausgehen die Tür so laut zuzuschlagen, dass es auf der ganzen Etage zu hören war.

* * *

Als er wieder an seinem Schreibtisch saß, fühlte er sich wie in einem Albtraum. Hatte er eben wirklich nach so vielen Jahren seinen Traumjob gekündigt? Wegen einer profilsüchtigen Zicke seine berufliche Zukunft über Bord geworfen? War eine mündliche Kündigung ohne Zeugen überhaupt wirksam? Sollte er sich bei Schulze-Wagenknecht für seine Kurzschlussreaktion entschuldigen, weil alles nicht so gemeint gewesen sei?

War es wirklich nicht so gemeint? Er war sich nicht sicher. Der Monitor vor ihm zeigte bunte sich ständig bewegende Fraktale. Er hatte diesen einst sehr angesagten Bildschirmschoner installiert, als er zur ersten Festanstellung seinen eigenen Schreibtisch bezogen hatte. Seitdem war der Computer nicht einmal ausgewechselt worden, was zur Folge hatte, dass er im Internet keine Videos anschauen konnte, weil die Speicherkapazität nicht ausreichte. Der Verlag musste sparen und stellte der Redaktion daher nur die minimalen Arbeitsbedingungen zur Verfügung, mit denen natürlich das Maximale geleistet werden sollte. Oft waren die Konditionen unzumutbar, und die Stimmung glich regelmäßig dem Klima einer Tiefkühltruhe. Doch an Kündigung hatte er noch nie ernsthaft gedacht. Sämtliche Schikanen von Lohmann hatte er über Jahre hinweg ertragen. Denn jeder wusste, dass Stalin seinen Charakter nie mehr ändern und sich niemals in einen Kumpelchef verwandeln würde. Doch jetzt hatte die Schulze den Hut auf und machte alles fast noch schlimmer als früher. Und sie war jung genug, um die nächsten fünfzehn bis zwanzig Jahre die Stimmung zu vergiften. Nein, das musste und wollte er sich nicht antun.

Je länger er darüber nachdachte, desto mehr kam ihm seine Überreaktion in Schulzes Büro wie ein Befreiungsschlag vor. Niemand zwang ihn dazu, sich tagein, tagaus als Lohnschreiber knechten zu lassen und unbezahlte Überstunden anzusammeln. Er hatte Kontakte genug in der Branche und sich einen so guten Ruf erarbeitet, dass er problemlos woanders einen guten Job bekäme oder sich als freier Journalist sehr gut über Wasser halten könnte. Dann wäre er sein eigener Herr, könnte sich die Zeit frei einteilen. Und er hätte genug Zeit, um sich um seine neue kleine Familie zu kümmern. Der Gedanke gefiel ihm immer besser. Und auch Tanja würde es bestimmt gefallen, wenn sie ihren Job bald wieder aufnehmen könnte.

I want to believe, las er auf dem Ufo-Plakat. Dann drückte er irgendeine Taste seines Computers und öffnete das Word-Programm.

Er hatte in seinem Leben schon viel geschrieben, aber noch nie eine Kündigung.

* * *

Tanja hatte früher Feierabend gemacht. Sie saß in der U-Bahn, deren Waggons von Station zu Station leerer wurden. Seit Obersendling saßen außer ihr nur noch eine ältere Dame mit einem Pudel und ein junger Mann mit einer fast bis an die Augen heruntergezogenen Strickmütze im Abteil. Ihre Übelkeit ließ sie bislang nicht allzu sehr darüber nachdenken, ob es eine richtige Entscheidung war, das Jobangebot des Jahrhunderts auszuschlagen, um die nächsten Jahre als Hausfrau und Mutter darauf zu warten, dass ihr die Decke auf den Kopf fiel. Sie hatte schon von vielen Freundinnen gehört, dass sie sich nach anfänglicher Euphorie über den neuen Lebenssinn bereits nach wenigen Monaten wieder eine Beschäftigung gesucht hatten, die nicht das Geringste mit Windeln, Schnullern und Fläschchen zu tun hatte.

An der Aidenbachstraße stieg die Frau mit dem Hund aus. Täuschte sie sich, oder hatte der Typ mit der Mütze seit dem Odeonsplatz die Zeitschrift auf seinem Schoß kein einziges Mal umgeblättert? Manchmal hatte sie das Gefühl, dass er zu ihr herüberschaute und in dem Augenblick wegguckte, wenn sie in seine Richtung sah.

In der Forstenrieder Allee stieg sie aus. Frank wäre sicher noch nicht dort. Selten war er vor acht zu Hause, oft wurde es neun oder zehn. Natürlich hatte sie Verständnis für ihn, sie kannte den Job, für den man sich gewöhnlich mit Leib und Seele verkauft, schließlich gut genug.

Draußen war es schon dunkel geworden, sie ging die Straße entlang, am Altenstift und am Tengelmann vorbei. Auf den akkurat geschnittenen Rasenflächen zwischen den blockartigen Gebäuden der Wohnanlagen sah sie Schilder wie *Ballspielen verboten* oder *Kinder und Hunde bitte fernhalten*. War das hier wirklich eine Gegend, in der man mit einem kleinen Kind gut aufgehoben war? Sie erinnerte sich an ihre Nachbarn eine Etage tiefer, die sich schon mal beschwert hatten, als sie barfuß über das Holzparkett gegangen waren. Wie sollten die es aushalten, wenn nachts ein Säugling schrie? Vielleicht hatte Frank recht, sie müssten sich nach einem neuen Heim umschauen. Und zwar am besten noch vor der Geburt. Denn mit einem dicken Bauch wäre ein Umzug weniger strapaziös als mit einem Baby.

Sie hörte Schritte hinter sich auf dem Gehweg. Das war eigentlich nichts Ungewöhnliches, es war schließlich erst kurz nach achtzehn Uhr. Dennoch fühlte sie sich unbehaglich. War der Kerl mit der Wollmütze womöglich auch ausgestiegen? Folgte er ihr? Sie traute sich nicht, sich umzuschauen. Und sie wollte auch keine Angst demonstrieren, indem sie schneller ging. Sie spürte, dass die Gestalt näher kam. Noch zweihundert Meter bis zur Haustür. Ihre Hand umklammerte in der Tasche ihrer Barbourjacke den Schlüssel so fest, dass es an den Fingern schmerzte.

Jetzt waren es nur noch wenige Schritte bis zum Hauseingang. Die Gestalt war jetzt direkt hinter ihr. Tanja erschrak fast zu Tode, als der Unbekannte sie ansprach.

»Entschuldigen Sie, haben Sie mal Feuer?«

* * *

Es regnete seit Stunden wie aus Gießkannen. Die Autos, die am Stachus durch die Pfützen fuhren, verursachten schmutzige Spritzer auf dem Gehweg, wo der Wahlkampfstand aufgebaut war. Es war ein undankbarer Termin, denn niemand ging bei diesem Wetter freiwillig vor die Tür. Und die Passanten, die zum S-Bahnhof hetzten, hatten weder Lust noch Zeit, sich über die politischen Ziele des Bündnisses Rot-Grün-Blum zu informieren. Doch der Kalender mit den

Ortsterminen von Aschaffenburg bis Füssen war prall gefüllt und konnte auf Sauwetter keine Rücksicht nehmen. Und der Münchner Auftritt am Stachus war ein besonderer, weil heute zum ersten Mal das neue Wahlkampflogo der Öffentlichkeit vorgestellt wurde. Ansgar Schewe hatte dazu die lokalen Medien und die Landtagspresse eingeladen, und deshalb waren auch die Landeschefs der Grünen und der SPD, Sarah Junert und Volker Thoms, dabei. Einige Fotografen und eine Handvoll Journalisten waren gekommen sowie ein *dpa*-Praktikant, der den Auftrag hatte, den Waschzettel für die Redaktion mitzunehmen.

»Frau Landrätin, lächeln Sie doch mal ein bisschen!«, rief der Fotograf des *Merkur*. »Wir haben den Regen doch auch nicht bestellt.«

Pia Blum bemühte sich um ein freundliches Gesicht, während die nasse Kälte ihr von den Füßen den ganzen Körper hinaufkletterte. Sie beneidete die Kunden im Hugendubel oder im McDonald's und beschloss, sich dort einen *Latte macchiato* zu genehmigen, wenn sie diese Prozedur überstanden haben würde.

»Und können Frau Wuttke und Herr Thoms etwas näher an das Plakat herantreten?«, bat ein Agenturfotograf und deutete auf das Logo, das aus einem grünen Kreis mit roter Umrandung und einer darin abgebildeten blauen Blume bestand.

»Frau Blum, warum zeigt das Logo keine Sonnenblume, wie wir es von den Grünen gewohnt sind?«, fragte eine Reporterin, die offenbar sowohl für den Text als auch für Bilder zuständig war.

»Wie Sie schon sagen, hätte die Sonnenblume zu sehr Assoziationen mit der Partei der Grünen erweckt«, antwortete Blum.

Die Grünen-Chefin, die mit ihrer roten Pudelmütze und dem vermutlich selbstgestrickten Schal in schrillen Farben den buntesten Farbklecks auf dem gesamten Karlsplatz darstellte, ergänzte: »Wir wollten deutlich machen, dass unsere Spitzenkandidatin überparteilich ist. Die Grünen sind nur eine Bewegung, die hinter Pia Blum als künftiger Ministerpräsidentin steht.«

Ein kräftiger Windstoß drohte, den Sonnenschirm umzublasen, was Schewe mit einem raschen Handgriff verhinderte.

»Herr Thoms, auf diesem Logo wird die SPD quasi zur Randgruppe. Oder wie muss man die Grafik interpretieren?«, fragte ein älterer Herr, dessen Notizblock durch den Regen schon aufgeweicht war.

»Dies ist nur ein Wahlkampflogo, kein politisches Programm«, sagte Thoms, der erst vor wenigen Tagen nach dem Rücktritt von Helmut Windgassen vom Generalsekretär zum kommissarischen Landesvorsitzenden der SPD aufgerückt war. »Im Zentrum unserer Kampagne steht unsere unabhängige Spitzenkandidatin, die Oppositionsparteien bieten ihr die Plattform für den Sieg.« Bei diesen Worten reckte Thoms etwas unbeholfen den Daumen zuversichtlich in die Höhe, was ein kurzes Blitzlichtgewitter der Fotografen zur Folge hatte.

»Wird die SPD den Verlust von Helmut Windgassen als Parteichef überhaupt verkraften?«, fragte ein Mann, der sich als Peter Hilfringhaus von der *ATZ* vorgestellt hatte. »Er ist ein bei der Bevölkerung sehr angesehener und erfahrener Politiker, während Frau Blum in der Landespolitik bislang keine Rolle gespielt hat und mit ihren Positionen auch nicht für das sozialdemokratische Parteiprogramm steht.«

»Wir bedauern natürlich den Rücktritt von Herrn Windgassen«, sagte Thoms diplomatisch, dessen kleine runde Brille voller Regentropfen war und der auf seine krausen schwarzen Haare eine sportliche Baseballkappe gesetzt hatte. »Aber wir müssen seinen Schritt respektieren und unsere Energie jetzt darauf richten, die absolute Mehrheit der CSU zu brechen. Und die Umfragen beweisen, dass uns das mit Frau Blum eher gelingen kann als mit dem Personal, das uns bislang zur Verfügung stand.«

Die Journalisten wollten offenbar wieder rasch in ihre geheizten Redaktionsstuben zurück, daher stellte niemand mehr eine Frage. Alle verabschiedeten sich hektisch, und im Nu hatte sich der kleine Medienpulk wieder aufgelöst.

Eine ältere Dame näherte sich zögerlich dem Infostand und sprach die Landrätin an: »Entschuldigen S', san Sie die Frau Blum? Aus der Zeitung?«

Blum bejahte.

»Schee, dass i Eahna amoi persönlich triff«, sagte die Frau, die eine durchsichtige Regenhaube aus Plastik aufgesetzt hatte und einen Einkaufswagen hinter sich her zog. »I mecht Eahna bloß sogn, dass i Eahna wähl. I find's einfach guad, dass amoi andere Leid an d'Macht kemman. Und wos Sie in Eahnana Jugend gmacht ham, ja mei«, sie schaute ein wenig streng, als wollte sie ein kleines Kind ermahnen, »do sog i: Schwamm drüber. Weil inzwischen san'S ja a anständiger Mensch worn. I wünsch Eahna ois Guade.«

12. Kapitel

Litzka konnte es immer noch nicht ganz begreifen, dass er zum letzten Mal den Weg von der *ATZ* nach Hause fuhr. Es hatte plötzlich einen Sturzregen gegeben, weshalb er auf dem Mittleren Ring nur im Schneckentempo vorankam. Schulze-Wagenknecht hatte ihn nach seiner mündlichen Kündigung mit sofortiger Wirkung beurlaubt. Mit Hilfringhaus hatte er gar nicht mehr sprechen können, weil der auf einem Pressetermin von Pia Blum gewesen war. Er würde sicherlich aus allen Wolken fallen, wenn er in die Redaktion zurückkehrte und von Flitzers plötzlichem Abschied hörte. Litzka rechnete minütlich mit einem Anruf. Dann würde er Hilfringhaus alles erklären und ihn an seine eigenen Worte erinnern: »Irgendwann muss sich in diesem Job jeder zwischen Karriere und Familie entscheiden.«

Litzka wusste noch nicht, wie er die Neuigkeit Tanja mitteilen sollte. Sicherlich würde sie vor Freude aus dem Häuschen sein. Und nie wieder könnte sie ihm vorhalten, dass ihm sein Beruf wichtiger sei als Beziehung und Familie.

Es war kurz vor halb acht, als er für seinen Polo einen Parkplatz in der Forstenrieder Allee fand.

Sein kleiner Schirm trotzte flatternd dem Regen. Sein Handy piepte und signalisierte damit den Empfang einer Kurzmitteilung.

Das kann jetzt warten, dachte er und holte den Schlüssel aus seiner Jackentasche.

»Schatz, ich bin schon da. Und ich habe eine Überraschung«, rief er beim Betreten der Wohnung. »Schatz?«, fragte er nach, als er keine Reaktion vernahm. Er hängte seine Jacke an den Garderobenhaken und sah, dass die Schlafzimmertür verschlossen war. Der Spalt zwischen Fußleiste und Tür war dunkel. Sie war also schon zu Bett gegangen und schlief vermutlich. Sollte er sie wecken, um ihr die Neuigkeit zu berichten? Er war sicher, sich damit keinen Gefallen zu tun. Und so beschloss er, sich erst mal ein Käsebrot zu schmieren.

»Käsebrot ist ein gutes Brot«, summte er gut gelaunt einen Nonsens-Song von Helge Schneider leise vor sich hin, während er den Kühlschrank öffnete und die notwendigen Zutaten herausholte. Die Sortierung der Lebensmittel im Kühlschrank könnte man besser strukturieren, dachte er. Darum würde er sich als Hausmann kümmern, nahm er sich motiviert vor. Vielleicht würde er in seiner neuen Rolle ja richtig aufgehen. Die perfekte Mischung zwischen freiberuflicher Tätigkeit und Hausarbeit könnte ihm schon Spaß machen.

Jetzt fiel ihm die SMS wieder ein. Warum hatte Hilfringhaus nicht angerufen? Er ging in den Flur und fingerte aus der Jackentasche sein Handy hervor. Mit zwei Knopfdrücken holte er den Text der Mitteilung auf das Display.

Vor Schreck fiel ihm das Telefon aus der zitternden Hand.

»Tanja!«, schrie er aus vollem Hals, war mit drei Schritten vor dem Schlafzimmer, riss die Tür auf und schaltete die Deckenbeleuchtung ein.

Nichts. Das Bett war unberührt.

Eine Sekunde war er gelähmt durch den Schock. Dann ging er zurück in den Flur und hob das Handy wieder auf. Das Display hatte durch den Aufprall auf die Steinfliesen einen Riss bekommen. Aber die Nachricht war immer noch deutlich und unmissverständlich zu lesen:

WENN DU DEINE SCHNECKE WIEDERSEHN WILLST HOER AUF ZU SCHNUEFFELN!

Er wählte die Funktion Details anzeigen und sah, dass die Nachricht vor einer dreiviertel Stunde von Tanjas Mobiltelefon verschickt worden war. Jetzt bemerkte er, dass er noch eine ungelesene Nachricht gespeichert hatte.

HOER AUF ZU SCHNUEFFELN SONST KRIEGT DIE KLEINE SCHLAMPPE EINEN NEUEN JOB IN DER TSCHECHEI. UND KEINE POLIZEI!

Derselbe Absender, Empfangszeit vor wenigen Augenblicken. Litzka setzte sich auf sein Bett und versuchte, nicht in Panik zu geraten und seine Gedanken zu ordnen.

Konnte dies ein schlechter Scherz sein? Wohl kaum, das wäre nicht Tanjas Art. Und wenn sie ihr Handy verloren hatte? Nein, die Nachricht bezog sich eindeutig auf seinen Besuch im *Club 99*. Das konnte alles kein Zufall sein.

Sein erster klarer Gedanke war, Sonne anzurufen. Doch den verwarf er sogleich wieder. Möglicherweise wurde er beobachtet oder sonst wie überwacht. Und die Warnung »keine Polizei« war mehr als deutlich. Er durfte seine schwangere Freundin nicht gefährden. Wenn die Zuhälterbande dahintersteckte, dann verstünden die Kerle keinen Spaß, da hatte er keinen Zweifel.

Waren es Sekunden oder Minuten, die er regungslos auf dem Bett saß? Allmählich wurde ihm immer klarer, dass er es mit einer handfesten Entführung zu tun hatte.

Litzka fiel ein, dass Tanja und er für den Abend mit Jürgen verabredet waren. Dieses Treffen musste er absagen. So sehr er seinem Freund auch vertraute, er musste sich daran halten, was die Kidnapper von ihm verlangten. Dann würden sie Tanja gewiss rasch wieder freilassen.

Er drückte die Kurzwahl für die Mobilnummer von Jürgen Sonne. Der Hauptkommissar meldete sich nach zweimal Läuten fröhlich mit »Hallo Flitzer, was liegt an?«

»Hallo Jürgen, nur ganz kurz. Ich bin im Stress. Ich muss für heute Abend leider absagen. Tanja geht es nicht gut. Das ist hoffentlich okay. Wir holen das nach, ja? Also dann.« Er ließ Jürgen gar nicht zu einer Antwort kommen und drückte sofort die rote Taste.

* * *

»Was Wichtiges?«, fragte Holmsen.

»Ja. Nein. Äh, weiß nicht. Moment.« Sonne starrte verwirrt auf sein Handy. Dann drückte er die Rückruffunktion. Irgendwas stimmte mit Litzka doch nicht.

Es läutete ein Mal, dann wurde er weggedrückt.

Seltsam, dachte Sonne. Das ist doch nicht seine Art.

Er wollte sich später darum kümmern, jetzt begann die kleine Lage.

»Was gibt's Neues?«, fragte er in die Runde. Als sich niemand zu Wort meldete, sprach er Holmsen direkt an.

»Sherlock, was ist mit dem Notebook von Blums Pressefritzen? Hat er eine Erklärung dafür, dass er nach Liquid-Ecstasy gegoogelt hat?«

»Hat er nicht«, antwortete Holmsen kleinlaut.

»Was hat er nicht? Keine Erklärung?«

»Er hat nicht nach Gamma-Hydroxybuttersäure gesucht.«

»Was dann? Mensch, lass dir nicht alles aus der Nase ziehen!«

»Schewe hat sich im Netz informiert über die Gesamthafenbetriebs-Gesellschaft. Abgekürzt GHB. Nichts mit Drogen.«

»Gesamthafenwas?«, fragte Natascha.

»Die GHB ist der führende Personaldienstleister für die Hamburger Hafenwirtschaft. Kannst du alles nachlesen auf www.ghb.de. Sein Bruder wohnt in Hamburg und ist auf Jobsuche. Er hatte ihn gebeten, ihm die Seite im Internet auszudrucken und zu faxen. Ausdrucke und Faxprotokolle lagen noch im Papierkorb. Schewe hat keine Todestropfen im Web bestellt.«

»Na wunderbar«, seufzte Sonne. »Hast du dich wenigstens entschuldigt?«

»War nicht nötig. Er war sehr dankbar, das Gerät zurückzubekommen. Er meinte, wenn es der Wahrheitsfindung diene, helfe er gerne.«

»Und was hat dein Besuch bei Körber gebracht?«, wollte Natascha von Sonne wissen.

»Auch nicht viel. Er kommt als Täter natürlich nicht in Frage. Er war nachweislich die ganze Zeit in Griechenland, das hat Winter überprüft. Aber er hatte eine interessante These.«

»Nämlich?« Holmsen schaute auf.

»Dass die Latex-Fotos der Landrätin gar nicht so sehr geschadet haben. Sondern dass sie mit dem Bekenntnis zu ihrer unorthodoxen Vergangenheit bei ihrer Wählerklientel sogar punkten kann.

»Sag ich doch«, meinte Natascha. »Wenn sie Witz und Selbstironie hat, dann lässt sie sich für Wahlkampfplakate auch mit Latexhandschuhen fotografieren.«

»Also Frau Steinberg, ich muss doch schon bitten«, entrüstete sich Winter. »Politik und Showgeschäft sind noch zwei verschiedene Paar Schuhe.«

»Na ja, nicht immer«, sagte Holmsen. »Aber was hilft uns das bei der Ermittlung? Kann es ein anderes Motiv geben als die Dossiersammlung? Können wir ausschließen, dass Kirchgessner eine heimliche Geliebte hatte und wir es mit einem Eifersuchtsmord zu tun haben? Wäre ja nicht das erste Mal.«

»Der Gedanke kam mir auch schon«, sagte Natascha. »Diese mustergültige Ehe schien mir von Anfang an etwas suspekt.«

»Wir haben dafür nicht den geringsten Hinweis. Aber wenn du magst, kannst du sein Umfeld gerne noch mal daraufhin abchecken. Ansonsten treten wir auf der Stelle. Wir haben wohl keine andere Wahl als alle vorliegenden Spuren und Hinweise noch mal zu überprüfen und das Feld von vorne abzugrasen. Und auch bei Lohmann kommen wir nicht weiter.«

Sonne beschloss, Litzka nach den Ergebnissen seiner Recherchen zu fragen. Es wäre nicht das erste Mal, dass der Reporter, ohne es zu wissen, auf einen entscheidenden Hinweis gestoßen war. Doch dazu musste er zunächst herausbekommen, was mit Flitzer los war. Vielleicht sollte er Tanja anrufen und mal nachfragen.

Als die Kollegen alle den Besprechungssaal verlassen hatten und in ihre Büros verschwunden waren, wählte Sonne Tanjas Mobilnummer. Aber auch hier klingelte es ins Leere.

Er wollte nach Dienstschluss eh nach Fürstenried ins Altenheim zu Frau Buchholz fahren. Da würde er auf dem Weg kurz bei Frank und Tanja anklingeln.

So seltsam hatte sich Litzka noch nie verhalten. Irgendwas war im Busch.

* * *

Die Kabinettssitzung war routinemäßig verlaufen. Ministerpräsident Kaserer hatte Thema für Thema abgehakt und sich die Zustimmung der zuständigen Minister für die Beschlussvorlage aus der Staatskanzlei eingeholt. In weniger als zwei Stunden war die Tagesordnung abgearbeitet, und die

Regierungsmitglieder verließen den Sitzungssaal mit dem ovalen Konferenztisch.

»Du, Franz«, rief Kaserer dem Finanzminister zu.

Däxl schaute sich um. »Ja? Peter?«

»Alles in Ordnung bei dir?«

Däxl wunderte sich über die Frage. »Sicher. Was soll nicht in Ordnung sein?«

»Ich frag nur so. Ich kann mich doch auf dich verlassen, oder? Ich meine, dass mit der Amtsübergabe alles glatt läuft.«

Däxl wurde unruhig. Was bezweckte Kaserer mit der Fragerei? »Worauf willst du hinaus? Rück raus mit der Sprache. Du fragst doch nicht ohne Grund.«

Sie schritten gemeinsam den Gang unter der Glaskuppel entlang. Kaserer senkte seine Stimme etwas, was ihr einen verschwörerischen Unterton verlieh. »Ich meine wegen Kirchgessner. Ich habe vom Innenministerium einen Bericht bekommen, dass das PP München den Fall im Morddezernat führt. Dir ist doch hoffentlich klar, dass wir uns vor der Wahl keinen Skandal leisten können. Und dazu würde ich auch die Verwicklung in einen Mordfall im Büro des künftigen Ministerpräsidenten zählen.«

»Ja, das ist mir auch klar. Ich kann dir auf jeden Fall versichern, dass ich keinen Mord begangen habe und auch keinen Mörder decke. Mehr weiß ich nicht und will ich auch nicht wissen.«

»Franz, Menschenskind, warum begreifst du denn nicht?« Kaserers Ton wurde energischer. »Es geht hier nicht nur um dich. Es geht um uns alle. Es wäre doch ein gefundenes Fressen für dieses rot-grün-blumige Himmelfahrtskommando, wenn sie uns auch nur in die Nähe irgendwelcher krimineller Machenschaften rücken könnten, nachdem wir jahrelang unser Null-Toleranz-Konzept gegen alle Widerstände durchgeboxt haben und inzwischen auch auf sinkende Kriminalitätsraten et cetera verweisen können. Eine Mordermittlung in der Staatsregierung ... ein Unding! Schlimmer wäre da nur noch, du würdest deine Sekretärin schwängern.«

»Peter, ich kann dir versichern, dass ...«

»Franz! Du begreifst es immer noch nicht.«

»Aber was soll ich tun? Der Mordkommission Hausverbot im Finanzministerium erteilen?« Däxl schaute Kaserer fragend an.

»Sei nicht so naiv. Der Fall liegt doch nur deshalb noch beim PP München, weil niemand die politische Dimension des Falles erkennt. Ich denke, es dürfte argumentativ ein Leichtes sein, die Ermittlungen der Staatsschutzabteilung im LKA zu übertragen. Und dann hätten wir schon die nötigen Möglichkeiten, dafür zu sorgen, dass bis zur Wahl kein Aktionismus ausbricht und mit ruhiger Hand ermittelt wird. Wenn du verstehst, was ich meine. Kirchgessner wird eh nicht mehr lebendig.« Und leise fügte Kaserer hinzu: »Was vielleicht auch gut so ist.«

»Wie bitte?«

»Ach, nichts. Aber man hat sich über deinen Bürochef ja so einiges erzählt. Er war ein sehr einflussreicher Mann im Apparat. Vielleicht war er gelegentlich etwas zu einflussreich.«

»Aber was wollen wir jetzt tun?«

Die beiden Politiker waren am gläsernen Fahrstuhl angekommen, in den Däxl einsteigen musste, um in die Tiefgarage zu gelangen, wo sein Fahrer auf ihn wartete.

»Der Polizeipräsident will mehr Personal und interveniert heftigst gegen die geplanten Mittelkürzungen im nächsten

Doppelhaushalt. Er hat deswegen um einen Termin mit mir gebeten. Den wird er jetzt schnell kriegen, und ich werde ihm zusagen, dass wir mit gewissen Verschiebungen noch ein paar Streichmaßnahmen überdenken könnten. Im Gegenzug wird er sicher nichts dagegen haben, die Ermittlungen im Kirchgessner-Fall dem LKA zu übertragen. Franz, ich nehme an, du bist einverstanden. Es ist auch in deinem Sinne.«

Däxl nickte stumm.

* * *

Als Tanja erwachte, wusste sie nicht, wo sie war. Ihre Augen waren verbunden, man hatte ihr eine Art Mütze bis über die Augen gezogen. Mund und Nase waren frei. Erleichtert stellte sie fest, dass sie normal atmen konnte. Viele Entführungsopfer kamen deshalb ums Leben, weil sie in Panik erstickten.

Als ihr Gehirn an die Arme den Befehl sandte, die Mütze vom Kopf zu ziehen, stellte sie fest, dass ihre Hände auf dem Rücken zusammengebunden waren. Die Fesseln an den Handgelenken fühlten sich an wie Paketklebeband. Sie versuchte, sich zu erinnern. Der Unbekannte hatte sie nach Feuer gefragt, was sie ihm nicht geben konnte. Im selben Augenblick hatte er ihr ein Tuch über Mund und Nase gedrückt, vermutlich Chloroform oder Ähnliches. Danach wusste sie nichts mehr.

Warum bin ich verschleppt worden?, fragte sie sich. Und wo bin ich hier?

Sie überlegte, ob sie um Hilfe schreien sollte. Aber wenn dies effektiv gewesen wäre, dann hätten die Gangster sie gewiss geknebelt. Und wer wusste schon, wie lange sie mit ihren Kräften noch haushalten musste? Sie erinnerte sich an einen Crashkurs für *embedded journalists,* die ein paar Tage einen

Trupp der US-Armee in Afghanistan begleiten durften. Dort hatte sie einige Grundregeln für den Fall einer Entführung gelernt. Eine davon besagte, dass man die Kidnapper niemals provozieren und so weit wie möglich kooperieren sollte.

Hier hatte sie es aber nicht mit Taliban- oder Al-Qaida-Kämpfern zu tun.

Sie hielt den Atem an, um akustische Hinweise zu erhalten, wo sie sich befand oder wie spät es war. Sie lag auf einem weichen Bett in einem geheizten Zimmer. Und es war dunkel, was nichts über die Tageszeit aussagen musste. In der Luft hing ein süßlicher Duft, der an billiges Parfüm erinnerte.

Wenn sie sich konzentrierte, konnte sie gedämpfte Geräusche vernehmen. Waren es Schmerzensschreie? Wurden hier Menschen gefoltert?

Sie hörte noch ein paar Sekunden zu, dann erkannte sie, dass es sich um eine Art lustvolles Stöhnen handelte. Es war aber derart übertrieben, dass es ihr einen Hinweis auf ihren Aufenthaltsort gab. Es musste sich um ein Bordell handeln.

Hatte die Sache etwas mit Franks Recherche zu tun?

Sie hatte Angst.

Auch Tanjas Füße waren mit Klebeband aneinandergebunden. Sie versuchte, sich von dem Bett herunterzurollen, und robbte blind über einen rauen Teppichboden, dabei stieß sie einen Gegenstand um, vielleicht eine Stehlampe, und verursachte damit ein ziemliches Geschepper.

Sie erwog, um Hilfe zu rufen. Doch ihre Überlegungen wurden jäh unterbrochen durch das Geräusch eines Schlüssels, der sich in der Tür drehte. Dann wurde die Tür ruckartig geöffnet, und eine Männerstimme ertönte.

»Ich glaub, die Schlampe ist jetzt wach.«

* * *

Litzka ging nervös in der Wohnung auf und ab. Schon anderthalb Stunden wartete er darauf, dass sich die Entführer wieder meldeten. Alle zwanzig Sekunden schaute er auf sein Handy, das aber nichts anderes anzeigte als die langsam dahinfließenden Minuten. Hatten sie gemerkt, dass er Sonne kontaktiert hatte? Aber es war das persönliche Handy des Kommissars, das müsste völlig unverdächtig sein. Hatte er einen anderen Fehler gemacht und Tanja damit unbeabsichtigt in Gefahr gebracht? Und mit ihr das Baby?

Sein Verstand ließ keinen Zweifel daran, dass es besser wäre, trotz der Warnung die Polizei zu rufen. In entsprechenden Szenen in Fernsehkrimis hatte er nie verstanden, warum die Opfer der Polizei nicht vertrauten. Jetzt wusste er, dass es eine irrationale Angst davor war, einen verhängnisvollen Fehler zu begehen. Ihm war klar, sein Freund Jürgen würde es ihm nie verzeihen, dass er ihn dieses eine und vielleicht entscheidende Mal nicht ins Vertrauen gezogen hatte. Und auch Tanja würde es ihm nie verzeihen, in welche Gefahr er sie gebracht hatte. Und am allerwenigsten würde er selbst es sich verzeihen, wenn seiner geliebten Freundin auch nur ein Haar gekrümmt würde.

Aber was sollte er tun? Wieder schaute er auf sein Handy.

Es läutete. Aber es war nicht sein Telefon. Sondern die Türklingel.

13. Kapitel

Schön, dass Sie so kurzfristig Zeit gefunden haben, Herr Steinmayr«, sagte Hartmut Stapper und lehnte sich in seinen Chefsessel zurück. Das Büro des Polizeipräsidenten war so gemütlich wie eine Bushaltestelle im Schneeregen. Die Einrichtung stammte noch aus den Achtzigerjahren und hätte auch als Kulisse für *Derrick* dienen können. Die fällige Renovierung seines Dienstzimmers hatte Stapper stets mit der Begründung abgelehnt, er gebe lieber Geld für Opferschutzprogramme aus als für Designer-Schreibtischlampen.

Kriminaldirektor Horst Steinmayr folgte der Aufforderung, sich in dem Besucherstuhl niederzulassen. Stapper hatte ihn ganz kurzfristig zu sich bestellt, und Steinmayr hatte dafür die tägliche Lagebesprechung der Kommissariatsleiter im Dezernat 11 absagen müssen.

»Was gibt es denn so Dringendes, Herr Präsident?«

Stapper räusperte sich und fingerte mit einem Brieföffner herum, den er vermutlich niemals benutzte, weil die Post natürlich im Vorzimmer geöffnet und sortiert wurde.

»Es geht um die Personalausstattung im neuen Jahr. Auch in Ihrem Dezernat. Wir haben da ja einige unbesetzte Planstellen ...«

»Richtig, Renate Blombach wurde nicht wieder ersetzt. Und auch nach der Pensionierung von Alfred Winter haben wir ein Loch in der MK1.«

»Ein Zustand, der nicht länger zu tolerieren ist, da haben Sie vollkommen recht, Herr Steinmayr.«

Steinmayr glaubte, sich verhört zu haben. Schließlich war es Stapper, der mit Blick auf das Sparprogramm der Staatsregierung immer wieder betont hatte, ihm seien die Hände gebunden, er müsse die Vorgaben einhalten, die Personalkosten seien gestiegen, der Etat gekürzt. Und so weiter.

»Was wollen Sie mir damit sagen, Herr Präsident?«

»Ich kann Ihnen mitteilen«, Stapper beugte sich ein Stück nach vorne, »dass mein nachhaltiges Intervenieren im Innenministerium und in der Staatskanzlei nicht auf taube Ohren gestoßen ist. Kaserer persönlich hat mir heute zugesichert, dass wir im Nachtragshaushalt einen ausreichenden Sonderposten bekommen, der uns die sofortige Besetzung sämtlicher freien Planstellen in Ihrem Dezernat ermöglicht.« Stapper erhob sich aus seinem Sessel und setzte ein künstliches Strahlen auf. »Was sagen Sie nun, Herr Steinmayr?«

Der Dezernatsleiter war sprachlos. Damit hatte er nicht gerechnet. »Ähm, ja, das ist eine sehr gute Nachricht. Wie kommt es zu diesem plötzlichen Sinneswandel?«

»Die Kraft meiner Argumente hat letztendlich überzeugt. Sie wissen doch, dass Sie sich auf mich verlassen können.« Stapper ging an seinem Schreibtisch vorbei und streckte Steinmayr die Hand aus. Steinmayr erhob sich und bedankte sich, ohne seine Verblüffung verbergen zu können.

»Die internen Ausschreibungen werde ich noch heute im Personalreferat veranlassen«, sagte der Polizeipräsident. »Sie können davon ausgehen, dass Sie zum Jahreswechsel kompetente Nachfolger in Ihrem Dezernat sitzen haben.«

Stapper geleitete Steinmayr zur Tür. Kurz bevor er sie öffnete, hielt er inne. »Ach ja, eine Kleinigkeit wäre da noch.«

* * *

»Was ist das hier für ein Lärm?«, fragte der Mann und zog ihr die Mütze vom Kopf. Das Licht, das der Deckenfluter verbreitete, blendete sie. Der Raum war viel kleiner, als sie geglaubt hatte. Und der Mann war nicht der, der sie vor der Haustür angesprochen hatte. Er war einen Kopf kleiner, dafür kräftiger. Er war Mitte dreißig, hatte ein pockennarbiges Gesicht, einen schwarzen Schnauzbart und dichtes schwarzes Haar. Auch wenn er fremdländisch aussah, war kein Akzent zu erkennen. In der rechten Hand hielt er ein blaues Handy. Es war dasselbe Modell wie ihres.

Warum ist er nicht maskiert?, fragte sich Tanja. Haben sie schon beschlossen, mich umzubringen? Es handelte sich offenkundig nicht um einen verrückten Einzeltäter, sondern um eine Bande.

»Was wollen Sie von mir? Warum haben Sie mich verschleppt? Wer sind Sie?« Tanja versuchte, nicht zu wimmern, sondern selbstsicher zu klingen.

»Hier werden keine Fragen gestellt, junges Fräulein. Für deine Situation kannst du dich bei deinem Freund bedanken. Er hat nicht nur zu verantworten, dass du hier unser Gast bist. Er hat auch die Polizei eingeschaltet, obwohl wir ihn ausdrücklich davor gewarnt haben.«

»Ich versteh nicht ...«, stammelte Tanja und versuchte, sich aufzurichten.

»Und was hat dann das hier zu bedeuten?« Der Mann hob die rechte Hand und zeigte ihr das Handy. An dem selbst angebrachten, roten Schlüsselbändchen erkannte sie, dass es ihr eigenes Telefon war. Sie hatten es ihr also abgenommen.

»Was denn? Was ist mit meinem Handy?«

»Es hat geläutet. Im Display wurde angezeigt *Kommissar Sonne*. Ich weiß ja nicht, wie dämlich die heute bei der Polizei sind ...«

»Aber Jürgen Sonne ist ein Freund von meinem Freund. Und ich kenne ihn auch. Privat!«

»Verkauf mich nicht für dumm, du Flittchen! Wir wollten deinem Frank eigentlich nur einen kleinen Schrecken einjagen, damit er seine elende Schnüfflernase nicht in Angelegenheiten steckt, die ihn nichts angehen. Dann hätten wir dich auch schnell wieder laufen lassen. Aber jetzt läuft das Spiel anders. Tut mir leid für dich.«

Der Mann ließ das Handy auf den Boden fallen, dann trat er darauf und drehte den Fuß, als würde er eine Zigarette austreten. Das Plastikgehäuse zerbrach und knirschte unter seiner Sohle. Dann trat er das zerstörte Telefon mit der Fußspitze mit voller Wucht gegen die Wand, sodass es nach dem Aufprall in zwei Teile zerbrach.

Tanja konnte sich nicht mehr beherrschen und begann zu weinen. Die Art, wie der Unbekannte das Handy brutal zerstörte, ließ sie Schlimmes befürchten. »Was machen Sie jetzt mit mir?«, fragte sie.

»Wart's ab«, war die wenig verheißungsvolle Antwort.

* * *

»Du?«

Litzka schien überrascht, als er Jürgen Sonne die Tür öffnete. Dann wich die Überraschung blankem Entsetzen. »Was willst du hier? Ich habe dir doch gesagt, dass es heute nicht geht!«

»Du kannst deine Freude ruhig ein bisschen zügeln«, erwiderte Sonne ironisch. Er wunderte sich über Litzkas Zustand. So aufgewühlt hatte er ihn noch nie erlebt.

»Lass uns später in Ruhe reden, es geht jetzt nicht«, sagte Litzka und verschloss die Tür vor Sonnes Nase.

»Hey, Flitzer, was ist los mit dir?« Sonne trommelte mit der Faust vor die Tür. »Ich wollte doch bloß kurz Hallo sagen. Bin in fünf Minuten wieder weg. Ich habe auch versucht, Tanja Bescheid zu sagen, aber sie ist nicht ans Telefon gegangen.«

Mit einem Ruck wurde die Tür wieder aufgerissen.

»Was hast du?«, schrie Litzka ihn an. »Du hast Tanja angerufen? Auf dem Handy?«

Sonne erschrak über die wütende, fast hysterische Reaktion seines Freundes und trat unwillkürlich einen Schritt zurück.

»Dann komm verdammt noch mal rein!« Litzka zerrte Sonne am Ärmel. »Jetzt ist es eh zu spät.«

Nun wurde auch Sonnes Tonfall energischer: »Sag mir endlich, was hier vor sich geht! Bist du völlig durchgedreht? Und wo steckt Tanja?«

Litzka schloss die Wohnungstür wieder und wurde mit einem Mal ruhiger. »Das möchte ich auch gerne wissen.« Er atmete einmal tief durch. »Sie wurde entführt.«

Sonne glaubte erst, sich verhört zu haben. Dann schaute er Litzka an und fragte sich, ob er sich einen Scherz erlaubte. Doch es bestand kein Zweifel daran, dass er seine Worte ernst meinte.

»Sie wurde entführt?«, fragte Sonne trotzdem nach. »Von wem? Warum?«

»Wenn ich das wüsste! Aber wer auch immer es ist, er glaubt jetzt, dass ich die Polizei gerufen habe, weil deine Nummer in ihrem Handy mit einer eindeutigen Bezeichnung gespeichert ist.«

»Moment, Moment, immer schön der Reihe nach. Was ist eigentlich passiert?«

Litzka bat Sonne ins Wohnzimmer und bot ihm einen Platz an. Er selbst blieb stehen und berichtete, was er wusste.

Sonne staunte mit jedem Wort mehr. Als Litzka fertig erzählt hatte, fragte er: »Und du glaubst wirklich, dass Michalczak und seine Leute dahinterstecken?«

»Wer sonst?«, entgegnete Litzka. »Das ist die einzige heikle Sache, mit der ich mich momentan beschäftige.«

»Und seitdem hat sich niemand mehr gemeldet?«

»Nein, niemand.«

»Verdammte Scheiße. Wir müssen was tun, das ist dir hoffentlich klar.«

Litzka seufzte. »Aber was?«

»Als Erstes lassen wir das Handy orten. Und dann nehmen wir alle Läden von diesem Michalczak hoch.«

»Wenn du meinst, dass das etwas bringt.« Litzka schien zu resignieren.

So kannte Sonne ihn gar nicht.

* * *

Es war eine undankbare Aufgabe, die Peter Hilfringhaus zu erledigen hatte. Normalerweise räumten Kollegen, die den Verlag verließen – und davon hatte es in den vergangenen Jahren einige gegeben – ihren Schreibtisch selbst. Sogar Flitzer hatte nach seiner überstürzten Kündigung, die er sich hoffentlich noch mal überlegen würde, noch seine wichtigsten Unterlagen in eine Aldi-Plastiktüte gepackt und seine Festplatte aufgeräumt. Lohmann hatte dazu keine Gelegenheit mehr gehabt. In einem großen Umzugskarton landeten seine persönlichen Dinge, von dem im Internetzeitalter überflüssig gewordenen fünfzehnbändigen Brockhaus-Lexikon bis zu der Aspirinschachtel in seiner Schublade. Hilfringhaus war es unangenehm, die Schränke seines bisherigen Chefs zu öffnen. Aber jemand musste es ja tun.

Es war ein seltsames Gefühl, sich jetzt in diesem Raum aufzuhalten. Niemals war er allein in Lohmanns Büro gewesen, immer nur in Anwesenheit des Chefredakteurs, was wiederum stets eine gespannte Atmosphäre zur Folge hatte. Lohmann war unberechenbar gewesen. Wer in sein Büro bestellt wurde, konnte nie sicher sein, ob es um eine harmlose Terminabsprache oder eine Abmahnung ging. Und auch in den wöchentlichen Ressortleiterbesprechungen, die in Lohmanns Büro stattfanden, schien immer ein unsichtbares Schwert über der Runde zu hängen, das in jeder Sekunde über dem Kopf eines jeden Beteiligten niedergehen konnte. Diese gespannte, zum Teil furchteinflößende Stimmung war es, die diesen Raum charakterisierte. Und umso gespenstischer war es jetzt, sich in Lohmanns Büro aufzuhalten, ohne auch nur das Geringste befürchten zu müssen.

Hilfringhaus öffnete die unterste Schublade des Rollcontainers. Er enthielt einen großen Stapel Blätter, vorwiegend ausgedruckte E-Mails, kopierte Zeitungsartikel oder aus Zeitschriften ausgerissene Seiten, das Redaktionshandbuch in einer zehn Jahre alten Version, Vordrucke für Sonntagszuschläge, Urlaubsanträge ...

Dann fiel ihm ein Umschlag in die Hände, auf dem in Lohmanns unverkennbarer Handschrift groß und deutlich notiert war: *Im Falle, dass mir etwas zustößt, bitte öffnen.*

Hilfringhaus zitterten die Hände. Was sollte er tun? Den Umschlag der Schulze bringen? Oder gar dem Alten? Instinktiv beschloss er, das Kuvert selbst zu öffnen. Die notierte Anweisung war schließlich eindeutig und richtete sich offenkundig an den Finder. Er griff zu einem Kugelschreiber, der auf Lohmanns Schreibtisch lag, und missbrauchte ihn als Brieföffner. Er holte ein zusammengefaltetes Blatt hervor. Hastig faltete er es auseinander. Nur eine Zeile war handschriftlich notiert:

C:\dokumente\lohmann\privat\dienstag.doc

Eine Pfadangabe einer Word-Datei auf einem Computer. Vermutlich Lohmanns PC. Hilfringhaus schaltete den Rechner ein und wartete, bis alle Programme hochgefahren waren. Die Minuten kamen ihm wie Ewigkeiten vor. Dann startete er Word und klickte auf *Datei öffnen*. Er klickte sich durch die Verzeichnisse, bis er das angegebene Dokument fand. Ein Doppelklick öffnete eine Passwortabfrage. Erstaunlich, welche technischen Finessen Lohmann beherrschte.

»Wie nennen mich die Mitarbeiter hinter meinem Rücken?«, stand auf dem Bildschirm, dahinter blinkte erwartungsvoll der Cursor.

Das gibt es doch nicht, dachte Hilfringhaus. Vorsichtig tippte er Buchstabe für Buchstabe ein: *S T A L I N*.

Dann *Enter*. Und tatsächlich, es öffnete sich eine Textdatei. Lohmann hatte also seinen Spitznamen gekannt, obwohl niemals jemand gewagt hatte, ihn in seiner Anwesenheit so zu nennen.

Der Mann wird mir immer unheimlicher, dachte Hilfringhaus und setzte sich auf den Chefstuhl. Dann las er das Dokument, das ohne Anrede oder Einleitung begann.

Sollte eine Situation eingetreten sein, in der jemand diese Zeilen liest, so waren möglicherweise meine schlimmsten Befürchtungen nicht unbegründet. Ich erfreue mich bester Gesundheit, und auch wenn es mir manche wünschen mögen: Mit einem vorzeitigen Ableben auf natürliche Weise ist nicht zu rechnen. Umso mehr befürchte ich, dass andere Menschen, denen ich zurzeit alles zutraue, meine Beförderung ins Jenseits vorantreiben wollen. Ich hoffe, bald alle Beweise beisammen zu haben, um selbst an die Öffentlichkeit und zur Polizei zu gehen. Doch bis dahin fürchte ich um mein Leben. Und damit meine Erkenntnisse nicht verloren gehen, schreibe ich sie hier nieder. Ich habe keinen Zweifel daran, dass dieses Dokument gefunden wird.

Vor über einem Jahr erhielt ich eine Einladung zu einem informellen Hintergrundgespräch der Bronco AG. Da es sich um einen der größten Arbeitgeber im Verbreitungsgebiet unserer Zeitung handelt, sagte ich zu. Außer mir waren noch andere einflussreiche Vertreter aus Medien und Politik zugegen. Es floss reichlich Alkohol, die Gastgeber, in Person eines Herrn Florian Dempf, scheuten keine Kosten und Mühen. Es wurde eine regelmäßige Runde, die immer lockerer wurde. Bald kamen auch Frauen ins Spiel. Bezahlte Frauen, angeblich Mitarbeiterinnen eines Escort-Services. Doch an dieser Darstellung kamen mir bald Zweifel, die ich aber nicht belegen konnte. Fest stand nur, dass die meisten Frauen aus Osteuropa kamen und kaum Deutsch sprachen. Meine direkte Frage an Dempf, ob dies auch alles legal sei, wurde mit einem Scherz beantwortet. Meine Zweifel blieben. Und sie verstärkten sich vor einem halben Jahr, als Folgendes geschah.

Holger Münstermann, ein hoher Mitarbeiter in der Baubehörde, glaubte, sich in eins der Mädchen namens Maria verliebt zu haben. Sie wurde für den jungen Beamten eine Art tschechische Pretty Woman. *Und er wollte sie als eine Art bayerischer Richard Gere aus dem Milieu herausholen. Wenige Wochen später tauchte Maria als Selbstmordopfer Nummer 24 in der Polizeistatistik auf. Sie hatte sich angeblich in ihrem Vierzehn-Quadratmeter-Appartement erhängt. Münstermann kam nie wieder zu den Dienstagstreffen.*

Wieder sprach ich Dempf an. Ich hätte es mit meinem Gewissen nicht länger vereinbaren können, wenn sich mein Verdacht bestätigt hätte.

Seine Antwort lautete, niemand zwinge mich, zu den Treffen zu kommen. Und einen Tag später waren die Reifen an meinem Auto zerstochen. Für mich war sofort klar, dass es sich um eine Warnung handelte.

Ich werde dieser Sache weiter auf den Grund gehen und keine Ruhe geben, bevor ich sicher bin, es mit Menschenhändlern zu tun zu haben oder nicht.

Wenn mir etwas zustößt, dann sollten die Ermittlungen bei Florian Dempf von der Bronco AG ihren Ausgang nehmen.

Vor dem nächsten Absatz war ein größerer Zwischenraum eingefügt.

Bei der Gelegenheit möchte ich noch etwas anderes hinzufügen: Ich weiß, dass mein Führungsstil umstritten ist. Ich weiß auch, dass ich gelegentlich Menschen und Kollegen vor den Kopf gestoßen habe. Ich habe gewiss viele Fehler gemacht. Aber eins möchte ich versichern: Es ging mir immer um das Produkt, nie um den Menschen. Ich habe niemals jemanden verletzen wollen. Wenn dies doch geschehen sein sollte, bitte ich um Nachsicht. Wolfgang Lohmann

Hilfringhaus las den Text ein zweites Mal. Hatte dies wirklich Lohmann geschrieben? Das Ekelpaket? Sollte er ein Diktator mit menschlichem Antlitz gewesen sein, das nur den meisten verborgen geblieben war?

Er musste mit jemandem über diesen Brief reden. Und da fiel ihm nur ein Mensch ein. Litzka.

* * *

Die Schicksalssinfonie war das Letzte, was er jetzt gebrauchen konnte. *Peter Hilfringhaus,* las Litzka im Display seines Handys und drückte auf *Gespräch abweisen.* »Wie lange brauchst du, um den Standort des Handys orten zu lassen?«, fragte er Sonne.

»Nicht lange. Technisch ist das inzwischen Routine. Eigentlich bräuchten wir dazu einen richterlichen Beschluss. Den können wir aber in diesem Fall auch nachträglich einholen. Gefahr im Verzug lautet das Zauberwort.«

»Dann quatsch nicht, sondern mach!« Wenn schon Polizei, dann auch mit allen Mitteln, dachte Litzka, der sich nun doch langsam wohler fühlte, seitdem Sonne Bescheid wusste.

»Ich ruf sicherheitshalber noch Horst an. Der wird keine Einwände haben. Aber mit dem Okay des Dezernatsleiters sind wir auf der sicheren Seite.«

Noch während er sprach, hatte Sonne in seinem Handy die Kurzwahl von Horst Steinmayr betätigt.

»Horst, servus, ich bin's. Ich brauche nur schnell dein Okay für eine Mobilfunkortung. Wie es ausschaut, haben Michalczaks Leute die Freundin von ... Was? ... Nicht dein Ernst?« Sonnes Gesichtsausdruck hatte sich schlagartig verändert.

Litzka blickte ihn fragend an. Welche Probleme gab es noch? Sie durften keine Minute verlieren. Tanja schwebte vielleicht in ernster Gefahr. Und das Baby!

»Horst? Hallo? Bist du noch dran?« Sonne sprach jetzt lauter in sein Mobiltelefon. »Horst! Sag mir doch, was los ist! Warum dürfen wir nicht mehr ermitteln? Hallo?«

»Was soll das heißen?«, fragte Litzka. »Was soll der Unsinn?«

Sonne unterbrach die Verbindung. »Seltsam. Mein Handy zeigt vier Balken, und trotzdem hat er mich nicht mehr gehört. Oder hat er etwa ...« Sonne grinste. »Ein Schlitzohr.«

Litzka verstand gar nichts mehr. »Was zum Teufel wird hier gespielt?«

»Ich glaube, Horst hat eine schlechte Verbindung vorgespielt, um mir nicht die Handyortung zu untersagen. Aus irgendwelchen Gründen sind wir von den Ermittlungen abgezogen, der Fall liegt jetzt beim LKA.«

»Aber bei einer Entführung ...«

»So weit hat er mich ja gar nicht zu Wort kommen lassen. Gewiss hätte er dann grünes Licht gegeben. Aber das ist jetzt auch egal. Ich leite alles telefonisch in die Wege.«

Es dauerte nur wenige Minuten, bis Sonne die entsprechenden Kontaktpersonen in der Vodafone-Zentrale erreicht hatte. Er autorisierte sich mit einem geheimen Passwort, gab Tanjas Nummer durch. Dann mussten sie nur noch abwarten.

Vermutlich waren es nur wenige Minuten. Aber sie fühlten sich an wie Stunden.

»Wie lange müssen wir noch warten? Verdammt!« Litzka wurde immer ungeduldiger.

»Wir können nichts anderes tun«, versuchte Sonne, ihn zu beruhigen. »Es kann nicht mehr lange dauern.«

»Und was tun wir, wenn wir den Standort wissen?«

»Du tust überhaupt nichts. Meine Kollegen und ich werden hinfahren und nachschauen.«

Dann ertönte das erlösende Klingeln.

»Und?«, rief Sonne in das Gerät hinein. Dann zischte er nur ein enttäuschtes »Scheiße.«

Oh nein, dachte Litzka, ohne zu wissen, was Sonnes Fluch konkret bedeutete.

»Und zuletzt?«, fragte Sonne seinen Gesprächspartner. Dann signalisierte er Litzka mit Gesten, dass er etwas zum Schreiben brauche. Hatte er also doch etwas Brauchbares in Erfahrung bringen können? Litzka sprang auf, öffnete eine Schublade so ruckartig, dass er sie komplett aus der Kommode herausriss und sich dabei der ganze Inhalt über den Teppichboden verteilte. Er zog einen Schreibblock aus dem unübersichtlichen Haufen, und während er nach einem Stift suchte, hörte er Sonne »Einen Moment noch« ins Telefon sagen. Dann fand er einen Bleistift, den er ihm in die Hand drückte.

»Und?«, fragte Litzka, nachdem Sonne das Gespräch beendet hatte.

»Kein Signal. Tanjas Telefon ist ausgeschaltet. Aber wir wissen den Standort, wo es zum letzten Mal im Netz war.

Und zwar vor einer knappen Stunde. Weit weg kann sie sich von dort nicht bewegt haben. Hast du einen Stadtplan?«

Litzka nickte. In der Schublade war auch ein Falk-Plan von München. Sonne suchte im Register, schlug dann eine Seite auf, die den Norden der Stadt zeigte. Mit dem Finger deutete er auf eine Stelle, dann zeichnete er mit dem Bleistift einen Kreis mit einem Radius von etwa fünf Zentimetern.

»Irgendwo hier. Triebstraße. Euro-Industriepark.«

»Da ist ein Puff neben dem anderen«, stellte Litzka fest.

»Du wartest hier. Ich rufe die Kollegen und ordere einen Trupp von der Bepo. Sicher ist sicher. Notfalls machen wir in jedem Rotlicht-Laden dort eine Razzia. Sie wird wohl kaum in einem Möbel-Discounter oder einem Elektromarkt gefangen gehalten.«

»Jürgen!« Litzka musste nicht mehr sagen. Er konnte unmöglich hier allein herumsitzen, während Sonne und seine Kollegen Tanja suchten.

Sonne zögerte einige Sekunden, dann schien er ein Einsehen zu haben und sagte: »Also gut, komm.«

Während sie zu Sonnes Auto liefen, informierte der Kommissar seine Kollegen von der MK und die Einsatzzentrale der Bereitschaftspolizei. Auch ein Mobiles Einsatzkommando ließ er in Bereitschaft versetzen.

Ich will schwer hoffen, dass wir das MEK nicht brauchen«, murmelte Litzka vor sich hin.

»Triebstraße«, sagte Sonne, als er im Wagen mit der rechten Hand die Adresse in das Navigationssystem eintippte und mit der linken das Blaulicht aufs Dach montierte. »Der Straßenname wäre schon selten komisch, wenn es nicht gerade verdammt ernst wäre.«

»Fahr endlich los!«, drängte Litzka.

14. Kapitel

Ein bisschen schneller, du Flittchen. Und keinen Mucks, hast du verstanden?«

Tanja nickte wortlos. Sie spürte einen harten Gegenstand zwischen ihren Rippen und vermutete ein Messer oder eine andere Waffe. Der Mann hinter ihr stieß sie unsanft an. Die Fußfesseln hatte er ihr gelöst, damit sie gehen konnte. Die Arme waren ihr immer noch auf den Rücken gebunden. Sie wusste nicht, was die Kidnapper mit ihr vorhatten. Sicher war nur, dass sie an einen anderen Ort gebracht werden sollte. Sie gingen über einen Flur, an dessen Wänden Gemälde hingen, die nackte Frauen in lasziven Posen darstellten. Die Türen waren mit Zahlen in roten Herzen nummeriert. Eine Tür stand offen, in einer kleinen Kammer lief eine Waschmaschine. Hinter der nächsten Tür waren eindeutige Geräusche zu hören. Sie kamen zu einer Tür mit einem Guckloch, die in ein mit roten Lampen erhelltes Treppenhaus führte. Nach zwei Treppen standen sie auf der Straße. Eine Gegend, die Tanja völlig unbekannt vorkam.

»Ich sag's noch mal. Eine falsche Bewegung, und du bist eine tote Maus.«

»Schon gut, schon gut«, sagte Tanja leise. Soweit sie die Straße überblicken konnte, wäre aber auch niemand in der Nähe gewesen, der ihr hätte helfen können.

»Wohin bringen Sie mich?«

»Halt die Klappe! Wir machen einen kleinen Ausflug. Da vorne, das Auto.«

Das ist keine typische Zuhälter-Karre, dachte Tanja und blickte auf einen schwarzen oder dunkelblauen Q7. Er stand etwa fünfzig Meter vom Eingang des Bordells entfernt auf einem Parkplatz, der offenbar zu dem Etablissement gehörte. Tanja hatte keine Ahnung, wie spät es war, ob sie fünf Minuten oder fünf Stunden ohne Bewusstsein gewesen war.

Motorengeräusch war in der Ferne zu hören. Ein Auto näherte sich, es fuhr sehr langsam, fast Schritttempo. Der Mann wurde nervös, zerrte sie ruckartig hinter einen Mauervorsprung, presste ihr seine linke Hand vor den Mund und drückte mit der anderen Hand das Messer an ihren Hals. Sie spürte die kalte Klinge und litt Todesangst. Nicht wegen des Messers an der Kehle, sondern weil ihr die Luft wegblieb. Das Auto fuhr vorbei. Ein Streifenwagen. Ihr Herz raste. Selbst wenn sie hätte schreien wollen, die kräftige Hand schien ihr zartes Gesicht beinahe zu zerdrücken.

Ob man schon nach ihr suchte? Oder fuhr die Polizei routinemäßig Streife in den einschlägigen Bezirken? Als der Polizeiwagen vorbeigefahren war, lockerte sich die Hand, und Tanja schnappte nach Luft.

»Wollen Sie mich umbringen?«, japste sie. »Ich wäre beinahe erstickt.«

»Klappe halten und einsteigen«, kam die Antwort im Kommandoton, der keinen Widerspruch zuließ.

Tanja hatte nicht die geringste Ahnung, wohin sie gebracht werden sollte. Sollte sie in einem einsamen Waldstück getötet werden? Die Vorstellung, als Leiche mit Laub in einem Erdloch verscharrt und mit Blättern und Ästen zugedeckt zu werden, machte ihre Situation nicht gerade behaglicher. Der Kidnapper schien allein zu sein. Wenn sie erst mal im Auto saß, hätte sie keine Chance mehr. Sie musste den Moment nutzen, wenn er das Auto aufschloss. Er würde einen Schlüssel irgendwo aus der Tasche holen müssen und wäre vielleicht einen Sekundenbruchteil abgelenkt.

In diesem Augenblick erleuchteten die Blinklichter des Wagens, und die Schlösser sprangen auf. Er hatte die Fernbedienung also bereits in der Hand. Dann griff er mit der rechten Hand zur Autotür, wodurch er sie einen Moment nicht festhalten konnte und nur die Klinge des Messers ihren Hals berührte.

Jetzt oder nie!, dachte sie. Blitzschnell schoss ihre Hand vor, mit voller Wucht riss sie die Autotür auf, deren obere Kante ihm genau vor die Stirn prallte und ihn laut aufschreien ließ. Im gleichen Moment fiel sein Messer klirrend auf den Boden, er torkelte, machte zwei wankende Schritte nach hinten, gewann aber sofort das Gleichgewicht zurück. Tanja sah, dass sie ihm eine Platzwunde am Kopf zugefügt hatte. Das Blut lief ihm am Auge entlang die Wange hinunter. Doch einen Augenblick später stand er wieder fest auf beiden Beinen und rief: »Du verdammte Hure! Ich bring dich um!«

* * *

Litzka saß auf dem Beifahrersitz. Langsam fuhren sie durch das Gewerbegebiet im Münchner Norden. Dunkle Wolken waren aufgezogen, es hatte leicht zu regnen begonnen. Sonne schaltete die Scheibenwischer ein.

»Hier muss es irgendwo sein«, sagte er.

»Wo wollen wir anfangen? Wenn in einem dieser Läden eine Razzia startet, sind doch im Nu alle anderen gewarnt.« Litzka seufzte. War Tanja hinter einem dieser mit rotem Neonlicht erleuchteten Fenster gefangen?

»Das Sinnvollste wäre eine Großrazzia, bei der wir gleichzeitig in allen einschlägigen Objekten zuschlagen. Aber das braucht Zeit zur Vorbereitung und muss von den zuständigen Dezernaten koordiniert werden.«

»Wie lange würde das dauern?«, wollte Litzka wissen.

»Wir könnten nicht vor morgen früh loslegen. Und Horst müssten wir natürlich auch einweihen.«

Beethoven ertönte. Litzka schaute auf sein Handy. Es war wieder Hilfringhaus. Er nahm das Gespräch jetzt an. »Was ist, Peter? Es ist gerade schlecht. Sorry, dass ich dir nicht vorher von der Kündigung erzählt habe. Es ging alles sehr ...«

»Flitzer, deswegen ruf ich jetzt nicht an«, sagte Hilfringhaus am anderen Ende der Leitung. »Ich habe in Lohmanns Schreibtisch einen Brief gefunden. Eine Art Testament. Er war irgendeiner Bande von Menschenhändlern auf der Spur und fürchtete um sein Leben, er fühlte sich bedroht. Darum hat er alles aufgeschrieben und auch Namen genannt. Wir müssen die Polizei informieren. Du hast doch guten Kontakt zu diesem Kommissar ...«

»Sonne. Kommissar Jürgen Sonne sitzt gerade neben mir. Ich geb ihn dir. Warte.« Litzka reichte sein Telefon nach links. Eine Weile hörte er Sonne mehrfach »hm« oder »ah« sagen. Offenbar las Hilfringhaus den ganzen Brief vor.

Als er das Gespräch beendet hatte, war auch Sonne ganz aufgeregt. »Das klingt hochinteressant.«

»Ja, ich habe noch nie erlebt, dass Lohmann investigativ unterwegs war. Und dann bringt er sich gleich in Lebensgefahr.«

»Sei mal leise!«, sagte Sonne »Hörst du das auch?«

»Was?«

Litzka lauschte. Zuerst hörte er nur den immer stärker werdenden Regen auf den Asphalt prasseln. Dann hörte er auch die Rufe eines Mannes. Es war eine Mischung aus Winseln und Schreien. Es klang wie Hilferufe. »Fahr mal rechts, da vorne. Sieht aus wie ein Besoffener.«

Ein Mann lag in gekrümmter Haltung auf dem Gehweg zwischen einer Mülltonnenbox und einem Briefkasten.

»Für Alkoholleichen haben wir jetzt eigentlich keine Zeit«, meinte Sonne. »Ich ruf die Zentrale, die sollen eine Streife schicken. Es müsste eh ständig ein Wagen hier in der Gegend unterwegs sein.«

Sonne wollte gerade zum Funkgerät greifen, als Litzka sagte: »Warte mal. Lass uns den mal genauer anschauen. Ich glaube, der hat eine Wunde am Bauch. Er ist voller Blut.«

Sonne stoppte den Wagen, sie stiegen beide aus. »He, Sie, was ist los mit Ihnen? Sind Sie verletzt?«, fragte Sonne.

Im gleichen Moment sah Litzka, dass die Frage überflüssig war. »Schau, da liegt ein Messer.« Und den Verletzten fragte er: »Sind Sie überfallen worden?«

»Das sieht böse aus«, stellte Sonne fest. »Wir brauchen einen Notarzt. Im Kofferraum habe ich einen Verbandskasten. Kannst du Erste Hilfe? Ich rufe einen RTW.«

Litzka redete beruhigend auf den am Boden liegenden Mann ein. Der heftige Regen durchweichte allmählich seine Kleidung. »Es kommt gleich Hilfe, halten Sie durch!«

Zugleich dachte er an Tanja. Aber sie konnten natürlich nicht einen Schwerverletzten hier einfach liegen lassen. Hoffentlich ist der Notarzt schnell da, dachte er. »Wer hat Sie so zugerichtet? Was ist passiert?« Doch der Mann, er schätzte ihn auf Mitte dreißig, war nicht in der Lage, eine Antwort zu artikulieren. Die Wunde war ihm irgendwo in Bauchgegend zugefügt worden, der Blutfleck auf seinem Hemd war so groß, dass die genaue Stelle der Verletzung nicht zu erkennen war. Litzka lüftete die Jacke des Verletzten und schaute in die Innentasche. Vielleicht hatte er Ausweispapiere bei sich. Tatsächlich fand er eine kleine Plastikkarte. Zuerst glaubte er an eine Sinnestäuschung. Doch es war tatsächlich sein eigener Presseausweis. Dieser Kerl hier musste also mit Sandy ... Er hatte keine Sekunde

Zeit, über die Frage nachzudenken, wie der Mann an diesen Ausweis kam.

»Flitzer! Was für eine Jacke könnte Tanja heute getragen haben?«, rief Sonne durch das heruntergelassene Fenster seines Dienstwagens.

»Ich weiß nicht.« Was sollte diese Frage?

»Könnte es eine olivfarbene Barbourjacke sein?«

Litzka blickte auf. So eine Jacke trug Tanja derzeit meistens. »Ja, warum? Was ist damit?« Sein Herz raste. War Tanja gefunden worden? Aber wenn sie anhand ihrer Jacke identifiziert werden musste, dann konnte man sie nicht selbst fragen. War sie etwa ...

»Nein!«, schrie Litzka und rannte zu Sonne. »Was ist mit Tanja?«

Sonne stieg aus dem Auto aus und kam Litzka entgegen, packte ihn am Arm. »Beruhige dich, Flitzer! Setz dich. Wir fahren zu ihr, sobald hier Hilfe eingetroffen ist.«

* * *

Die Zentrale der Bronco AG war in Großhadern unweit des Universitätsklinikums. Holmsen schätzte die Zahl der Stockwerke auf mindestens dreißig. Das moderne Hochhaus schien ausschließlich aus Glas und Stahl konstruiert zu sein, die Fassade glänzte in der Morgensonne. In der weitläufigen Eingangshalle musste man sich einen Moment umschauen, bis man den Empfangstresen entdeckte.

»Mein Name ist Oberkommissar Holmsen, Kripo München. Das ist meine Kollegin Oberkommissarin Steinberg. Wir möchten zu Herrn Dempf. Und bevor Sie fragen: Nein, wir haben keinen Termin.«

Sonne hatte ihnen den Sachverhalt kurz telefonisch durchgegeben.

Die junge Frau hinter dem Tresen hätte vom Alter her eine Praktikantin oder Auszubildende sein können. Jedenfalls hatte sie der Autorität eines Polizeidienstausweises nichts entgegenzusetzen.

»Ich melde Sie an. Sie werden abgeholt. Wenn Sie einen Moment warten würden.«

Wenige Minuten später saßen Natascha und Sherlock im Büro von Florian Dempf in der neunten Etage. Es hatte drei Fenster, was für eine gehobene Position in der Firmenhierarchie sprach. Kaffee hatten sie beide abgelehnt.

»Was kann ich für Sie tun?«, fragte der Mittvierziger mit dem grauen Bürstenhaarschnitt und dem Mallorca-Teint. »Sie müssen schon triftige Gründe haben, wenn Sie mich ohne Termin unbedingt sofort sprechen wollen. In ...«, er blickte auf seine silberfarbene Armbanduhr, »... acht Minuten habe ich einen Termin beim Personalvorstand. Also bitte.«

»Geht es da um das Budget für Lustreisen und Journalistenbespaßung?«, fiel Holmsen gleich mit der Tür ins Haus.

»Ich verstehe nicht ganz ...«

»Sie verstehen ganz genau, Herr Dempf. Und verplempern Sie bitte Ihre kostbare Zeit nicht mit Ausflüchten. Nennen wir die Dinge doch gleich beim Namen: Wir haben konkrete Hinweise darauf, dass auf Kosten Ihres Hauses regelmäßig Journalisten, Politiker und Beamte, die Ihnen von Nutzen sein können, zu geselligen Abenden eingeladen wurden. Und dabei sind auch Prostituierte im Einsatz gewesen.«

Dempf rutschte auf seinem Sessel hin und her, fingerte an der Ecke seiner ledernen Schreibtischunterlage herum.

»Dass hier offenkundig bestochen und geschmiert wurde, interessiert uns im Moment weniger, darum werden sich die Kollegen eines anderen Dezernats kümmern. Wir ermitteln in einem Mordfall, Herr Dempf«, sagte Natascha mit bestimmtem Ton.

»Sie meinen, die kleine ...«, Dempf räusperte sich, »Sie meinen Maria? Damit haben wir nichts zu tun. Wirklich nicht.«

»Die Prostituierte Antonia Tisnikar, genannt Maria, hat der Aktenlage zufolge Suizid begangen. Wie kommen Sie auf Mord?«

»Es kam uns seltsam vor. Sie war das begehrteste Mädchen bei unseren Herrenabenden. Sie war jung, hübsch, natürlich, voller Lebensfreude. Sie müssen übrigens nicht glauben, dass diese Art der Kontaktpflege eine Erfindung von uns wäre. Sie werden die Ausgaben für diese Zusammenkünfte alle ordnungsgemäß in unseren Büchern wiederfinden.«

»Aber als Hurenlohn werden Sie die Zahlungen nicht verbucht haben, nehme ich an«, sagte Natascha.

»Wir haben Animateurinnen für gepflegte Konversation engagiert. Was die Damen privat mit unseren Gästen getrieben haben, geht uns nichts an.«

»Kommen wir zurück zu Antonia alias Maria«, sagte Holmsen und verdrehte die Augen. »Was war mit ihr?«

»Einer unserer Gäste hatte ein Auge auf sie geworfen. Ein naiver, älterer Junggeselle, der die Gebräuche des Milieus nicht kannte. Er dachte, er könnte sie rausholen. Er versprach ihr den Himmel auf Erden. Und als sie nach ein paar Wochen kurz davor war, mit ihm zu gehen, brachte sie sich um. Es war nur eine kleine Notiz in der Zeitung. Dort stand geschrieben, dass ihre Leiche voll mit Drogen und Alkohol war. Aber sie war die einzige der Damen, die nicht mal eine Zigarette geraucht oder einen Likör getrunken hätte. Das erschien uns merkwürdig. Natürlich haben wir keine Beweise, dass die arme Maria nicht freiwillig aus dem Leben geschieden ist. Aber es kam uns nicht geheuer vor. Und nach einer gewissen Zeit haben wir dann die Zusammenarbeit mit der Agentur beendet.«

»Agentur?«, fragte Holmsen.

»Der Escort-Service.«

»Wie hieß die Firma«, wollte Natascha wissen.

»M&S war der Name.«

»In München?«

»Nein, nicht in München. Die Firma sitzt in der Nähe von Nürnberg. In Feucht. Haha. Darüber wurden immer wieder anzügliche Anspielungen gemacht.«

Holmsen blickte Natascha an und machte sich ein paar Notizen. »Und wer liefert Ihnen jetzt das Frischfleisch?«

»Also bitte«, empörte sich Dempf. »Ich verbitte mir diese Ausdrucksweise. Die Dienstagsrunden haben wir eingestellt, als diese Sache mit VW und den Lustreisen durch die Zeitungen ging. Hartz und so, Sie wissen schon. Das gab sehr unschöne Schlagzeilen. Solch eine negative PR macht all das wieder zunichte, was man vorher mit viel Mühe aufgebaut hat.«

»Wissen Sie, dass Wolfgang Lohmann sich auch für die Machenschaften dieser Agentur interessiert hat?«

Dempf schüttelte den Kopf und blickte ungeduldig auf seine Uhr.

»Wir vermuten, dass er auch durch Fremdverschulden ums Leben gekommen ist. Möglicherweise haben Sie es da mit hochgefährlichen Gestalten zu tun. Passen Sie auf sich auf!« Holmsen erhob sich, und auch Natascha stand auf.

»Moment mal, Herr Kommissar. Glauben Sie wirklich, ich bin in Gefahr?« Dempf war nun sichtlich beunruhigt.

»Wenn, wie Sie sagen, alles legal und mit rechten Dingen zugegangen ist, dann haben Sie gewiss nichts zu befürchten. Guten Tag.«

* * *

Der typische Geruch von Desinfektionsmitteln und steriler Wäsche hing in der Luft. Litzka hatte die ganze Nacht an ihrem Bett gesessen, bevor sie langsam die Augen aufschlug.

»Tanja!«, flüsterte er. »Alles ist gut.«

Sie blinzelte, versuchte ihren Kopf anzuheben, doch sie war zu schwach. »Wo bin ich?« Sie schaute nach links und rechts.

Es war ein Einzelbettzimmer, die Fenster waren mit dunkelgrünen Vorhängen abgedunkelt. An die Wand war ein kleiner Fernseher mit einem Schwenkarm montiert. Auf dem gemusterten Linoleumfußboden waren die Figuren und Fratzen wieder verschwunden, die Litzka im Laufe der Stunden dort zu erkennen geglaubt hatte.

»Im Schwabinger Krankenhaus. Du hast einen schweren Schock erlitten, darum haben sie dich vorsichtshalber hier behalten und dir ein Schlaf- und Beruhigungsmittel gegeben. Wie geht es dir?«

»Als hätte ich hundert Jahre geschlafen.« Die Erinnerung schien langsam wiederzukommen. »Was ist mit dem Baby?«

»Alles in Ordnung, sagt der Arzt.«

Dann schien ihr immer mehr bewusst zu werden, was sie erlebt hatte. Sie versuchte, sich aufzurichten, sackte aber sofort wieder in das Kissen zurück.

»Was ist mit dem Typen? Habe ich ihn getötet?« Entsetzen und Angst lagen in ihrer Stimme.

»Er liegt auch hier in der Klinik, wird von zwei Beamten bewacht.« Litzka versuchte, beruhigend zu klingen. »Er hatte verdammtes Glück, nur eine tiefe Fleischwunde. Großer Blutverlust, aber keine Organe verletzt.«

Und ich habe ihm auch noch Erste Hilfe geleistet, dachte er.

»Ich wäre beinah zur Mörderin geworden. Aber es war Notwehr.« Tanja schloss die Augen und schwieg.

Litzka sah, dass sie mit den Tränen kämpfte. »Natürlich war es das, beruhige dich! Der Kerl hat dich entführt, und wer weiß, was er noch mit dir vorhatte. Dafür wird er lange hinter Gitter wandern.«

Vor der Tür war ein schepperndes Geräusch zu hören. Die Stationsschwester schob einen Wagen mit Geschirr über den Flur. Vermutlich würde gleich der unvermeidliche Pfefferminztee serviert.

»Kannst du erzählen, was genau passiert ist? Jürgen braucht deine Aussage. Er wartet draußen.«

Sie versuchte sich zu erinnern. »Er saß in der U-Bahn und verfolgte mich bis zur Haustür, dann hat er mich mit einem Vorwand angesprochen und überwältigt. « Dann verlor sie endgültig die Fassung und brach in Tränen aus: »Aber warum, Frank? Was wollte er von mir? Es muss doch etwas mit deinen Recherchen zu tun haben. Was hast du getan?«

Er suchte unter der Bettdecke nach ihrer Hand und drückte sie fest. »Das werden wir alles herauskriegen. Und das mit den gefährlichen Recherchen ist auch zu Ende. Ich habe gekündigt.«

Tanja schlug die Augen wieder auf und schaute ihn drei Sekunden sprachlos an. »Du hast was?«

Er strahlte sie an. »Deinem Aufstieg zur Online-Chefin steht nichts mehr im Wege. Ich bleibe zu Hause und arbeite freiberuflich. Da kann ich mich um das Kind kümmern, und du gehst arbeiten. Na?«

Er wunderte sich, dass Tanja nichts sagte. Wirkte das Schlafmittel noch?

* * *

»Herr Zoltan Pawlowski, geboren am 23. Juni 1971, ich eröffne Ihnen hiermit den Haftbefehl wegen Freiheitsberaubung, Nötigung und Bedrohung in jeweils besonders schwerem Fall. Der Haftbefehl bleibt außer Vollzug bis zur Entlassung aus stationärer Behandlung. Solange werden Sie überwacht. Soweit zu den Formalien.«

Sonne steckte das Papier wieder in die Tasche, zog einen Stuhl herbei und setzte sich neben das Krankenbett.

»Herr Pawlowski, Sie sind ja nicht ganz unerfahren im Umgang mit der Polizei, wie ich Ihrem Vorstrafenregister entnehme. Und da Sie schon mal zwei Jahre in Stadelheim eingesessen haben, sind Sie möglicherweise daran interessiert, Ihren nächsten Aufenthalt hinter Gittern etwas zu verkürzen.«

Pawlowski grummelte, was Sonne zu seinen Gunsten als Zustimmung interpretierte.

»Während wir hier gemütlich miteinander plaudern, sind rund hundert Beamte und Staatsanwälte unter Federführung des LKA in sämtlichen Objekten der Firma M&S unterwegs. Das Radio berichtet schon über die größte Razzia gegen organisierte Kriminalität und Schlepperbanden in Bayern seit Jahren. Wenn Sie, Herr Pawlowski, auspacken und erzählen, was Sie wissen, bevor wir die beschlagnahmten Unterlagen ausgewertet haben, dann sitzen Sie vielleicht ein paar Monate weniger in Stadelheim. Also?«

Sonne vernahm ein unwilliges Grunzen.

»Ich habe nicht ewig Zeit. Warum haben Sie Frau Kollaritsch entführt? Was wollten Sie damit bezwecken? Und wer war der Auftraggeber?«

»Ich hätte ihr nichts getan«, überwand sich Pawlowski dann doch zu sprechen. »Wir sollten diesen Schnüffler ein bisschen erschrecken, weil er seine Nase zu tief in fremde Angelegenheiten gesteckt hat. Es sollte ein Warnschuss sein, mehr nicht.«

Etwas anderes nachzuweisen, wird schwierig werden, dachte Sonne. »Für wen haben Sie das getan?«

Keine Antwort.

»Der Schuppen, in dem Sie Tanja, also Frau Kollaritsch festgehalten haben, gehört der auch zur Firma M&S?«

Pawlowski nickte.

»Und die Buchstaben M und S stehen für?«

Schweigen.

»Michalczak? Stüwe? Die schrägen Vögel aus Feucht?«

Pawlowski nickte wieder zögerlich.

»Und die Mädchen aus dem Ostblock sind illegal hier? Von Schlepperbanden eingeschleust?«

Pawlowski zuckte mit den Schultern. »Weiß nicht.«

»Es wäre besser für Sie, Sie würden es wissen und sagen.«

Es klopfte an der Krankenzimmertür, im selben Moment kam ein uniformierter Beamter herein. »Herr Sonne, ein Anruf für Sie. Es ist dringend.«

Sonne hatte sein Handy wegen der elektronischen Geräte nicht mit ins Zimmer nehmen dürfen. Er ging vor die Tür, nahm das Telefon entgegen und sagte: »Ja? EKHK Sonne hier.«

»Winter«, meldete sich der Kollege, der vom Präsidium aus den Kontakt zu den Einsatzkräften hielt, die in ganz Bayern Michalczaks Etablissements auseinander nahmen. »Es hat eine Schießerei gegeben. Michalczak wollte mit seinem Porsche fliehen, als die Kollegen vor seiner Villa in Feucht aufkreuzten. Der Einsatzleiter vor Ort feuerte zwei Warnschüsse ab, darauf eröffnete einer von Michalczaks Gorillas das Feuer.«

»Und?«

»Keine Verletzten. Und alle festgenommen. Wir bringen Michalczak nach München. Ich nehme an, du willst ihn dir selbst vorknöpfen.«

»Allerdings«, sagte Sonne.

15. Kapitel

Die Aktion war effizient und weitgehend geräuschlos verlaufen. Achtzehn Objekte waren in ganz Bayern durchsucht und insgesamt zweiunddreißig Personen festgenommen worden. Die meisten davon waren Frauen zwischen zwanzig und dreißig, die mit dem Verdacht des illegalen Aufenthalts konfrontiert wurden. Einige der Prostituierten waren dem Aussehen nach nicht einmal volljährig, was die Vorwürfe gegen die ebenfalls festgenommenen Drahtzieher noch erhärten würde. Zwangsprostitution, Nötigung, Freiheitsberaubung, Verstoß gegen das Ausländergesetz, Steuerhinterziehung ... die übliche Palette bei organisiertem Menschenhandel im Rotlichtmilieu.

Einen halben Tag nach seiner Festnahme saß Thomas Michalczak im Vernehmungszimmer im dritten Stock des Münchner Polizeipräsidiums in der Ettstraße. »Moment mal«, sagte er zu Staatsanwältin Heidrun Staudinger, die mit Sonne und Holmsen an der anderen Seite des Tisches gegenüber von Michalczak und dessen Anwalt Doktor Sigmund Marenbach Platz genommen hatte. »Seit wann ist die Presse bei einem Verhör zugelassen?«

»Das muss ein Missverständnis sein«, antwortete Sonne. »Ich bin Jürgen Sonne, Erster Kriminalhauptkommissar, Leiter der Mordkommission 1.«

»Sie haben sich als Reporter der *ATZ* ausgegeben, als Sie mich in Feucht aufgesucht haben. Ich habe doch keine Halluzinationen!«

Staudinger blickte Sonne fragend an. »Stimmt das?«

»Natürlich nicht. Ich habe lediglich Herrn Litzka, den *ATZ*-Reporter, begleitet.«

»Und Sie haben sich nicht als Beamter ausgewiesen?« Die Stimme der Staatsanwältin bekam einen rügenden Unterton.

Sonne wusste, dass er nicht hundertprozentig korrekt gehandelt hatte, konnte dies aber vor sich selbst mit dem Erfolg der Maßnahme rechtfertigen.

»Es täte mir sehr leid, wenn Herr Michalczak nicht mitbekommen hat, wie ich mich vorgestellt habe. Vermutlich die Aufregung ...«

Aussage gegen Aussage. Das würde niemand überprüfen können. Und tatsächlich hatte er niemals behauptet, ein Reporter zu sein.

»Wenn Sie mich hier auf den Arm nehmen wollen ...«

»Bitte, Herr Michalczak«, sagte Staudinger und informierte den Beschuldigten über seine Rechte.

»Dieses angebliche Missverständnis wird noch ein Nachspiel haben«, drohte Doktor Marenbach.

»Und was ist mit Mephisto? Meinem Hund?«

»Den haben wir ins Nürnberger Tierheim gebracht«, sagte Holmsen. »Im Knast ist Haustierhaltung nicht erwünscht.«

»Vielleicht könnten wir mal eruieren, wessen ich hier überhaupt bezichtigt werde.«

Sonne hatte schon oft erlebt, dass Verdächtige mit einer überkandidelten Ausdrucksweise intellektuelle Überlegenheit demonstrieren wollten. Meistens war es jedoch ein Zeichen von Unsicherheit und Angst. Die Klimaanlage im Vernehmungsraum surrte leise.

»Wir sind hier in der Mordkommission, wie ich schon sagte. Mit den Delikten im Zusammenhang mit der Zwangsprostitution und der Menschenschlepperei wird sich eine spezielle Ermittlungsgruppe unter Federführung einer eigenen Schwerpunktstaatsanwaltschaft befassen. In erster Linie haben wir hier zwei Morde aufzuklären. Und zwar an Robert

Kirchgessner, Ihrem Bruder, und an Wolfgang Lohmann. Sie stehen unter dringendem Verdacht, beide Morde veranlasst beziehungsweise in Auftrag gegeben zu haben.

»Mein Mandant wird sich zu diesen unhaltbaren Vorwürfen nicht äußern«, sagte Doktor Marenbach bestimmt. »Welches Tatmotiv unterstellen Sie ihm?«

»Sie betreiben unter dem Deckmantel Ihrer Immobilienfirma einen florierenden Menschenhandel und versorgen ein Dutzend Bordelle in ganz Bayern mit illegalen Prostituierten, vorwiegend aus dem Ostblock«, sagte Sonne. »Und weil dieses Geschäft aufzufliegen drohte, haben Sie erst Kirchgessner und dann Lohmann aus dem Weg geschafft.«

»Lächerlich!«, fuhr Michalczak auf.

»Wir wissen, dass Ihr Bruder Robert Kirchgessner in den Neunzigerjahren Steuerprüfer in Nürnberg war, und damit auch zuständig für Ihre Firmen«, setzte Sonne seine Ausführungen fort. »Wir wissen, dass Sie '99 wegen Steuerhinterziehung zu einer Bewährungsstrafe verurteilt wurden. Jetzt brauchen wir doch nur noch eins und eins zusammenzuzählen.«

»Sie arbeiten mit böswilligen Unterstellungen, die Sie nicht einmal im Ansatz beweisen können«, sagte der Anwalt vermutlich seinen Standardsatz für derartige Situationen auf.

Doch Sonne ließ sich nicht beirren. »Das Steuerverfahren gegen Sie begann unmittelbar nachdem Robert Kirchgessner von der Nürnberger Finanzverwaltung in das Münchner Ministerium wechselte. Es liegt nahe, dass er Ihre Machenschaften über Jahre hinweg gedeckt hat. Sie wurden also erpressbar durch Ihren eigenen Bruder. Wenn er all das ausgepackt hätte, was er über Ihren kleinen Sex-Konzern wusste, wären Sie am Ende gewesen, Herr Michalczak. Stimmt's?«

»Das ist ja alles hanebüchen, was Sie da auftischen, Herr Kommissar«, sagte Marenbach. »Sie glauben doch nicht im

Ernst, dass Sie mit diesen unbewiesenen Vermutungen einen Haftbefehl bekommen? Ich bin gespannt, welche wagemutige These Sie bezüglich des Falls Lohmann vortragen werden.«

»Da will ich Sie nicht länger auf die Folter spannen. Ihre Agentur, Herr Michalczak, hat die Firma Bronco AG mit Hostessen versorgt. Eine der Personen, die von diesen Dienstleistungen profitiert hat, war Wolfgang Lohmann, der *ATZ*-Chef. Er hat jedoch Verdacht geschöpft und angefangen zu recherchieren, immerhin war der Mann Journalist. Als er Ihnen gefährlich wurde, hat einer Ihrer Schergen Lohmanns Bremsen manipuliert. Und wenn das noch nicht reicht für einen Haftbefehl, habe ich hier noch die Entführung von Tanja Kollaritsch, der Lebensgefährtin des Ihnen bekannten *ATZ*-Reporters Frank Litzka, dessen Recherchen Ihnen ebenfalls gefährlich wurden. Hoffen wir mal, dass diese Entführung tatsächlich nur ein Warnschuss für Litzka sein sollte. Und den angeblichen Suizid der Prostituierten Antonia Tisnikar werden wir auch noch aufzuklären haben.« Sonne schaute zuerst die Staatsanwältin, dann den Anwalt und schließlich den Beschuldigten auffordernd an.

»Mein Mandant wird sich, wie gesagt, nicht zur Sache äußern. Wenn Sie keine weiteren Fakten und Beweise vorlegen können, dann ist Herr Michalczak in kürzester Zeit wieder auf freiem Fuß.«

Michalczak räusperte sich. »Ich ... äh ... ich möchte doch eine Aussage machen.«

»Sind Sie sicher?«, fragte der Anwalt leise. »Es wäre besser ...«

»Mit dem Tod meines Bruders habe ich nichts zu tun! Das müssen Sie mir glauben. Auch wenn wir nicht das beste Verhältnis hatten, ich würde doch niemals meinen eigenen Bruder umbringen lassen. Und er hätte auch niemals einen Grund gehabt, mich zu erpressen.«

»Und Lohmann? Und Frau Kollaritsch?«

Michalczak schwieg einen Moment. Er schien zu überlegen, was er zugeben musste, um möglichst viel von seiner Haut zu retten.

»Das mit dem Fräulein sollte wirklich nur eine letzte Warnung sein. Es wäre ihr kein Haar gekrümmt worden. Pawlowski hat wohl etwas überreagiert. Das bedauere ich aufrichtig.«

Ein Teilgeständnis, dachte Sonne und fragte: »Und Lohmann?«

»Das war ein Unfall. Auch das hätte nur eine Warnung sein sollen.«

»Wie bitte?«, schaltete sich Holmsen sein. »Jetzt werden Sie mal nicht zynisch!«

»Es ist so, wie ich es sage«, beharrte Michalczak auf seiner Darstellung. »Bei Lohmann ist etwas verdammt schief gelaufen. Ohne Aquaplaning wäre gewiss nichts passiert, außer dass er sich beim Bremsen etwas erschrocken hätte. Und bei dem Tempo hätte er vermutlich auch die Kontrolle über das Auto verloren, wenn wir nicht ...«

»Das können Sie alles Ihrem Friseur erzählen«, sagte Sonne. »Welche tödliche Warnung haben Sie denn Kirchgessner verpassen wollen?«

»Keine, Herr Kommissar! Ich sage noch einmal: Damit habe ich nicht das Geringste zu tun. Das mit Lohmann ist schief gelaufen. Der Frau wäre nichts passiert. Aber mit Roberts Tod habe ich nichts zu tun.«

Sonne überlegte, was er von der Aussage halten sollte. Zweifelsfrei war das schon ein enormer Teilerfolg. Marenbach hatte eigentlich recht. Möglicherweise hätte der Haftrichter keinen Haftbefehl ausgestellt, wenn Michalczak weiter geschwiegen hätte. Niemand hatte ihn zum Reden und zu seinem Teilgeständnis genötigt.

»Verstehe ich Sie richtig«, fragte Sonne, »dass Sie zugeben, die Entführung von Tanja Kollaritsch veranlasst zu haben? Und dass Sie ebenfalls zugeben, für die Manipulationen der Bremsleitung an Lohmanns Wagen verantwortlich zu sein? Dass Sie zugleich aber bestreiten, etwas mit dem Tod Ihres Bruders, Robert Kirchgessner, zu tun zu haben?«

»Ja, so ist ...«

»Sie wollen also kooperieren, das ist gut. Dann überlegen Sie doch bitte noch einmal scharf, was Ihnen zu dem Namen Pia Blum einfällt.« Sonne war immer noch der Überzeugung, dass der entscheidende Punkt zur Aufklärung des Kirchgessner-Mordes in der Vergangenheit der schönen Landrätin zu suchen war.

»Und Sie glauben mir, dass ich mit dem Mord nichts zu tun habe?«

»Wir nehmen Ihre Aussage zur Kenntnis«, sagte Sonne. »Was wir glauben, spielt im Moment keine große Rolle. Also, Pia Blum?«

»Ja. Natürlich erinnere ich mich an sie. Allerdings kann ich mich weniger an ihren Namen erinnern als an ihr Lächeln.«

»Ihr Lächeln?«, fragte Staatsanwältin Staudinger. »Kommt es in dieser Branche aufs Lächeln an?«

Michalczak überging die Bemerkung. »Ich war sogar etwas irritiert, als Sie mich auf Pia Blum ansprachen. Denn in meiner Erinnerung hieß sie nicht Pia, sondern Petra Blum. Aber ich kann mich natürlich täuschen.«

»Es ist ja üblich, in diesem Gewerbe nicht unter dem richtigen Namen zu arbeiten«, bemerkte Sonne.

»Natürlich. Aber in unseren Unterlagen hatten wir immer die richtigen Namen verzeichnet.« Und etwas leiser fügte er hinzu: »Soweit uns die Originalpapiere vorlagen.«

»Verstehe«, murmelte Sonne.

»Und was ist jetzt mit dem Lächeln?«, wollte Staudinger wissen.

»Nun, Petra war ... Sie entschuldigen, dass ich bei dem Namen bleibe, den ich in Erinnerung habe ... sie war eines der erfolgreichsten und begehrtesten Mädchen, zuerst in Nürnberg, später in München. Es war daher nur eine Frage der Zeit, bis sie aussteigen und auf eigene Rechnung arbeiten wollte. Ich habe ihr da auch keine Steine in den Weg gelegt. Das Erstaunliche war dabei, dass sie bei Weitem nicht das schönste Pferd im Stall ... ähm, Verzeihung ... ich meine, dass sie nicht das hübscheste Mädchen war. Natürlich war sie attraktiv, sonst hätte ich sie nicht beschäftigt. Aber sie ragte nicht heraus. Was sie aber so ... ich will sagen: bezaubernd machte, das war ihr Lächeln, und das waren ihre strahlend blauen Augen. Damit hat sie allen Männern den Kopf verdreht, und damit ist sie auch mir unvergesslich geblieben. Einer ihrer Stammgäste verglich sie sogar mit dem Lächeln der Mona Lisa.«

Sonne wunderte sich, wie ein Zuhälter so von einer Prostituierten schwärmen konnte. Das hatte fast etwas Romantisches, was er da von sich gab.

»Wo sind die Unterlagen über Ihre ... Angestellten von damals?«, fragte Sonne.

»Irgendwo hier im Haus, würde ich vermuten«, sagte Michalczak, und auf den fragenden Blick der Beamten hin erläuterte er: »Die Ordner dürften in einem der Kartons sein, die Ihre Männer aus der Firma herausgeschleppt haben. Sie müssen nur den Ordner mit der entsprechenden Jahreszahl und dem Stichwort Personal/N suchen.«

»Das N steht für Nutten?«, fragte Holmsen nach.

»Für Nürnberg«, antwortete Michalczak leicht pikiert. »Sie werden alles ...«

»Einen Augenblick«, fuhr Doktor Marenbach dazwischen. »Wollen Sie sich hier um Kopf und Kragen reden?« Und an die Beamten gewandt: »Ich möchte mich mit meinem Mandanten jetzt erst unter vier Augen beraten, bevor wir weitermachen.«

»Was soll das?«, fragte Sonne. »Wollen Sie Ihrem Mandanten den Mund verbieten? Er hat sich offenbar entschlossen zu kooperieren. Das kann nur zu seinem Vorteil sein. «

»Sie wissen genau, Herr Kommissar, dass mein Mandant das Recht auf eine anwaltliche Unterredung unter vier Augen hat. Dieses Recht möchte er jetzt in Anspruch nehmen. «

Sonne schaute, wie Michalczak reagierte. Der signalisierte mit einem Nicken, dass er seinem Rechtsbeistand nachgab.

»Na schön«, sagte Sonne und verzog dabei genervt die Mundwinkel. »Dann machen wir morgen weiter.

»Wenn ich wirklich hier bleiben muss, Herr Doktor, dann müssen Sie noch einen Termin für mich streichen.« Michalczak wandte sich leise an seinen Anwalt. »Eine sehr reizende Journalistin, sie wollte am späteren Abend in mein Münchner Büro in der Zaubzerstraße kommen. Schade, dass ich nicht kann. Eine überaus attraktive Dame.«

»Ich kümmer mich drum«, versprach ihm der Verteidiger mit gedämpfter Stimme.

»Ich denke, für heute haben wir genug, meine Herren«, sagte die Staatsanwältin. »Ich schlage vor, wir sehen uns morgen um neun Uhr zum Haftprüfungstermin.

* * *

Im Polizeipräsidium brannte nur noch in wenigen Zimmern und Fluren Licht. Die Dezernate mit normalen Bürozeiten waren in die tägliche Feierabendruhe versunken. Sie saßen im großen Besprechungsraum und hatten diejenigen Akten untereinander aufgeteilt, von denen sie sich die meisten Erkenntnisse versprachen. Jürgen Sonne hatte sich die Ordner mit dem Buchstaben N aus den Jahren genommen, in denen Pia oder Petra Blum in Nürnberg als Prostituierte gearbeitet hatte. Natascha kümmerte sich um ein paar Kilo Kontoauszüge, Holmsen hatte einen Haufen ungeordneter handschriftlicher Aufzeichnungen vor sich, und Winter widmete sich einem halben Dutzend Ordnern mit Rechnungen und Belegen, darunter auch Telefonrechnungen, die jedoch keine Einzelverbindungsnachweise enthielten. Es gab auch mehrere Kartons mit Steuerunterlagen, doch damit mussten sich die Spezialisten befassen.

Sonne blätterte Seite für Seite um. Die meisten Daten waren auf ein fotokopiertes Formblatt handschriftlich eingetragen. Jedes Blatt trug eine laufende Nummer, gefolgt von einem Schrägstrich und der Jahreszahl. Darunter stand die Betriebsnummer, hier reichen die Zahlen von 1 bis 17. Auf den meisten Bögen waren die Betriebsnummern mehrfach durchgestrichen und durch neue ersetzt worden. Dasselbe galt auch für die Rubrik *Arbeitsname*. Offenbar hatten die Frauen aus nicht festgehaltenen Gründen regelmäßig die Namen geändert, unter denen sie ihre Dienstleistungen anboten.

Als weitere Daten waren die volle Anschrift, sofern sie von der Betriebsadresse abwich, sowie Geburtsdatum und alle Körpermaße von Größe, Gewicht, Konfektionsgröße bis zu Haar- und Augenfarbe erfasst. Bei *Bemerkungen* waren zum Teil Hinweise wie *kein SM* oder *bevorzugt Escort* notiert. Auch *Deutschkenntnisse* waren an dieser Stelle gelegentlich vermerkt, was offenbar keine Selbstverständlichkeit war. An die meisten Blätter waren ein Farbfoto sowie ein Anzeigentext geheftet, wie man ihn in den entsprechenden Rubriken der Boulevardzeitungen täglich nachlesen konnte.

Außer Papierrascheln oder dem typischen Geräusch von sich öffnenden oder schließenden Leitz-Ordnern war lange Zeit nichts zu hören. Manchmal stand jemand auf und ging zum Kaffeeautomaten, um sich die Tasse aufzufüllen.

»Machen wir heute die Nacht durch?«, fragte Winter irgendwann. Es war draußen schon dunkel. Weil eine der Neonröhren defekt war und ein kaum auszuhaltendes Flackern verursachte, hatten sie die Deckenbeleuchtung ausgeschaltet und nutzten Schreibtischlampen an ihren Arbeitsplätzen.

»Ich werde auf jeden Fall so lange suchen, bis ich die Blum gefunden habe«, sagte Sonne, der schon den Großteil seiner Akten durchforstet hatte.

»Ich frage«, sagte Winter, »weil ich heute bei meiner Enkelin babysitten soll. Meine Tochter geht aufs Grönemeyer-Konzert, und da hatte ich versprochen ...«

»Schon gut, Herr Winter«, sagte Sonne. Seit wann war Winter Großvater? Wieder einmal kam Sonne zu der Erkenntnis, dass er viel zu wenig über das Privatleben seiner Mitarbeiter wusste. »Gehen Sie ruhig. Die Rechnungen haben auch Zeit bis morgen.«

Sonne blätterte weiter. Diana, Caroline, Monja, Sarah, Jenny ... Die Namen waren alle kurz und einprägsam.

»Hier, für dich«, sagte Natascha und stellte Sonne eine frisch gefüllte, dampfende Tasse schwarzen Kaffee hin.

»Oh, danke, sehr aufmerksam.« Er hatte gar nicht bemerkt, dass seine halb gefüllte Tasse inzwischen kalt geworden war.

»Was macht eigentlich dein geistiges Alter?«, fragte sie.

Es tat ihm gut, mal kurz seine Gedanken abschweifen lassen zu können. »Ich sollte mehr trainieren«, antwortete er. »Sechsundvierzig immerhin schon.«

»Na, du näherst dich dem echten Alter. Das wird schon. Behalt das Gerät ruhig noch. Ich benutze derzeit das von Chris.«

Natascha ging an ihren Platz und war wenige Augenblicke später wieder in ihre Akten vertieft.

»Warum zeigen die im *Tatort* eigentlich nie, wie langweilig Polizeiarbeit sein kann?«, stöhnte Holmsen.

»Weil sich so was niemand anschauen würde«, antwortete Sonne, der in diesem Augenblick das gefunden hatte, was er seit Stunden suchte. Und tatsächlich stand dort Petra als Vorname. Bevor er die übrigen Daten anschaute, betrachtete er das angehängte Foto. Kein Zweifel. Es war die heutige Landrätin. Nur fast zwanzig Jahre jünger. Und sie lächelte. Soweit ein Foto Emotionen und den Charakter eines Menschen wiedergeben konnte, strahlte die abgebildete Frau tatsächlich einen Zauber aus. Das Lächeln beherrschte die gesamte Ausstrahlung. So hatte er Pia Blum nie gesehen. War sie im Laufe der Jahre ein so ernsthafter Mensch geworden? Durch die Politik? Oder durch die Erfahrungen ihrer Vergangenheit? Oder konnte sie ihr Lächeln verbergen? Ablegen wie eine Maske, die man nur zu bestimmten Gelegenheiten brauchte?

»Schaut mal her, ich habe die Blum gefunden.« Neugierig sprangen alle auf und standen kurz darauf hinter Sonne, dem sie über die Schulter blickten.

»Faszinierend«, stellte Holmsen in Mister-Spock-Manier fest. »Wie aus dem Gesicht geschnitten, nur etwas weniger Falten und eine andere Frisur.«

»Moment mal«, sagte Natascha. »Zeig mal her!« Sie nahm das Foto in die Hand und hielt es gegen das Licht. Etwas schien ihr aufgefallen zu sein.

»Was ist?«, fragte Sonne.

»Ich bin mir nicht sicher«, murmelte die Kommissarin. »Lass uns mal kurz ins Internet schauen.« Sie ging zwei Meter weiter, wo ein PC mit Web-Anschluss aufgestellt war.

Sie öffnete einen Browser und gab die Adresse der Homepage des Landratsamts Starnberg ein. Nachdem sich die Seite aufgebaut hatte, klickte sie auf den Link *Die Landrätin*. Es baute sich langsam ein Porträtfoto von Pia Blum auf, darunter wurden die wichtigsten biografischen Daten angezeigt. Doch dafür interessierte sich Natascha jetzt nicht. Sie klickte auf das Foto, das sogleich vergrößert angezeigt wurde.

»Und jetzt schaut mal genau hin!«, sagte sie. »Was fällt euch auf?«

»Da kann man ja jede Pore sehen«, stellte Holmsen fest. »Sie ist ziemlich heftig geschminkt für das Foto.«

»Das meine ich nicht.«

»Du meinst die Augen?«, vermutete Sonne.

»Exakt. Vergleicht sie mit den Augen auf dem Bild in der Akte.«

Sonne nahm das Foto zur Hand. Tatsächlich. Die Augen der Landrätin waren braun, die Prostituierte auf dem Bild hatte strahlend blaue Augen. »Aber das würde ja bedeuten ...«

»... dass Pia Blum nicht die Frau auf dem Foto ist«, sagte Sonne.

Und Holmsen ergänzte: »Und dass es vielleicht wirklich eine Petra Blum gibt.«

»Was ist mit gefärbten Kontaktlinsen?«, warf Natascha ein. »Oder das Foto könnte retuschiert sein.«

»Moment, Moment, das ergibt doch überhaupt keinen Sinn«, wandte Sonne ein. »Warum sollte Pia Blum sich für Petra Blum ausgeben und sich damit eine zwielichtige Vita zueigen machen, die ihr im Job alles andere als nützlich ist?«

»Das wird sie uns am besten selbst beantworten«, sagte Natascha. »Ich fahre hin. Und rede mit ihr, von Frau zu Frau.«

»Ich komme mit«, sagte Sonne.

16. Kapitel

Das ist auch nicht uninteressant.« Holmsen hatte seine Neugier nicht zügeln können und die Personalakte weiter durchgeblättert. Winter war bereits heimgegangen, Sonne und Natascha waren bei der Blum, sodass er allein im Besprechungsraum saß. Bei jeder Frau, die als Hure in den Unterlagen verzeichnet war, fragte er sich, was heute aus ihr geworden sein mochte. War sie im Milieu geblieben und arbeitete in einer Bar hinter der Theke, oder gar als so genannte Oma-Hure? Oder hatte sie den Absprung geschafft und führte ein bürgerliches Leben, verheiratet mit einem gut situierten Herrn, der von der frivolen Vergangenheit seiner Gemahlin keinen blassen Schimmer hatte?

Bei einer Frau jedoch, die er auf dem Foto sofort wiedererkannt hatte, wusste er genau, was aus ihr geworden war. Die Ähnlichkeit war frappierend. Auch das Geburtsjahr konnte stimmen. Er war sicher: Dieser Frau hatte er erst vor Kurzem gegenübergesessen. Es war bei einer Zeugenvernehmung im Zusammenhang mit dem Tod von Wolfgang Lohmann gewesen. Holmsen war sich sicher, dennoch wollte er sich vergewissern und suchte die Vernehmungsakte, in der auch die Personalien der Zeugin festgehalten waren.

Nach wenigen Handgriffen hatte er gefunden, was er suchte. Und ein Blick reichte, um sich selbst zu bestätigen, woran er nicht den geringsten Zweifel gehabt hatte. Er griff zu seinem Handy.

* * *

»Guten Abend, Frau Blum, entschuldigen Sie die späte Störung. Wir haben nur eine Frage an Sie.«

Sonne und Natascha hatten die Landrätin in zu Hause in Breitbrunn angetroffen. Sie bewohnte ein unauffälliges Haus aus den achtziger Jahren mit winzigem Vorgarten und kleinem Balkon.

»Ähm, ja, natürlich. Kein Problem. Kommen Sie herein.« Pia Blum trug legere Kleidung: eine Jogginghose, einen Pullover. Über der Stirn trug sie ein Haarband, an den Füßen Turnschuhe ohne Socken. Sie sah verschwitzt aus und war ein wenig außer Puste. »Ich habe Sport gemacht, Sie müssen entschuldigen. Ich sitze jeden Abend eine halbe Stunde auf dem Heimtrainer. Welche Frage haben Sie?«

Sie betraten die geschmackvoll eingerichtete Wohnung, aus der laute Rockmusik erklang, die Sonne nicht kannte. Es roch nach Essen. So etwas wie Gemüseeintopf.

Pia Blum schaltete zuerst die Stereoanlage aus, dann schloss sie die Tür zur Küche. »Setzen Sie sich. Kann ich Ihnen etwas zu trinken anbieten? Der Auflauf reicht leider nicht für Gäste. Aber Sie haben mir immer noch nicht gesagt, welche Frage Sie auf dem Herzen haben.«

»Die Frage ist ganz einfach«, sagte Sonne. »Wer ist Petra Blum?«

Pia Blum hielt einen kurzen Moment inne, dann atmete sie einmal tief durch und sagte tonlos: »Sie haben es herausgefunden?« Sonderlich überrascht schien sie nicht zu sein. »Es war ja eigentlich nur eine Frage der Zeit.«

»Ihre Schwester?«, fragte Natascha.

Blum nickte. »Petzi. Sie war anderthalb Jahre jünger als ich. Ich möchte mich setzen.«

»Natürlich. Warum sprechen Sie von ihr in der Vergangenheit? Lebt sie nicht mehr?«

Pia Blum setzte sich auf einen Stuhl am Esstisch. Ihre Augen wurden feucht, aber sie verlor die Fassung nicht.

Natascha und Sonne blieben stehen.

»Sie ist tot.«

Natascha signalisierte Sonne, dass sie die Gesprächsführung übernehmen würde, und setzte sich neben die Landrätin auf einen freien Stuhl. »Erzählen Sie alles von Anfang an, Frau Blum. Ich denke, das wird Sie erleichtern.«

Pia Blum atmete wieder tief durch, trocknete mit einer Serviette ihre Augenwinkel und nickte. »Ich bin mit Petzi zusammen in den Westen gegangen. Unsere Eltern waren gestorben. Wir waren zwei verwaiste Pfarrerstöchter in der DDR und wollten im goldenen Westen ein neues Leben anfangen. Wir landeten in Nürnberg, doch dort trennten sich unsere Wege. Ich hielt mich mit zahlreichen kleinen Jobs über Wasser: Ich verkaufte Karten im Kino, leerte im Tierpark die Mülleimer, trug Kataloge und Zeitungen aus. Später machte ich ein Praktikum bei der AWO, dann bekam ich einen Aushilfsjob bei der Drogenhilfe, und so kam ein soziales Projekt zum anderen dazu. Ab dann stimmt die offizielle Biografie der Landrätin Pia Blum.«

»Das heißt, Sie haben nie als Prostituierte gearbeitet?«, fragte Natascha.

»Richtig.«

»Aber Ihre Schwester?«

Blum nickte. »Sie war ein ganz anderer Mensch als ich, obwohl wir uns so ähnlich sahen, dass wir oft für Zwillinge gehalten wurden. Während ich Sicherheit suchte, wollte sie Aufregung, Spaß, Abenteuer. Und auch Männer. Sie hatte ein so bezauberndes Wesen, dass sie jedem Mann nach Belieben den Kopf verdrehen konnte. Aber das war nicht meine Welt. Wir verloren uns immer mehr aus den Augen.

Bis wir uns eines Tages wiedertrafen. Zufällig.« Sie machte eine Pause. Offenbar gingen ihr die Erinnerungen nahe. »Etwa ein Jahr später, ich arbeitete in der Drogenhilfe, saß sie vor mir. Sie erkannte mich überhaupt nicht, so sehr war sie im Rausch. Heroin. Sie war in falsche Gesellschaft und mit Drogen in Berührung geraten. Dann war sie abhängig geworden. Und um ihre Sucht zu finanzieren, ging sie auf den Strich. Michalczak hatte sie in einer Stangenbar entdeckt und ihr das Blaue vom Himmel versprochen. Für mich brach eine Welt zusammen damals. Natürlich bot ich ihr Hilfe an. Ich tat alles, um sie in ein Entzugsprojekt zu bekommen. Doch Michalczak hatte sie auch psychisch abhängig gemacht. Gelegentlich versorgte er sie mit Drogen und drohte ihr, sie umzubringen, wenn sie abhauen würde. Eines Tages fand man ihre Leiche an der Stadtmauer. Es konnte nie geklärt werden, ob sie sich versehentlich eine Überdosis gespritzt hatte, ob sie an einer schlechten Mischung gestorben war oder ob sie sich absichtlich das Leben genommen hatte. Am Tag ihrer Beerdigung schwor ich mir, den Sinn meines Lebens fortan darin zu sehen, andere Mädchen vor diesem Schicksal zu bewahren. Ich engagierte mich immer mehr in Drogen- und Straßenprojekten. Ich gründete die Vereine, die Sie schon kennen. Petzis Schicksal stand wie ein Mahnmal über mir, es bestimmte mein Leben. Ich fragte mich so oft, warum ich es geschafft hatte und sie nicht. Warum konnte Gott so ungerecht sein? Petzi und ich, wir hatten doch dieselben Chancen und Möglichkeiten gehabt. Es verging kein Tag, an dem ich mir nicht vorstellte, ich wäre an Petzis Stelle gewesen. Der Gedanke ließ mich nicht mehr los.«

»Bis Sie irgendwann tatsächlich ihren Platz eingenommen haben?«, sprach Natascha einfühlsam.

»So ungefähr. Ich wollte Petzis Leben weiterführen. Oder besser gesagt, ich wollte ihr mein Leben widmen. Ich weiß, das klingt verrückt, und ich kann auch nicht genau erklären ...«

»Nein, das klingt nicht verrückt«, sagte Natascha.

»Ich habe irgendwann angefangen, ihre Vergangenheit zu verinnerlichen. Später habe ich sie ganz angenommen. Und dann habe ich gemerkt, dass mir dies bei meiner Sozialarbeit sogar half. Es öffnete mir Türen und Herzen, die mir sonst verschlossen geblieben wären. Und nach einer gewissen Zeit wusste ich manchmal selbst nicht mehr genau, was jetzt meine und was Petzis Vergangenheit war.«

»Und auch als Sie in die Politik gegangen sind, hat sich das nicht geändert?«, fragte Sonne ungläubig.

»Natürlich hätte ich mich hinstellen und alles aufklären können. Aber das wäre Verrat gewesen an all den Menschen, die mir in den Jahren zuvor genau aufgrund meiner Vergangenheit, meiner falschen Vergangenheit, vertraut haben. Und was heißt schon Wahrheit ... Jeder hat doch seine eigene Wahrheit.«

»Und als die Fotos in der Presse auftauchten und Sie damit in Misskredit gebracht werden sollten? Wäre das nicht der Moment gewesen, der Scharade ein Ende zu bereiten?«, fragte Sonne.

»Was hätte das gebracht? Ich hätte als Lügnerin dagestanden. Für mich gab es kein Zurück mehr. Und ich möchte auch jetzt nicht, dass das bekannt wird.« Sie blickte die Polizisten fast flehend an.

»Wir sehen im Moment keine Veranlassung, die Biografie von Zeugen zu veröffentlichen«, sagte Sonne. »Das müssen Sie mit sich selbst ausmachen, wenn Sie Ihre Wähler weiter belügen wollen. Wir werden jedenfalls nichts an die Öffentlichkeit geben, was nicht für die Fahndung oder Aufklärung notwendig ist. Es kann aber natürlich sein, dass Sie in einer Gerichtsverhandlung als Zeugin aussagen müssen ...« In diesem Moment ertönte sein Handy. Es war der Anschluss aus dem Besprechungsraum im Präsidium. Sonne nahm das Gespräch an und wandte sich ein Stück zur Seite.

Am anderen Ende der Leitung meldete sich Holmsen. »Jürgen, du glaubst nicht, wer auch noch auf der Lohnliste dieses Menschenhändlers stand. Du hättest nur noch ein paar Seiten weiterblättern müssen.«

»Nun sag schon, Sherlock! Wer?«

»Stella Schulze. Firmiert heute mit Doppelnamen. Schulze-Wagenknecht. Jetzt staunst du, was?«

* * *

Sie saßen im Fond von Sonnes Dienstwagen, der im Halteverbot vor dem Schwabinger Krankenhaus geparkt war. Dort hatten sie Litzka aufgegabelt.

»Traust du ihr einen Mord zu?«, fragte Sonne den Reporter. »Oder sogar zwei?«

»Bis vor ein paar Wochen hätte ich über diese Frage gelacht«, antwortete Litzka. »Aber ich habe inzwischen gemerkt, dass sie eiskalt und skrupellos sein kann. Auch wenn das jetzt natürlich nur meine subjektiven Empfindungen sind.«

»Schon klar«, meinte Sonne. »Und dass sie als Prostituierte gearbeitet hat? Überrascht dich das?«

»Ja. Und nein. Wenn ich drüber nachdenke.«

»Was soll das heißen?«, hakte Sonne nach.

»Nun, wenn ich's mir genau überlege, hat sie ihren Körper schon immer gezielt eingesetzt, um ihre Ziele zu erreichen. Man erzählt sich ja auch einiges, wie sie an ihre bisherigen Jobs gekommen ist. In der Landtagspresse geht das Gerücht um, dass sie am Anfang ihrer journalistischen Karriere reihenweise Abgeordnete um den Finger gewickelt und ins Bett gekriegt hat. Angeblich sogar diesen Engholm, oder wie der Direktor der Tutzinger Akademie noch gleich hieß. Und sie ist ja heute immer noch eine attraktive Frau.«

»Das klingt ja, als wäre sie eine Greisin«, empörte sich Sonne.

»Na ja.« Litzka grinste ihn an. »Sie ist siebenundvierzig. Wenn einmal die Vier vorne steht, geht's abwärts.«

»Idiot! Passt uns das jetzt in den Kram mit der Schulze oder nicht?«

»Ich finde, das passt sehr gut«, sagte Natascha. »Damit hat sie ein Motiv für den Mord an Kirchgessner. Er hätte ihre Beförderung direkt wieder torpedieren können.«

»Kirchgessner? Wieso?«, hakte Sonne nach.

»Na, ist doch logisch. Woher hatte Kirchgessner wohl das Wissen über die vermeintliche Vergangenheit der Blum? Natürlich aus den Steuerunterlagen seines Zuhälter-Bruders Tom Michalczak. Und aus derselben Quelle dürfte er auch erfahren haben, dass in etwa zur gleichen Zeit die heutige Kulturchefin der *ATZ* als freischaffende Künstlerin im horizontalen Gewerbe tätig war. Vielleicht hat er die Brisanz dieses Namens auch erst erkannt, als er mit ihr nach Lohmanns Tod zu tun bekam.«

»Moment, das geht mir alles zu schnell«, stoppte Sonne ihren Redefluss. »Mal langsam: Du meinst, die Schulze wusste oder ahnte, dass die Rotlichtfotos von Kirchgessner gestreut wurden ...«

»Vielleicht hat Kirchgessner die Bilder auch der *ATZ* angeboten.«

»Klar, und wie das passt!«, sagte Litzka. »Das erklärt auch, warum sie jegliche Berichterstattung über den Skandal um die Bilder abgelehnt hat. Fast fanatisch hat sie alles abgeblockt, was in diese Richtung ging.«

»Ist ja klar. Sie hat wohl befürchtet, dass sie die nächste ist, deren unbekannte Vergangenheit beleuchtet wird«, kombinierte Natascha. Und Sonne fand es beängstigend, wie seine Kollegin die neuen Fakten in kürzester Zeit geordnet und gedanklich ausgewertet hatte. Ihre Schlussfolgerungen klangen plausibel.

»Darum hat sie auch meine Recherchen gestoppt und mir die Abmahnung reingedrückt.« Litzka massierte sich mit beiden Händen die Schläfen, als würde ihn die Entwicklung überfordern.

»Moment mal. Mir fällt etwas ein«, sagte Sonne. »Schulze-Wagenknecht. SW. Die Abkürzung in Kirchgessners Terminkalender. Die letzte Verabredung vor seinem Tod.«

»Und jetzt?«, fragte Natascha pragmatisch.

»Flitzer, du hast bestimmt die Adresse. Wir sollten deiner Chefin mal einen Besuch abstatten.«

»Ich rufe Hilfringhaus an. Vielleicht weiß er, wo sie gerade steckt.« Litzka holte sein Handy hervor. »Hallo Peter«, sagte er nach wenigen Augenblicken. »Ist die Schulze noch in der Redaktion? ... Ein Abendtermin? ... Mit dem Taxi? ... Zaubzerstraße ... Alles klar, also dann.«

»Zaubzerstraße?«, sagten Sonne und Natascha wie aus einem Mund.

»Scheiße«, sagte Sonne dann nach einer Schrecksekunde. »Hoffentlich sind wir nicht schon zu spät.« Er montierte mit routiniertem Griff das magnetische Blaulicht aufs Autodach.

»Ein Vorteil ist«, warf Natascha ein, »dass sie Michalczak nicht in seinem Münchner Büro antreffen wird, solange er in U-Haft sitzt.«

»Absolut«, sagte Sonne.

Und Litzkas Gesicht glich einem einzigen großen Fragezeichen.

* * *

Ein Taxifahrer versuchte gerade, vor dem Bürogebäude zu wenden. Wenn das ihr Taxi gewesen war, dann konnte sie erst vor wenigen Augenblicken das Haus betreten haben.

»Du bleibst im Wagen«, sagte Sonne zu Litzka und zog seine Heckler & Koch aus dem Holster. »Natascha, du kommst mit. Und sei vorsichtig! Ich glaube zwar nicht, dass sie bewaffnet ist, aber man kann nie wissen.«

Sie sprangen aus dem Auto und näherten sich der Haustür. *Michalczak & Stüwe – Immobilien, Finanzierung, Consulting – Büro München* war auf einem Schild neben dem Eingang zu lesen. *1. Stock* stand klein darunter.

»Ist offen«, stellte Natascha fest, während sie leicht mit der flachen Hand gegen die Tür drückte.

Im Treppenhaus waren Geräusche zu hören. Ein Klopfen. Jemand trommelte mit den Fingerknöcheln gegen eine schwere Holztür. Es roch nach frisch gebohnerten Holzstufen.

»Herr Michalczak, wir sind verabredet. Wir haben einen Termin ausgemacht auf der Vernissage.« Wieder Klopfen und Trommeln. »Larissa Graber von der *Immobilien-Welt*. Machen Sie doch bitte auf! Ich glaube, ich habe wichtige Informationen für Sie.«

»Wollen Sie Herrn Michalczak die Informationen in Tröpfchenform verabreichen?«, sprach Sonne, während er vortrat und seine Waffe auf die Journalistin richtete. »Stella Schulze-Wagenknecht. Sie sind vorläufig festgenommen wegen des dringenden Tatverdachts, Robert Kirchgessner ermordet zu haben. Und wenn sich, wie ich vermute, in Ihrer Handtasche ein kleines Fläschchen mit Gamma-Hydroxybuttersäure befindet, dann geht dieser Auftritt hier glatt als Mordversuch durch.«

»Stellen Sie sich mit dem Gesicht zur Wand und heben Sie die Hände!«, befahl Natascha.

Doch Schulze-Wagenknecht rührte sich einen Moment lang nicht. Dann drehte sie sich ganz langsam und ruhig um, während ihre Hand in ihre rechte Manteltasche wanderte.

»Hände hoch, verdammt!«, rief Sonne. Er fürchtete, sie könnte eine Waffe ziehen.

Doch es war keine Pistole, die sie aus der Manteltasche hervorholte. Es war ein kleines Fläschchen mit einer farblosen Flüssigkeit. Sie öffnete seelenruhig das Gefäß und führte es zu ihrem Mund.

»Tun Sie das nicht!«, rief Natascha, doch die Frau schien sie nicht wahrzunehmen. Wie in Zeitlupe setzte sie das Fläschchen an ihre dunkelrot geschminkten Lippen.

Natascha machte einen Satz auf sie zu und rief: »So einfach kommen Sie nicht davon!« Dabei schlug sie ihr das Fläschchen aus der Hand, sodass es auf dem Holzfußboden zerschepperte und in tausend Scherben zersprang.

»Sie hat höchstens einen kleinen Schluck getrunken«, sagte Natascha hektisch. »Wir brauchen einen Notarzt. Bei einer schnellen Magenspülung dürfte nicht viel passieren.« Während sie das sagte, legte sie Stella Schulze-Wagenknecht Handfesseln an.

Die Festgenommene leistete keinen Widerstand, sie wirkte völlig apathisch.

»Oh Mann, Natascha. Das war knapp«, sagte Sonne und steckte seine Pistole wieder ein. »Wir können echt froh sein, dass die gnädige Frau mit tödlichen Drogen mordete und nicht mit scharfen Waffen.« Und an Schulze-Wagenknecht gewandt, sagte er: »Herr Michalczak ist nicht hier, Sie hätten ihn nicht angetroffen. Er sitzt bereits hinter Gittern.«

Frau Schulze-Wagenknecht schienen die Kräfte zu verlassen. Sie sank nieder und setzte sich auf die vorletzte Treppenstufe. Natascha setzte sich neben sie und hielt sie am Arm.

»Warum?«, fragte Sonne. »Warum haben Sie das getan?«

Schulze-Wagenknechts Blick schien am Boden festgeheftet zu sein. Mit fast lautloser Stimme sagte sie: »Sie standen mir im Weg.«

Mit ständiger Ansprache versuchte Natascha zu verhindern, dass Schulze-Wagenknecht das Bewusstsein verlor.

Keine zehn Minuten später war ein Rettungswagen da. Der Notarzt schaute sich das Etikett des zerborstenen Fläschchens an, sagte etwas von drohender Aspirationspneumonie und bereitete eine Injektion vor.

»Das ging jetzt alles irgendwie verdammt schnell«, sagte Sonne. »Sag mal, Natascha, du willst doch Oberkommissarin werden, oder?«

»Ich glaube, ich hätte das Zeug dazu.« Sie grinste.

»Dann solltest du auch mal an einem Haftprüfungstermin teilnehmen. Kannst du das morgen übernehmen? Ich habe einen Termin. Einen unaufschiebbaren.«

»Geht klar, Chef.« Sie zwinkerte ihm zu, während Stella Schulze-Wagenknecht auf eine Trage gelegt und in den Rettungswagen gebracht wurde.

17. Kapitel

Der riesige weiße Gebäudekomplex mit den roten Ziegeldächern strahlte in der Vormittagssonne. Im Internet hatte Sonne sich schon vor langer Zeit über die Justizvollzugsanstalt Aichach informiert. Es gab ein Forum, in dem ehemalige Häftlinge verschiedene Gefängnisse bewerten konnten. Aichach genoss demnach einen besonders guten Ruf und wurde von vielen im Vergleich zu anderen Knästen sogar als »Hotel« bezeichnet. Ingrid van Bergen, Vera Brühne und Brigitte Mohnhaupt waren die bekanntesten Häftlinge in Aichach gewesen.

Heute wurde Ulrike Gellner entlassen. Vielleicht hätte sie auch noch eine Schauspielkarriere gemacht, wenn sie nicht als verurteilte Mörderin hinter Gitter gewandert wäre.

Wie oft hatte sich Sonne geschworen, den Kontakt einschlafen zu lassen und sie zu vergessen. Manchmal hatte er sie während der jahrelangen Haft tatsächlich eine Weile aus dem Gedächtnis verdrängt. Doch die Erinnerung war immer wieder zurückgekehrt. Ihre Briefe hatte er irgendwann nicht mehr beantwortet. Ja, das war feige. Er hatte nicht den Mut gehabt, ihr offen zu sagen, dass eine Mörderin und ein Polizist keine Zukunft hatten. Den Karton mit den Briefen hatte er irgendwo im Keller verstaut. Wegschmeißen konnte er ihn nicht.

Wie würde sie heute über ihn denken? Könnte sie ihm verzeihen? Würde sie ihn überhaupt wiedersehen wollen? Sonne hatte sich all diese Fragen zwar gestellt, aber über die möglichen Antworten hatte er sich nicht nachzudenken getraut.

Er schaute auf seine Armbanduhr. Noch zwei Minuten. Er blickte sich um, außer ihm war niemand zu sehen.

Dann fuhr ein Auto vor, ein schwarzes Beetle-Cabrio. Es parkte direkt vor dem Seiteneingang. Eine dunkelhaarige Frau um die dreißig stieg aus. Sonne erkannte Natalina Faraldo. Im selben Moment schien auch die Italienerin den Kommissar zu erkennen.

»Grüß Gott, Herr Kommissar ... Ich habe Ihren Namen vergessen.«

»Ist ja auch lange her. Jürgen Sonne.« Er reichte der damals besten Freundin von Ulrike Gellner die Hand. Sie hatte als Maskenbildnerin bei der TV-Produktion gearbeitet.

»Ulrike wird sich bestimmt freuen, dass Sie sie abholen. Ich nehme nicht an, dass Sie sie gleich wieder festnehmen wollen«, sagte Natalina.

Sie lachten beide verlegen.

»Wirklich? Sie glauben, dass sie sich freut?«, fragte Sonne.

»Na ja, sie war schon traurig, dass der Kontakt eingeschlafen war. Aber jede Woche, wenn ich sie besucht habe, hat sie gesagt: Wenn ich hier rauskomme, dann steht er mit einem Blumenstrauß am Ausgang und wartet auf mich.«

Sonne konnte nicht glauben, was er hörte. Wollte Natalina ihn auf den Arm nehmen? »Das hat sie wirklich gesagt?«

»Mehr als einmal. Sie hat auch immer gefragt, wie es wohl gelaufen wäre, wenn sie Sie auf andere Weise kennengelernt hätte.«

Das war die Frage, die er sich selbst auch so oft gestellt hatte. Und jetzt stand er hier. Aber ohne Blumen.

»Warten Sie, Herr Kommissar, ich glaube, ich habe etwas für Sie.«

Natalina ging wieder zu ihrem Auto, öffnete die Beifahrertür, bückte sich nach etwas und kam dann mit einem bunten Blumenstrauß wieder zurück.

»Für Sie!«, sagte sie und drückte ihm den Bund in die Hand. »Ich meine natürlich, für Ulrike. Sie wird sich freuen.

Und sie muss ja nicht erfahren, dass ...« Sie zwinkerte ihm zu. »Ich sag ihr jedenfalls nichts.«

Sonne spürte, wie ihm das Blut in den Kopf schoss. Er musste knallrot geworden sein. Konnte diese Frau hellsehen?

In diesem Moment hörte er, wie sich etwas hinter dem schweren Tor bewegte. Sonne versuchte, sich die Bedeutung dieses Moments klar zu machen, was ihm jedoch nicht gelang. Er sah nur, wie sich eine große, eiserne Tür langsam zur Seite bewegte.

Ulrike trug Jeans und Turnschuhe und eine Art Trainingsjacke. In der Hand hielt sie eine ausgebleichte Reisetasche von Adidas. Ihre langen blonden Haare waren abgeschnitten. Ihr Gesicht war blass. Sie war ungeschminkt, so wie damals im Prozess vor dem Landgericht. Aber sie sah immer noch gut aus. Keine gebrochene Person, sondern ein hoffnungsvoller Mensch, der seine Lebensfreude und seinen Optimismus nicht verloren hatte.

Und dann trafen sich ihre Blicke.

Epilog

Stella Schulze-Wagenknecht wurde vom Landgericht München I wegen Mordes und Mordversuchs zu lebenslanger Haft verurteilt.

Thomas Michalczak bekam acht Jahre Freiheitsstrafe wegen organisierten Menschenhandels und Anstiftung zur Freiheitsberaubung. Wer die tödlichen Manipulationen an Lohmanns Wagen vorgenommen hatte, konnte nicht mehr nachgewiesen werden. Außer Zweifel stand aber, dass sie von Michalczak in Auftrag gegeben wurden. Wegen seiner Steuerdelikte wurde ein neues Ermittlungsverfahren eingeleitet. Zoltan Pawlowski, gegen den eine Bewährungsstrafe offen war, wurde ebenfalls zu einer mehrjährigen Haft verurteilt. Im Todesfall der Prostituierten Antonia »Maria« Tisnikar konnte im Nachhinein Fremdverschulden nicht nachgewiesen werden, das Ermittlungsverfahren wurde eingestellt.

Florian Dempf bekam einen gut dotierten Managerposten bei einer brasilianischen Tochter der Bronco AG.

Die CSU wurde unter Franz Däxl bei der Landtagswahl erwartungsgemäß die stärkste Partei, verlor jedoch knapp die absolute Mehrheit und musste mit der FDP eine Koalitionsregierung bilden. Das Bündnis Rot-Grün-Blum erzielte mit insgesamt siebenunddreißig Prozent mehr als einen Achtungserfolg, Pia Blum zog als Oppositionsführerin in den Landtag ein.

Peter Hilfringhaus wurde zum Chefredakteur der *ATZ* berufen. Seine erste Amtshandlung bestand darin, die Kündigung von Frank Litzka zu zerreißen und ihm einen Vertrag als Chefreporter anzubieten. Das lehnte Litzka jedoch dankend ab. Seine Kündigung wurde in ein Sabbatical umgewandelt, sodass er sich um seinen Sohn Maximilian kümmern konnte. Nach seinem Heiratsantrag erbot sich Tanja noch ein bisschen Bedenkzeit. Sie bekam zudem das Angebot, auch nach ihrer Elternzeit noch die Leitung der Online-Redaktion des *Factum*-Magazins zu übernehmen.

Maxis Taufpaten wurden Jürgen Sonne und Ulrike Gellner. Um jegliches Gerede im Dezernat zu vermeiden, bewarb Sonne sich erfolgreich um die Dienststellenleitung der KPI Fürstenfeldbruck, wo er schon nach einem halben Jahr mit Ulrike ein Reihenhäuschen mit Vorgarten mietete.

Beim »Gehirnjogging« erreichte Sonne bald das bestmögliche geistige Alter von zwanzig Jahren.

Danksagung

Ich widme dieses Buch in besonderer Weise Ursula Junert-Füchsel. Erstmals nach vierundzwanzig Jahren traf ich meine Grundschullehrerin bei einer Lesung aus *Absolution* in Berlin wieder, wo sie sich als einer meiner treuesten Leser zu erkennen gab. Vermutlich hat sie ja schon damals in der Schule Menninghausen erkannt, dass ich besser schreiben als rechnen kann.

Mein besonderer Dank gilt Professor Manfred Riße von der Rechtsmedizin in Gießen, Hauptkommissar Klaus Erzberger von der Kripo Fürstenfeldbruck sowie dem Chef des Münchner Morddezernats, Harald Pickert, die immer ein offenes Ohr für meine laienhaften Fragen hatten.

Ich danke auch allen, die mich mit ihren kritischen Anmerkungen zum Manuskript vor manchen Peinlichkeiten bewahrt haben, allen voran Thomas Grimmer, der mit detektivischem Spürsinn jeden einzelnen Satz auseinandergenommen hat – und ohne den es im Übrigen auch die mit dem *Isarbullen* gestartete Krimireihe nicht gegeben hätte. Und auch wenn er es an dieser Stelle nicht gerne lesen wird: Das Lektorat mit Volker Maria Neumann hat dem Buch nicht nur den letzten Schliff gegeben und viele Ecken rund gemacht, sondern auch wie immer sehr viel Freude bereitet.

Die Geschichte der verhängnisvollen Begegnung zwischen Jürgen Sonne und Ulrike Gellner ist in *Der Isarbulle* nachzulesen. Wie es zur bayerischen CSU-Affäre kam und was es mit der verunglückten Astrologin auf sich hat, steht in *Schwarzgeld*.

Februar 2008, H. L.

KBV-KRIMI

Harry Luck
ABSOLUTION
Taschenbuch, 281 Seiten
ISBN 978-3-940077-04-2
9,50 EURO

Der Münchner Erzbischof Johannes Kardinal Bauer gilt als Anwärter auf die Nachfolge des verstorbenen Papstes. Doch das Konklave in Rom erlebt er nicht mehr. Sein Sekretär Manfred Heuser findet die Leiche des Kardinals im erzbischöflichen Palais - erschlagen mit einer bronzenen Heiligenstatue.

Die Reihe der Verdächtigen ist lang. Wurde Bauer ermordet, weil er von Heusers Homosexualität wusste? Welche Rolle spielt der verschrobene Theologieprofessor vom Ammersee, dem die liberalen Ansichten des Kardinals ein Dorn im Auge waren? Was verbirgt sich hinter dem geheimen Treffen zwischen Kardinal Bauer und dem SPD-Kanzlerkandidaten Julius Scharfenstein kurz vor dem Mord?

Als dann plötzlich eine mysteriöse Gestalt aus Rom in München auftaucht und sich in die Ermittlungen der Mordkommission einmischt, vermuten die Hauptkommissare Jürgen Sonne und Renate Blombach eine Vatikan-Verschwörung.

»Eine blutige Spur führt in die Machtzentren von Kirche und Politik.«

KBV-KRIMI

Harry Luck
WIESN-FEUER
Taschenbuch, 212 Seiten
ISBN 978-3-937001-52-4
8,90 EURO

Eine tödliche Bedrohung liegt über der Wiesn! 25 Jahre nach dem Bombenanschlag auf dem Münchner Oktoberfest kündigen Unbekannte wieder ein verheerendes Attentat an.
Doch die Verantwortlichen wollen die Gefahr lieber unter der Decke halten und lehnen strikt eine Absage des größten Volksfestes der Welt ab. Der Münchner Lokalreporter Frank Litzka recherchiert und spricht mit den Opfern von damals.
Dabei kommt er einer Gruppe Rechtsradikaler auf die Spur. Handelt es sich nur um verwirrte Spinner oder gefährliche Terroristen? Zur gleichen Zeit landet auf dem Schreibtisch von Kriminalhauptkommissar Jürgen Sonne die Akte eines ungelösten Falls: der "Wiesn-Mord". Es ist schon einige Jahre her, dass eine junge Frau getötet wurde, die damals ausgerechnet als Bedienung auf dem Oktoberfest gearbeitet hat.

»Ein dramaturgisch perfekt gebauter, gut recherchierter und fesselnder Krimi. Die Dialoge sind ausgezeichnet. Ein echter Page-Turner.« (Süddeutsche Zeitung)

KBV-KRIMI

Walter K. Ludwig
DIE WANDLITZ-PAPIERE
Taschenbuch, 228 Seiten
ISBN 978-3-940077-21-9
9,50 EURO

Moritz Lenz liebt sein ruhiges Leben als Bibliothekar in Hamburg. Ein Ärmelschoner-Typ mit Hornbrille, Thermoskanne und Bleistiftspitzer. Alles geht seinen geregelten Gang.

Da wird auf seine Kollegin Angelika Maiwald ein Mordanschlag verübt. Ein Profikiller versucht, sie zu töten, aber Lenz ist zur richtigen Zeit am richtigen Ort und rettet ihr Leben. Mehr oder weniger zufällig. Was er nun erlebt, ist so gar nicht nach seinem Geschmack, denn er hat eine Lawine losgetreten. Angelikas Leben ist in Gefahr. Wer steckt hinter dem Anschlag? Was wollen diese Leute von ihr?

Die Spur führt viele Jahre zurück in eine Zeit, in der Deutschland durch eine Mauer getrennt wurde.

»Knallharter Thriller und bitterböse Satire zugleich. Bibliothekar Moritz Lenz ist wirklich ein sympathischer Kotzbrocken.«